楚辞评注

（战国）屈原 宋玉 著
汤漳平 评注

北京联合出版公司
Beijing United Publishing Co.,Ltd.

目录

前　言 …………………………………… 1

屈原作品

离　骚 …………………………………… 3

九　歌 …………………………………… 49

东皇太一 …………………………… 53
东君 ………………………………… 60
云中君 ……………………………… 65
湘君 ………………………………… 69
湘夫人 ……………………………… 79
大司命 ……………………………… 87
少司命 ……………………………… 94
河伯 ………………………………… 101
山鬼 ………………………………… 109
国殇 ………………………………… 115
礼魂 ………………………………… 120

天　问………………………………… 125

九　章………………………………… 179
惜诵 ……………………………… 183
涉江 ……………………………… 193
哀郢 ……………………………… 203
抽思 ……………………………… 215
怀沙 ……………………………… 227
思美人 …………………………… 238
惜往日 …………………………… 248
橘颂 ……………………………… 259
悲回风 …………………………… 266

卜　居………………………………… 280

渔　父………………………………… 288

招　魂………………………………… 293

宋玉作品

九　辩………………………………… 321

前　　言

继《诗经》成书三百年后，地处南方的楚国产生了一种新的诗体，人们称之为“楚辞”。西汉时期，人们将所有流传的楚辞作品收集起来，加上当时人主要为纪念屈原而写的部分拟骚作，整理成书，这便是中国文学史上的第二部诗歌总集——《楚辞》。从此，《诗经》和《楚辞》就成了中国诗歌史上最重要的两座丰碑，因而，也是中国诗歌之祖。南朝的著名文学家沈约在《宋书·谢灵运传论》中，对几百年间诗歌创作状况进行逐一评论之后说：“是以一世之士，各相慕习，原其飙流所始，莫不同祖《风》《骚》。”《风》即《诗经》中的“国风”，代指《诗经》；《骚》即《离骚》，代指《楚辞》。这句话的意思是，不管后代诗歌如何发展，追寻其根源，不是出于《诗经》，便是出于《楚辞》。

时隔三百年之久的两种诗歌，却并称于世，有其特殊的原因。一是从产生的地域看，《诗经》中的作品，除二《南》（即《周南》和《召南》）外，都产生于中原各国，二《南》

中的诗篇，虽有部分出自江汉一带，但也多有黄河流域的诗。而《楚辞》作品，全部产生于长江流域的南方，因此，两部诗集有北方文学与南方文学地域之不同。二是从创作主体看，《诗经》中的作品，除《雅》《颂》外，主要是各地采集的民歌，经王朝乐官的统一整理后，已带有明显的政治教化的目的。而《楚辞》中的作品，主要是屈原个人的抒情之作，从而开启了我国诗歌以作家咏怀抒情为主的基调。三是创作风格明显的区别，《诗经》中的作品，主要采用写实的创作手法，人们或称之为现实主义的作品。而《楚辞》中的作品，由于作者的构思独特，想象神奇，上天入地，指挥天帝，役使百神，使作品充满浪漫气氛，因而人们指其为浪漫主义的作品。四是诗的创作形式不同，《诗经》中的作品，多以四言句式写成，篇幅较短，且多重章叠韵。而《楚辞》作品，虽也有部分为四言，但更多采用的却是杂言句式，诗行句中或句末有规律地使用“兮”字作为连接词或语气词，篇幅也更长。鲁迅在《汉文学史纲要》中曾说，《楚辞》作品“较之于《诗》，其言甚长，其思甚幻，其文甚丽，其旨甚明，凭心而言，不遵矩度”。这两部诗集所形成的不同风格，为历代诗人所共同追求和效仿。时至今日，当我们谈及文学的继承性、文学的民族传统时，依然上溯到《诗经》与《楚辞》。从这点上说，它们所产生的艺术魅力，确实是超越时空界限的。

作为一种文学现象，楚辞的产生，有其必然性与偶然性。

所谓必然性，是战国时代的社会大环境，思想潮流，时代氛围，它们共同为楚辞的产生创造了一定的外部条件。这其中，当然和楚国的兴起与楚文化的繁荣关系更为密切。而所谓的偶然性，是指屈原的产生有其特殊性。人们经常说，伟大的时代不一定就能产生伟大的作家和作品，而只有时代骄子的出现，才能发挥特殊作用，产生惊世之作。这样的作品，既成为一个时代的文化代表符号，又是流芳百世的艺术瑰宝。在中国文学史上还没有哪位作家能像屈原一样，把自己的名字同一个时代的文学如此紧密地联系在一起。

自春秋而进入战国，中国社会发生了激烈的变动，“五侯争霸”已成历史的记忆，“尊王攘夷”的口号也成了空谷回响。秦、楚、齐、燕、韩、赵、魏七雄纷争，逐鹿中原，他们都希望通过实行变法，富国强兵，进而吞并其他诸侯，一统中国。两百多年间，他们在这一时代大舞台上演出了中国历史上最为纷繁、最为壮观、最为惨烈的时代悲喜剧。而楚国，便是这场悲喜剧重要的演出场地之一。

诞生于这一特殊时代的屈原，有其特殊的人生经历。司马迁在《史记·屈贾列传》中一开头就对屈原的特殊身份和地位作了简括的介绍：

> 屈原者名平，楚之同姓也，为楚怀王左徒。博闻强志，明于治乱，娴于辞令。入则图议国事，以出号令；出则接遇宾客，应对诸侯。王甚任之。上官大夫与之同

列，争宠，而心害其能。

其后便写了屈原奉令起草宪令，上官大夫夺稿不得后，在怀王前造谣言挑拨离间，使得“王怒，而疏屈平”的经过。尔后，屈原被赶出楚统治集团的核心，先任三闾大夫，继而被放流于汉北。怀王执政后期，一度被召回。但当怀王被秦所骗，入武关，拘于秦并终客死于秦后，怀王的儿子顷襄王继位，以其弟子兰为令尹，屈原不为所容，被放逐于江南的沅、湘、洞庭一带，时间长达二十馀年。根据《九章》中的《哀郢》一诗，研究者多认为屈原之死，与顷襄二十一年（前 278）秦将白起拔郢，楚国君臣仓皇出逃有关。在看到国势一蹶不振，自己终生追求的美政理想已成泡影，而秦军直下自己的流亡地五湖、洞庭一带时，屈原终于决心以身殉国，自沉于汨罗。

屈原从被疏到沉江，其间长达三十馀年。在痛苦的遭遇中，在身受不公平的待遇、冤情不能自白的情况下，他拿起笔，创作了大量的诗篇。后人将其作品收集成书，取名为《楚辞》。据班固《汉书·艺文志》载：“屈原赋二十五篇。”现今保存于《楚辞》中署名屈原的作品大致与此相当（虽然在其真伪方面认识有分歧）。也就是说传世较早的屈原作品，多数应是流传下来了。

屈原在继承传统文化的基础上，融合南北文化的特色，站在时代的前列，用炽热的感情、赤子般的真诚，写下一首首感天动地的诗篇，成为中国文学史上最享盛誉的爱国诗人。他的诗篇，是以生命写就的，因而具有强烈的艺术震撼力。

屈原逝世后，楚国有宋玉、唐勒、景差等，也都“好辞而以赋见称”。唐勒和景差的作品，没有流传下来（《楚辞》中之《大招》，也有人认为是景差所作，但无证据）。但是，宋玉却尚有十几篇作品流传至今，其中一篇为《九辩》，保存在《楚辞》一书中，另一篇《招魂》，虽署名作者为宋玉，但今人多据《史记·屈贾列传》中司马迁的赞语，认为是屈原所作。所以宋玉流传至今的作品最多是赋作，它们分别保存于昭明太子《文选》（五篇）、《古文苑》（六篇）。20世纪80年代前，中国文学史研究者多认为像传世的宋玉赋那样成熟的赋作，不可能在先秦时期出现，因而被判定为后人托名之作，很少有人进行研究。但是，1972年在山东临沂银雀山西汉墓葬中，出土了一批先秦古籍，其中有《唐勒赋》（今研究者多认为应名为《御赋》）残简，经研究，其作品形态、文字风格，均与传世的宋玉赋相似，由此推翻了传世宋玉赋均为伪作的说法。近二十年来，宋玉辞赋研究，已成为先秦文学研究中的新热点。

宋玉由于其身世经历与屈原不同，因而他的作品，就其思想意义而言，难以和屈原相比。但宋玉也是一位多才多艺、有杰出创作才能的作家。他的努力开拓，创造了中国文学史上影响深远的赋体文学的体式，我们将其称为“楚赋”。正是由他所创造的这种文学形式，深刻地影响了后代的文学创作，形成两汉赋体文学的兴盛。文学史上常以“屈宋”并称，既说明了他们之间密切的承继关系，也说明他们在文学史上都具有不可替代的地位。刘勰在《文心雕龙·诠赋》篇中指出：“荀况《礼》《智》，宋玉《风》《钓》，爰锡名号，与《诗》画境。”高度肯定了宋玉在赋体文学方面的开创者地位。

本书为《楚辞》选本，共选入屈原作品25篇，宋玉作品1篇，是《楚辞》作品中最精华的部分。原传世的《楚辞》中汉人作品部分，被称为拟骚作，本书均未收入。一方面这部分作品为汉人所作，收入《楚辞》中本身就不是很合适。其次，这些作品，除极少数篇（如淮南小山的《招隐士》等）外，其馀的艺术成就不高，后人甚至有“无病呻吟”之讥，故此均不收入。

我国近代史上伟大的启蒙主义思想家梁启超曾经说过：“吾以为凡为中国人者，须获有欣赏楚辞之能力，乃为不虚生此国。”（《要籍解题及其读法》）希望本书的出版，能使更多国人学习和了解楚辞，认识屈原和宋玉这两位中国文学史上的杰出作家，承继其传统，以繁荣今日的文学创作。

本书采用中华书局1983年版的洪兴祖之《楚辞补注》为底本，兼采古今学者的研究成果，对个别字句有所改动，并在注释中作了说明。作为先秦文学作品，楚辞和楚赋中有较多今天不常用的冷僻字，凡列入《简化字总表》的，依《总表》使用简化字；未列入《总表》的按照《汉语大字典》体例，其冷僻字偏旁就不作类推简化，这样不再增加汉字数量，以减少读者阅读的困难。另外，在古汉语中，一些异体字、繁体字，与今天相应的规范字、简化字字义上有差别或者可能引起歧义者，仍保留这些异体字、繁体字不做改动，以免损伤原作文意。本书在题旨说明、译注及内容分析方面，参考引用了历代学者及今人的研究成果，有的均在文内指明，有的未能逐一注出，特此说明，并致谢忱。

汤漳平

2013 年 8 月

屈原作品

离 骚

题解

屈原留下的二十馀篇作品中，影响最大的向来被称为代表作的是《离骚》。后人常用“骚体”代称《楚辞》作品，以“骚赋”代指屈原的作品。后代楚辞作家的作品，也主要是学习与模仿《离骚》的创作风格。《离骚》是我国文学史上浪漫主义的奠基作。《诗经》与《离骚》一起成为我国诗歌的源头，是分别代表了我国文学史上现实主义与浪漫主义的两块奠基石。

《离骚》是我国古代诗歌中最长的一首抒情诗，它全长三百七十三句，近二千五百字。我们目前所能看到的最早楚辞集——东汉王逸的《楚辞章句》中，把《离骚》题为《离骚经》，而其馀各篇则分别列为“传”。汉儒以儒家重要典籍称为“经”,把分别解释这些“经”典的著作称为“传”。由此我们可知汉人十分尊崇《离骚》和这首诗在《楚辞》中的地位。当然,《离骚》之被称为经,并非自王逸始,据《离骚经章句叙》，早在西汉及东汉初年，刘安、班固、贾逵等人就已作过《离骚经章句》。那么称《离骚》为经，至迟当在西汉武帝年间。

《离骚》的题意是什么,历来争议很大。汉代司马迁在《屈原传》中的解释是：“离骚者，犹离忧也。”其后班固在《离骚赞序》中说："屈原以忠信见疑，忧愁幽思而作《离骚》。离，犹遭也。骚，忧也。明己遭忧作辞也。"王逸在《楚辞章句》中的解释是："离，别也；骚，愁也。"大体意义相近，这是颇得公认的解释。

对《离骚》的创作年代，也是争论颇大。汉人从司马迁始，便以为是作于怀王期间，《史记·屈原传》中载："怀王使屈原造为宪令，屈平属草稿未定。上官大夫见而欲夺之，屈平不与，因谗之……王怒而疏屈平。屈平疾王听之不聪也，谗谄之蔽明也，邪曲之害公也，方正之不容也，故忧愁幽思而作《离骚》。"接着是叙述秦派张仪来离间齐楚关系等，那么《离骚》就是作于怀王十六年以前。但今人大都不信此说。这是因为从诗中所流露情绪来看，这首诗应该是屈原在政治上屡遭打击、内心十分愤懑的情况下创作的，因此它不可能是屈原初次在政治上失意时的作品。其次，诗中屡次写到自己"恐年岁之不吾与""恐美人之迟暮""老冉冉其将至兮"等，可知此时屈原至少应是中年以上，否则不会有这么多感叹年华易逝的诗句。而诗篇结尾时又写到自己请巫咸代为拿个主意，巫咸让他"及年岁之未晏兮，时亦犹其未央"的时候，赶快出走，又可知此时作者当未到晚年。因此大多数研究者都认为这首诗是屈原中年时代的成熟之作。目前比较集中的看法是作于怀王末年或顷襄王初年这两种。这个时期正是屈原在政治上多次受到打击，而楚国在内政及外交、军事等方面连连失利，兵挫地削。

目睹国家处于这种危急的状况，屈原内心无比忧愤，然而却又无能为力。正是这种感情的蓄积，发而为声，形诸笔端，写出《离骚》这样充满强烈爱国主义感情的诗篇。

从诗反映的实际情况看，《离骚》诗中写了自己政治上的失意和内心的痛苦，其中虽不乏抱怨的情绪，然而“虽放流”，还是“眷顾楚国，系心怀王，不忘欲反。冀幸君之一悟，俗之一改也。其存君兴国，而欲反覆之，一篇之中，三致意焉”。《史记·屈原列传》中这段话可作为《离骚》这首诗的注脚。《离骚》中所表现的悲愤心情，远不及《九章》中有的作品所反映程度之强烈。诗中还以“吾将远逝以自疏”,可知还不是顷襄王时期的被“弃逐”。认为《离骚》作于顷襄王时期的人主要是以屈原在诗中提到“灵修”“哲王”，以为既为“灵”，则怀王已死，“哲王”指的是顷襄王，而《离骚》中屈原又提到“愿依彭咸之遗则”，即仿效彭咸投水自杀，认为当怀王时，屈原不应已存投水之想。这些问题，可作参考。

帝高阳之苗裔兮，朕皇考曰伯庸①。摄提贞于孟陬兮，惟庚寅吾以降②。皇览揆余初度兮，肇锡余以嘉名③：名余曰正则兮，字余曰灵均④。

注释

①高阳：五帝之一颛顼的称号。苗裔：后代子孙。兮：

语气词，相当于现代汉语的“啊”。朕zhèn：我。古人的自称。秦始皇以后才成为皇帝的专称。皇考：对亡父的尊称，远祖亦可称皇考。

②摄提：岁星名，原作“摄提格”，此为省称。摄提格指寅年。贞：正。孟陬zōu：夏历正月，即寅月。庚寅：纪日的干支，庚寅指寅日。降：降生。从上述推算屈原生于寅年寅月寅日，古人认为这是个吉祥的日子。关于屈原生年的推算，主要依据上面两句诗。

③皇：皇考的省称。览：览察。揆：揣度。初度：初生的气度。锡：赐。嘉名：美名。

④正则：公正的法则，隐含“平”之义。灵均：灵为善之义，灵均则善而均调，含“原”之义。据《史记·屈原列传》，屈原名平，字原。

译文

我是古帝高阳的苗裔，先父的大名叫伯庸。太岁在寅的那年正月，庚寅的时分我降生。先父审察了我出生时这吉祥的时刻，赐给我相应的美名：将我命名叫正则，给我取字叫灵均。

纷吾既有此内美兮，又重之以修能[①]。扈江离与辟芷兮，纫秋兰以为佩[②]。汩余若将不及兮，恐年岁之不吾与[③]。朝搴阰之木兰兮，夕揽洲之宿莽[④]。日月忽其不淹兮，春与秋其代序[⑤]。惟草木之零落兮，恐美人之迟暮[⑥]。

注释

①纷：盛多。内美：天赋的内在之美，这里指生辰等之吉善。重chóng：加上。修能：通“修态”，即外在美好的仪容。楚辞中“修”“脩”混用，今统一作“修”。

②扈hù：楚方言，同“披”。江离：香草名，又作“江蓠”。辟：同“僻”，偏僻。辟芷指长于偏僻处的白芷，气味幽香。纫：联结。秋兰：秋天开花的香兰。佩：佩饰。

③汩yù：楚方言，水流急速之状。不吾与：不与吾的倒装。

④搴qiān：楚方言，拔取。阰pí：楚方言，山坡。揽：采。宿莽：卷施草，楚方言，卷施草冬生不死，楚人名曰宿莽。木兰则能去皮不死，屈原以此喻己品德之坚贞。

⑤忽：迅疾貌。淹：停留。代序：代谢。

⑥美人：代指国君，即楚怀王。

译文

我既秉承天地之正美，又注重于后天的修养。身披江蓠和香芷，联结秋兰为佩饰。似水流年我步履匆匆，只恐年岁易逝时不我待。晨摘山上之木兰，暮采洲中之宿莽。日月匆匆不可久留，春去秋来轮回替代。只见草木飘飞由盛而衰，我担心美人啊行将年迈。

抚壮而弃秽兮，何不改乎此度①？乘骐骥以驰骋兮，来吾道夫先路[2]！昔三后之纯粹兮，固众芳之所在[3]。杂申椒与菌桂兮，岂维纫夫蕙茝[4]！彼尧舜之耿介兮，既遵道而得路[5]。何桀纣之猖披兮，夫唯捷径以窘步[6]。

注释

①抚壮：趁着壮年。《补注》作“不抚壮”，今从《文选》。度：志度。

②骐骥qíjì：骏马，喻贤能之士。道：同“导”，引导。夫fú：语助词。

③三后：有数种说法，当以王逸所说之禹、汤、文王较确。纯粹：纯净、纯洁。众芳：喻众贤士。在：聚集。

④申椒：申地所产之花椒。申在今河南南阳，古申国所在地。菌桂，本作箘jùn桂，香木，即肉桂。维：同“惟”。蕙：兰草的一种。茝chǎi，即白芷。以上皆为香草、香木名。

⑤尧舜：传说中上古的圣君。耿介：光明正大。遵道：遵循正道。

⑥桀纣：桀指夏桀，夏代最后一位暴君。纣指商纣王，商代最后一位暴君。猖披：又作“昌彼”，妄行不受拘束。夫唯：发语词，楚方言，无意义。捷径：斜道。窘jiǒng步：举步艰难。

译文

趁着壮年赶快抛弃污秽，为什么至今还不知更改？我跨上骏马奋力驰骋，来吧！我充当向导把路开！古帝三皇德行纯美啊，只因为群芳毕集无处不在。让申椒和菌桂交错流香，将蕙草和香芷联结佩带！那尧舜是这样光明正大，他们遵循正道畅行无阻。为什么桀纣那样狂乱无知，想走捷径却难行寸步。

惟夫党人之偷乐兮，路幽昧以险隘①。岂余身之惮殃兮，恐皇舆之败绩②！忽奔走以先后兮，及前王之踵武③。荃不察余之中情兮，反信谗而齌怒④。余固知謇謇之为患兮，忍而不能舍也⑤。指九天以为正兮，夫唯灵修之故也⑥。

注释

①党人：指结党营私的奸佞。偷乐：贪图享乐，苟且偷安。幽昧mèi：黑暗。

②惮dàn殃：害怕灾祸。皇舆：国君所乘车驾，此处代指国家。败绩：车子倾覆称“败绩”。

③及：赶上。踵zhǒng武：足迹。

④荃quán：即荪，香草名，屈作中以“荃”“荪”代称国君。中情：内心。齌jì怒：齌义为疾，指暴怒。

⑤謇jiǎn謇：直言忠谏。

⑥九天：古人认为天有九重，故称为九天。正：通“证”，谓以九天作证。灵修：灵、修都具有美善之义。王逸《楚辞章句》：“灵，神也；修，远也。能神明远见者，君德也。”屈作中以“灵修”代称君王。

译文

那些党人只想苟且偷安，他们的道路黑暗而狭隘。我岂怕自身会遭受祸殃，担心的是国家遭到惨败！我匆匆忙忙奔走先后，希望你沿着先王足迹行走。君王不体察我的一片真情，反而听信谗言勃然大怒。我当然知道耿直将带来灾难，只能忍受痛苦难以割舍。指天为誓，为我作证，这都是为君王的缘故。

曰黄昏以为期兮，羌中道而改路[①]？初既与余成言兮，后悔遁而有他[②]？余既不难夫离别兮，伤灵修之数化[③]？余既滋兰之九畹兮，又树蕙之百亩[④]。畦留夷与揭车兮，杂杜衡与芳芷[⑤]。冀枝叶之峻茂兮，愿俟时乎吾将刈[⑥]。虽萎绝其亦何伤兮，哀众芳之芜秽[⑦]。

注释

①这两句宋洪兴祖《楚辞补注》认为是衍文，或为后人所增。但意义和下文连贯，姑置此。

②成言：约定。悔遁：反悔。有他：另有打算。

③数shuò化：多次变化。

④滋：栽种。畹wǎn：古代土地面积计量单位，有十二亩、二十亩、三十亩等多种说法，各国使用情况各有不同。九畹极言其多，九为虚数。树：种植。

⑤畦：田垄，这里用作动词，指一垄一垄地栽种。留夷、揭车与后面的杜衡、芳芷均为香草名。

⑥冀：期望。峻茂：高大茂盛。俟sì时：等候时机。刈yì：收割。以上几句以种植各种香草比喻培养各种人才，准备以后为国所用。

⑦萎绝：枯萎死亡。芜秽：荒芜污秽。喻群芳变质。

译文

你说黄昏的时候来见面，为什么中途却改变行程？当初既然和我有过约定，为什么又翻悔有了二心？我并不难和你离别，只忧伤你为何屡次变更？我已栽下九畹的香兰，又种上百亩的蕙草。培植了留夷和揭车，又增加了杜衡和香芷。企盼它们枝叶长得茂盛，到时候我将有好的收获。纵然枯萎了又有何妨，只痛心群芳竟散发出臭气。

众皆竞进以贪婪兮，凭不厌乎求索①。羌内恕己以量人兮，各兴心而嫉妒②。忽驰骛以追逐兮，非余心之所急③。老冉冉其将至兮，恐修名之不立④。

注释

①竞进：争先恐后谋夺高位。凭：楚方言，意为满。厌：满足。

②羌：楚方言之发语词，意为"何为"。恕：揣度。这句诗意为以己之心揣度他人。量人：估量他人。兴心：生心。

③骛wù：乱跑。

④冉冉：渐渐。修名：美名。

译文

群小争利贪婪无比，欲壑难填四处谋利。宽于待己却猜忌别人，心生恶念将贤人妒忌。急匆匆以争名逐利，绝非我人生的目的。只感伤老境渐渐来临，唯恐这美名难以树立。

朝饮木兰之坠露兮，夕餐秋菊之落英①。苟余情其信姱以练要兮，长顑颔亦何伤②。揽木根以结茝兮，贯薜荔之落蕊③。矫菌桂以纫蕙兮，索胡绳之纚纚④。

注释

①坠露：坠下的露水。落英：飘落之花朵。

②苟：果真，只要。信姱kuā：确信美好。与“信美”“信芳”同义。练要：精纯。顑颔kǎn hàn：饥饿而黄瘦。

③揽：与“牵”通。结：连接。贯：穿。薜荔bì lì：香草名，又称木莲。

④矫：“纠”之借字，引申为交合，纠结。索：作动词，义为搓绳。纚xǐ纚：长而美。

译文

朝饮木兰之清露，暮食秋菊之华英。只要内心纯洁而美好，长忍饥渴憔悴又有何妨？采木兰根系上白芷，将薜荔花联成花缀。用菌桂和蕙草相互联结，搓出胡绳让它又长又美。

謇吾法夫前修兮，非世俗之所服①。虽不周于今之人兮，愿依彭咸之遗则②。长太息以掩涕兮，哀民生之多艰③。余虽好修姱以鞿羁兮，謇朝谇而夕替④。

注释

①謇 jiǎn：楚方言之发语词。法：效法。服：用。

②不周：不合。彭咸：王逸《楚辞章句》注中说，彭咸为殷贤大夫，谏其君不听，投水而死。屈作中多次写到彭咸，并表示要以之为榜样。遗则：遗留的法则。

③太息：长叹。掩涕：擦泪。民生：民众。

④修姱：修饰。鞿羁 jī jī：马缰与马笼头，比喻自我约束。謇：发语词。谇 suì：责骂。替：废弃。

译文

我虔诚地效法前贤，世俗的人怎能喜欢？尽管不合今人的口味，我愿将彭咸作为榜样。长叹息将泪擦干，哀伤这民众的艰难。我只为爱修饰竟受牵连，早晨受责骂晚上被驱赶。

既替余以蕙纕兮，又申之以揽茝①。亦余心之所善兮，虽九死其犹未悔②。怨灵修之浩荡兮，终不察夫民心③。众女嫉余之蛾眉兮，谣诼谓余以善淫④。

注释

①蕙纕xiāng：即纕蕙，佩戴蕙草。纕，佩戴。

②善：喜好。九死：死多次，九为虚指。

③浩荡：原指水势盛大，此指荒唐。

④众女：喻指"党人"。蛾眉：古代形容女子之美，眉如蚕蛾之触须，长而弯曲。谣诼zhuó：楚方言词，指造谣诽谤。

译文

既说我天天把蕙草佩戴，又骂我常常将香芷采摘。只要我自己心甘情愿，哪怕是九死也决不悔改。我埋怨君王这样缺少思索，竟不知体察人心的善恶。众女嫉妒我姿色秀美，造谣说这是好淫的体态。

固时俗之工巧兮，偭规矩而改错①。背绳墨以追曲兮，竞周容以为度②。忳郁邑余侘傺兮，吾独穷困乎此时也③。宁溘死以流亡兮，余不忍为此态也④。

注释

①工巧：善于投机取巧。偭miǎn：违背。规矩：木工用以画圆、方的工具。这里代指法度。错：同"措"，指措施。

②绳墨：木工用来画直线的墨线，同样比喻法度。周容：即"阿容"，苟合取容，阿谀奉承。

③忳tún：忧愁。郁邑：或作郁悒，均为忧愁之状。屈作中多有三字词组，如"纷总总""斑陆离""芳

菲菲”等皆是，由同义副词与复合形容词共同组成，增强其感情色彩。侘傺chàchì：楚方言，心神不定，失志怅然。

④溘kè死：突然死去。流亡：随水流失。

译文

俗人是这样善于取巧，违背规矩而胡作非为。抛弃准绳而追求邪径，争将苟合取容作为法度。心中郁闷我心神不定，为什么偏在此时穷愁潦倒？宁可速死而魂魄离散，我不愿随俗而故作丑态。

鸷鸟之不群兮，自前世而固然①。何方圜之能周兮，夫孰异道而相安②？屈心而抑志兮，忍尤而攘诟③。伏清白以死直兮，固前圣之所厚④。

注释

①鸷zhì鸟：猛禽，如鹰、隼之类。不群：不与凡鸟合群。

②圜：同“圆”。周：合。

③尤：罪责。攘诟rǎnggòu：攘，清除。诟，屈辱。

④伏：同“服”，保持。

译文

鹰隼与家雀难以合群，自古以来就是这般。方和圆怎能叠合无间，道不同又怎能彼此相安？心中委屈而强自压抑，承担罪责而消除耻辱。保持清白以死于直道，古代圣贤原本就是如此。

悔相道之不察兮，延伫乎吾将反[①]。回朕车以复路兮，及行迷之未远[②]。步余马于兰皋兮，驰椒丘且焉止息[③]。进不入以离尤兮，退将复修吾初服[④]。

注释

①相道：观察以选择道路。延伫：长久伫立。

②行迷：行走迷路。

③兰皋：长满兰草的水边高地。椒丘：长着花椒树的山丘。

④进不入：即不进入。入，纳。指进谏忠言不为采纳。离尤：即遭祸。离，同“罹”，遭受。退：退隐，退职。初服：初时所用之服饰。比喻美德。

译文

我悔恨没有看清道路，久久伫立我决心回返。掉转车头重回故道，幸亏歧路行之未远。让我的马在兰皋上漫步，到达椒丘时暂时歇息。不纳忠言反遭祸端，我将退隐重着旧装。

制芰荷以为衣兮，集芙蓉以为裳[①]。不吾知其亦已兮，苟余情其信芳[②]。高余冠之岌岌兮，长余佩之陆离[③]。芳与泽其杂糅兮，唯昭质其犹未亏[④]。

注释

①芰jì荷：楚方言，指荷叶。芙蓉：荷花。

②信芳：确实芳洁。

③岌jí岌：岌，高。连用谓很高。佩：指佩剑。陆离：闪耀光芒。

④泽：污垢。本句芳香和污垢相互糅合，难以区分。杂糅：糅合在一起。昭质：明洁的美质。

译文

裁剪荷叶制成上衣，拼合莲花做好下裳。无人赏识又有什么？只要我内心高洁芬芳。高高的切云冠在头顶高耸，长长的佩剑在腰间摆动。芳香与污垢交互糅合，保持这美质未受污染。

忽反顾以游目兮，将往观乎四荒①。佩缤纷其繁饰兮，芳菲菲其弥章②。民生各有所乐兮，余独好修以为常。虽体解吾犹未变兮，岂余心之可惩③？

注释

①游目：四处观望。四荒：四面之极远处。

②佩：佩饰。缤纷：盛多。芳菲菲：香气极浓。弥章：更加明显。

③体解：身体被肢解。惩：惩戒，警惧。

译文

忽然回头极目远望，我将往观四面八方。佩饰缤纷流光溢彩，芳香阵阵四处飘扬。人人都有自己的喜好，我独爱美洁习以为常。纵然受肢解此志不改，难道我的心怕再遭创伤?

女媭之婵媛兮，申申其詈予[①]。曰:“鲧婞直以亡身兮，终然殀乎羽之野[②]。汝何博謇而好修兮，纷独有此姱节[③]?薋菉葹以盈室兮，判独离而不服[④]。

注释

①女媭xū：有屈原母、姐、侍女等说。婵媛chányuán：生气而喘息之状，楚方言词。詈lì：骂。

②鲧gǔn：禹的父亲，治水不成功而被逐杀。婞xìng直：刚直。亡身：忘身。殀yāo：未尽天年而死。羽之野：羽山之郊外。羽山为传说中鲧被放逐而后死亡之处。

③博謇：即博采前贤之美。謇，同“搴”，采之义。姱节：美好的节操。

④薋zī：同“茨”，堆积。菉葹lùshī：两种普通野草名，菉为淡竹叶，葹为卷耳。判：判然，副词。

译文

阿姊为我忧心忡忡，她反反复复将我劝诫。她说：“鲧性情刚直不顾自身，终于早死在羽山之野。你为何博学而爱好修洁，孤高自傲以保此志节?家家将菉葹塞满堂屋，你为什么偏偏不肯采撷?

众不可户说兮，孰云察余之中情[①]?世并举而好朋兮，夫何茕独而不予听[②]？”依前圣以节中兮，喟凭心而历兹[③]。济沅湘以南征兮，就重华而陈辞[④]：

注释

①中情：内心真情。

②并举：相互勾结。好朋：喜欢结党。茕qióng：独。不予听：即不听予之倒装。

③节中：同《惜诵》之“折中”，即评判。喟kuì：长叹息之声。凭心：即心中愤怒。凭，愤懑，楚方言。历：经历。兹：此。

④沅湘：沅水和湘水。南征：南行。重华：帝舜的名字。

译文

没法挨家挨户向众人解说，谁能体察你这拳拳之心？世人都喜欢结成朋党，你为何不听劝告孑然一身？”求请先圣为我评判，满腔愤怒难以平静。渡过沅湘向南而行，我要向舜帝倾诉衷情：

启《九辩》与《九歌》兮，夏康娱以自纵[①]。不顾难以图后兮，五子用失乎家巷[②]。羿淫游以佚畋兮，又好射夫封狐[③]。固乱流其鲜终兮，浞又贪夫厥家[④]。

注释

①启：禹的儿子，夏开国国君。《九辩》《九歌》：传

说为天乐，启上天，在天帝那里得到《九辩》与《九歌》。康娱：安乐。纵：放纵。

②五子：指启之少子五观，一作武观。夏启十五年，武观叛乱。用失乎：因而。“失”为衍文。家巷：家哄，即内乱、内讧。

③羿yì：夏代有穷氏国君，善射。启子太康乱政，羿起兵推翻太康政权，以代夏政。淫游：无节制地出游。佚畋tián：纵情射猎。史载：羿得夏之后，恃其善射，不理国政，成天外出淫游打猎。封狐：大狐狸。

④浞zhuó：寒浞，传说是羿的国相，后羿成天在外打猎，不理朝政，寒浞擅权，私通羿妻纯狐，勾结羿家臣逢蒙，共同害死后羿。

译文

夏启偷得《九辩》《九歌》，寻欢作乐放纵自我。只图安逸不思长远，武观又因它内乱成祸。后羿好淫游终日田猎，喜欢追逐野猪和大狐。淫乱之徒难有好结果，寒浞乘机占了他的妻孥。

浇身被服强圉兮，纵欲而不忍①。日康娱而自忘兮，厥首用夫颠陨②。夏桀之常违兮，乃遂焉而逢殃③。后辛之菹醢兮，殷宗用而不长④。

注释

①浇ào：即过浇，是寒浞与后羿妻所生的儿子。

一作“羃”。被pī服：同“披服”，穿戴，这里用引申义，倚仗。强圉yǔ：强梁有力。不忍：不节制。

②厥：其。首：脑袋。颠陨yǔn：坠落。指过浇被少康所杀之事。

③夏桀：夏代最后一位国君，因残暴而被商汤推翻，流放到鸣条。常违：违背常理。乃遂焉：三个副词连用，相当于“于是”。

④后辛：商纣王，名辛。商代最后一位暴君。周武王伐商，推翻商朝。菹醢zūhǎi：将人剁为肉酱，古代一种酷刑，商纣王的大臣梅伯等皆受此刑。殷宗：商朝的宗祀。

译文

过浇强健有力横行霸道，不加节制放纵情欲。终日寻乐忘记危险，那颗脑袋终于掉下地。夏桀荒淫举止反常，终于亡国遭受祸殃。纣王将贤臣剁成肉酱，商朝的统治怎能久长？

汤禹俨而祗敬兮，周论道而莫差①。举贤而授能兮，循绳墨而不颇②。皇天无私阿兮，览民德焉错辅③。夫维圣哲以茂行兮，苟得用此下土④。

注释

①汤禹：古代圣王大禹和商汤。俨yǎn：严肃。祗zhī敬：恭敬。论道：以道治国。莫差：没有过错。

②循：遵循。绳墨：规矩，此喻法度。颇：偏颇，偏差。不颇指不偏私，公正。

③皇天：天之尊称。私阿ē：偏袒。错cù：通“措”，施行。“皇天无私，惟德是辅”是周人推翻商朝后提出的重要哲学思想。

④维：同“唯”。茂行：德行美盛。下土：天下。

译文

商汤夏禹严明而谨慎，周先王讲求治道没有过失。任用忠贤唯才是举，遵守规矩始终如一。皇天无私光明正大，有德之人才给予扶持。只有古代圣哲道德高尚，才能拥有辽阔的疆土。

瞻前而顾后兮，相观民之计极①。夫孰非义而可用兮？孰非善而可服②？阽余身而危死兮，览余初其犹未悔③。不量凿而正枘兮，固前修以菹醢④。

注释

①相xiàng观：观察。计极：衡量是非的标准。

②服：用、行。

③阽diàn：临近危险。览：回顾。初：过去。

④量：计量。凿zuò：凿孔。枘ruì：插孔用的木榫。前修：前贤。

译文

看到过去要顾及未来，把是非的标准一一分清。不义的行为怎能去做？不善的事情怎能施行？我虽已感受死亡的威胁，但从不后悔当初的抉择。不看清凿孔以修正木榫，前贤因此而受尽折磨。

曾歔欷余郁邑兮，哀朕时之不当①。揽茹蕙以掩涕兮，霑余襟之浪浪②。跪敷衽以陈辞兮，耿吾既得此中正③。驷玉虬以椉鹥兮，溘埃风余上征④。

注释

①歔欷xūxī：悲泣，哽咽之声。郁邑：郁闷。不当：不值，没能遇上。

②茹：柔软。霑：同“沾”。浪浪：泪流不止。

③跪敷衽rèn：指跪在铺开的衣襟上。敷，铺开。衽，衣襟。耿：光明。中正：正道。

④驷sì：古代以四马拉车，此处作动词“驾”。虬qiú：古代传说中无角之龙。椉：同“乘”。鹥yī：凤凰的别名。溘kè：忽然。埃风：卷起尘埃的风。

译文

声声抽泣心中郁闷，悲伤我怎么生不逢时。采一把柔软的蕙草把泪擦干，泪珠涟涟已浸湿了我的衣衫。跪在衣襟上把真情倾诉，我内心已获得明确的启示。驾上玉龙乘着凤凰，长风送我直上青云。

朝发轫于苍梧兮，夕余至乎县圃①。欲少留此灵琐兮，日忽忽其将暮②。吾令羲和弭节兮，望崦嵫而勿迫③。路曼曼其修远兮，吾将上下而求索④。

注释

①轫rèn：挡车轮的木头，起程时撤去，称发轫。苍梧：九疑山，帝舜死后葬于此。疑，一作“嶷”。县xuán圃：神话中昆仑山有县圃，即悬在空中之花圃。县即悬。

②灵琐：即神灵所居之处。琐，通“薮”。

③羲xī和：神话传说中为日驾车的御者。弭mǐ：停。节：鞭子。崦嵫yānzī：神话传说中西方神山，为日落之处。

④曼曼：同“漫漫”，既长又远，同后面之“修远”。

译文

清晨驱车从苍梧出发，傍晚已来到昆仑悬圃。想在这神山稍作停留，日神匆匆拉起夜幕。我让羲和停鞭缓行，望着崦嵫山别急于靠近。路途漫长而又遥远，我将上天下地寻求知音。

饮余马于咸池兮，总余辔乎扶桑①。折若木以拂日兮，聊逍遥以相羊②。前望舒使先驱兮，后飞廉使奔属③。鸾皇为余先戒兮，雷师告余以未具④。

注释

①咸池：神话中的天池，为浴日的地方。总：系结。

扶桑：神话中的神树，日神栖息之所。
②若木：神话传说中的神木，在昆仑西极日入之处，其花照下地。拂日：蔽日。逍遥：相羊，徘徊遨游之意。
③望舒：神话中月神的御者。飞廉：神话中的风神。奔属：奔走跟随。
④鸾皇：鸾鸟和凤凰。雷师：雷神。

译文

让我的马在咸池中畅饮，把马缰拴在神树扶桑。折若木的枝条遮挡太阳，我暂且在这里从容遨游。让月神前行为我先驱，令风神后随紧紧跟上。鸾鸟凤凰提前做好戒备，雷师告诉我还未安排好。

吾令凤鸟飞腾兮，继之以日夜①。飘风屯其相离兮，帅云霓而来御②。纷总总其离合兮，斑陆离其上下③。吾令帝阍开关兮，倚阊阖而望予④。

注释

①继之以日夜：夜以继日。
②飘风：旋风为飘。屯：聚集。相离：离为“丽”之借字，相离为相互附丽，靠近。御：侍从。
③纷总总：队伍数量众多。离合：忽离忽合。斑陆离：色彩缤纷。
④帝阍hūn：天帝的守门人。开关：“关”为门闩，开关则打开天门。阊阖chānghé：天门。楚方言中

把门称为阊阖。

译文

我叫凤凰展翅高飞，不分日夜一直向前。飘风聚合相互靠拢，率领着云霓迎在道旁。行进的队伍忽离忽合，五彩缤纷时下时上。我让天帝的侍者打开天门，他却靠在门旁冷眼相望。

时暧暧其将罢兮，结幽兰而延伫[①]。世溷浊而不分兮，好蔽美而嫉妒[②]。朝吾将济于白水兮，登阆风而绁马[③]。忽反顾以流涕兮，哀高丘之无女[④]。

注释

①暧 ài 暧：天昏地暗。罢：疲惫。一说为日落。汤炳正在《楚辞今注》中认为“罢”实则为“沕mì”，日不见之意。延伫：长久站立。

②溷 hùn：浑浊。

③白水：神话中的神泉，人饮之不死。阆 làng 风：神话中在昆仑山之上的一处地名。绁 xiè：系。

④高丘：有两说：一是认为高丘即指昆仑山；一是认为指楚国，楚地有“高丘”。似以前者为当。

译文

暮色苍茫人乏马疲，我编结幽兰久久伫立。世道浑浊是非不分，嫉妒心使贤人遭受压抑。天亮时我渡过了神泉白水，在神山阆风拴好龙马。回头看不由得潸然泪下，哀伤这高丘上不见神女。

溘吾游此春宫兮，折琼枝以继佩[①]。及荣华之未落兮，相下女之可诒[②]。吾令丰隆乘云兮，求宓妃之所在[③]。解佩纕以结言兮，吾令蹇修以为理[④]。

注释

①溘：急速。春宫：东方青帝所居之宫殿，青帝为春神，故称春宫。琼枝：指玉树之枝条。

②荣华：都指玉树上盛开之花。相xiàng：视。下女：下界神女，与昆仑山上相对比而言。诒：同"贻"，赠送。

③丰隆：云神。或以为云神兼雷神，"丰隆"为雷鸣之声。宓fú妃：神话传说中的洛水女神，原为古帝伏羲氏之女，溺死于洛水，后成为黄河之神河伯之妻。

④佩纕xiāng：佩戴。结言：以言结交。蹇jiǎn修：人名，王逸《楚辞章句》注为"伏羲氏之臣"。但章太炎认为"蹇修"寓钟磬通情，即以音乐传情，并引《尔雅·释乐》："徒鼓钟谓之修，徒鼓磬谓之蹇。"（《葑汉微言》）汤炳正更举出《九章·思美人》中有"令薜荔以为理"的拟人修辞手法，可参考。理：媒人。

译文

急匆匆我走到青帝的春宫，折一把琼枝佩戴在身上。

趁着枝上的鲜花尚未凋落，赠送给下界可人的女郎。命令丰隆赶快驾起云车，为我把洛神宓妃寻觅。解下佩带寄托深情，让蹇修为媒把真情传递。

纷总总其离合兮，忽纬繣其难迁[①]。夕归次于穷石兮，朝濯发乎洧盘[②]。保厥美以骄傲兮，日康娱以淫游[③]。虽信美而无礼兮，来违弃而改求[④]。

注释

①纷总总：指对离或合的看法不同，议论纷纷。纬繣huà：指宓妃态度乖戾，自以为是。

②穷石：神话传说中的山名。《左传·襄公四年》载："后羿自鉏迁于穷石，因夏民以代夏政。"传说中善射的后羿与河伯为了争夺宓妃发生过纠纷，羿用箭射伤河伯，把宓妃抢来当妻子，所以这里说她"夕归次于穷石"。濯zhuó发：洗头发。洧wěi盘：神话中的水名，王逸《楚辞章句》注引《禹大传》："洧盘之水出崦嵫之山。"崦嵫山在西极。

③保：依、仗着。厥：其，代指宓妃。

④信美：确实很美。违弃：放弃。改求：改换追求对象。

译文

议论纷纷宓妃举棋不定，忽然间发脾气一口回绝。夜间她要到穷石去留宿，早晨到洧盘把头发梳洗。倚仗自己美貌傲慢无比，成天在外游逛贪图安逸。面貌姣好却全无礼节，我另作打算将她放弃。

览相观于四极兮，周流乎天余乃下[1]。望瑶台之偃蹇兮，见有娀之佚女[2]。吾令鸩为媒兮，鸩告余以不好[3]。雄鸠之鸣逝兮，余犹恶其佻巧[4]。

注释

①览相观：皆观之意，三同义词连用，加强词义之表达。周流：即周游。

②瑶台：玉台。偃yǎn蹇：高耸起伏。有娀sōng：部落名，有娀氏。佚女：美女。神话传说中有娀氏部落有美女名简狄，居于瑶台之上。后为帝喾kù之妃，生子契xiè，为商族之始祖。

③鸩zhèn：鸟名，其羽毛有毒，置酒中可毒死人。不好：即不同意。

④鸠：鸟名，善鸣。佻巧：巧言动听而不诚实。

译文

从空中观望四极八荒，周天游遍我降临下地。玉台高耸遥遥在望，那里住着有娀氏之美女。我让鸩鸟前去说媒，鸩鸟回话说简狄不喜欢。斑鸠自告奋勇边飞边叫，我讨厌它轻浮而佻巧。

心犹豫而狐疑兮，欲自适而不可[1]。凤皇既受诒兮，恐高辛之先我[2]。欲远集而无所止兮，聊浮游以逍遥[3]。及少康之未家兮，留有虞之二姚[4]。

注释

①自适：自去。

②受诒：受帝喾之命送去聘礼。高辛：帝喾之号。

③远集：停留在远方。止：当作“之”，无所之即无处可去之意。浮游：无目的地漫游。

④少康：夏朝中兴之君。其父为夏后相，夏后相之妻后緡有孕，逃回其母家有仍，生子少康。少康逃奔有虞氏，有虞氏国君将两个女儿嫁给少康，姚姓，故称有虞氏之二姚。

译文

我心中犹豫不知所从，想自己前去又于礼不当。凤凰已受命将聘礼送上，高辛氏已抢先当了新郎。想要远行又无处停留，姑且逍遥消磨时光。不如趁少康还未成家，有虞氏还留有两位姑娘。

理弱而媒拙兮，恐导言之不固[1]。世溷浊而嫉贤兮，好蔽美而称恶[2]。闺中既以邃远兮，哲王又不寤[3]。怀朕情而不发兮，余焉能忍而与此终古[4]？

注释

①导言：指媒人传递之言。不固：不可靠，不牢固。

②称恶：扬恶。

③闺中：宫中小门称为闺，此指以上三求女中的女

子居处。邃suì远：深远。哲王：指怀王。寤：通“悟”，醒悟。

④发：倾诉。终古：长久。

译文

可媒人那么无能又笨拙，恐怕去说合也没有把握。举世浑浊嫉妒贤能，总喜欢隐善而扬恶。香闺深深啊佳人难见，贤明的君王却昏睡沉沉。满腹真情向谁倾诉？我怎能忍耐度过此生？

索藑茅以筳篿兮，命灵氛为余占之①。曰：“两美其必合兮，孰信修而慕之②？思九州之博大兮，岂唯是其有女③？”曰：“勉远逝而无狐疑兮，孰求美而释女④？何所独无芳草兮，尔何怀乎故宇⑤？”世幽昧以昡曜兮，孰云察余之善恶⑥？

注释

①索：取。藑qióng茅：茅的一种，为占卜所用的蓍shī草之类。筳篿tíng zhuān：占卜用的竹片，长六寸，祭神时掷于地上，一阴一阳为吉卦。灵氛：占卜的巫祝之名，或以为即神话中的巫肦fén。当以寓言人物视之，不必求真。

②曰：此处四句当指卜问之词。两美必合：此处以男女之情喻君臣。慕：倾慕。

③是：此处指楚国。女：代指贤君。

④曰：此处以下四句为卜问的答词。勉：尽力。女：

同"汝"。

⑤故宇：故居，代指故国。

⑥眩曜xuànyào：眼花缭乱。余：屈原自谓。从"世幽昧以眩曜兮"以下，应为屈原自我抒情之词。

译文

取来薆茅和占卜的竹片，让灵氛为我把卦算。占问："美男必然配得美女，真正的佳人谁不喜欢？想想九州是如此博大，难道只有此处才有美女？"卜告："高飞远走，别再迟疑，哪个求美的肯将你舍弃？世间何处没有芳草，你何必总把故乡惦记？"世道阴暗而混乱，谁能将善恶区分明晰？

民好恶其不同兮，惟此党人其独异①！户服艾以盈要兮，谓幽兰其不可佩②。览察草木其犹未得兮，岂珵美之能当③？苏粪壤以充帏兮，谓申椒其不芳④。

注释

①独异：特别怪异。

②户：家家户户。服：佩戴。艾：白蒿。要：同"腰"。

③未得：指辨别不清。珵chéng：玉。

④帏wéi：同"袆"，古代人佩戴的香囊。

译文

人们的爱憎虽然有别，这些党人却与众不同。他们把艾草塞满腰间，还要说幽兰不能佩用。他们连草木都分不清善恶，要识别美玉怎能妥当？收集粪土充填荷包，却偏说申椒一点也不香。

欲从灵氛之吉占兮，心犹豫而狐疑。巫咸将夕降兮，怀椒糈而要之[①]。百神翳其备降兮，九疑缤其并迎[②]。皇剡剡其扬灵兮，告余以吉故[③]。

注释

①巫咸：《山海经》之《大荒西经》中记有灵山十巫，巫咸为其中之一。降：从天而降。椒糈 xǔ：椒指花椒，香料。糈指精米。皆祭神所用香洁之物。要：同“邀”，请求。

②翳 yì：遮蔽，形容其多。备：齐。九疑：旧注以为指九疑山神。汤炳正认为即指九疑山，屈原使用拟人的手法。(《楚辞今注》) 缤：纷纷。

③皇：通“煌”，辉煌。剡 yǎn 剡：光亮。扬灵：发出灵光。吉故：好的故事。

译文

想要听从灵氛的吉占，心中又犹豫忐忑不安。巫咸将在夜间从天而降，准备好花椒精米再请他算算。百神遮天蔽日一同降临，九疑山众神纷纷出迎。神光赫赫绚丽辉煌，巫咸告诉我吉利的故训。

曰勉升降以上下兮，求矩矱之所同[①]。汤禹俨而求合兮，挚咎繇而能调[2]。苟中情其好修兮，又何必用夫行媒？说操筑于傅岩兮，武丁用而不疑[3]。

注释

①曰：此为巫咸告语，以下即“吉故”之内容。矩矱yuē：这里用以喻法度、准则。矩，木工画直线的曲尺。矱，量长度的工具。

②俨：或作严，释为恭敬之意。求合：寻求志同道合的贤人。挚：伊尹，辅佐商汤灭夏。咎繇gāo yáo：即皋陶yáo，禹之臣，主管刑法，以办事公正而有名。

③说yuè：即傅说。操筑：拿着夹板筑墙。傅岩：傅说服劳役之处。武丁：殷高宗，为商代有为之君主。传说傅说是一位筑墙的奴隶，武丁知其贤，借托梦令人画像以求访，结果在傅岩找到了傅说，用以为相。

译文

他说：勉力往上下四方去探索，寻求志同道合的情谊。汤禹虔诚地寻找贤才，伊尹皋陶精心为之调理。只要你真正保持美洁，又何须到处寻找媒人？傅说在傅岩夯土筑墙，武丁信用他毫不见疑。

吕望之鼓刀兮，遭周文而得举[1]。宁戚之讴歌兮，齐桓闻以该辅[2]。及年岁之未晏兮，时亦犹其未央[3]。恐鹈鴂之先鸣兮，使夫百草为之不芳[4]。

注释

①吕望：又称吕尚、姜尚、姜子牙。他曾在殷都操刀卖肉。周文：周文王。举：举用。

②宁戚：春秋时卫人，他到齐国为商贩，夜间喂牛时，叩牛角而歌，即所传《饭牛歌》。

③未央：未尽。

④鹈鴂tí jué：即子规，又作杜鹃，春末夏初啼鸣，正值落花时节，所以说“百草为之不芳”。

译文

吕望不过是操刀的屠夫，遇见周文王从市井崛起。宁戚叩击牛角高声歌唱，齐桓公听到后用为辅弼。趁你的年纪还不到老年，趁着这季节春光还正长。只恐怕杜鹃过早地鸣叫，使百草因此而失去芳香。

何琼佩之偃蹇兮，众薆然而蔽之[①]。惟此党人之不谅兮，恐嫉妒而折之[②]。时缤纷其变易兮，又何可以淹留[③]？兰芷变而不芳兮，荃蕙化而为茅[④]。

注释

①偃蹇：本义为高，此引申为高贵。薆ài然：被掩蔽而无光。

②不谅：不诚信。恐：恐怕。汤炳正认为恐应作“共”，恐、共声近而误（《楚辞今注》），可参。

③缤纷：混乱。淹留：滞留，久留。

④化：变化，变质。茅：恶草。

译文

我的玉佩是这样美丽闪亮，为什么众人要遮掩它的光芒？这批小人如此不讲信义，我担心因嫉妒而被人砸烂。时俗纷纷变幻无常，这里又有什么值得留恋？兰芷已经变得失去芳香，荃蕙也已化为普通的丝茅。

何昔日之芳草兮，今直为此萧艾也①？岂其有他故兮，莫好修之害也！余以兰为可恃兮，羌无实而容长②。委厥美以从俗兮，苟得列乎众芳③。

注释

①直：竟然。萧艾：即艾蒿，作者认为它是一种恶草。

②兰：兰草。可恃：可靠。无实容长：即华而不实之意。容为外表。长，同修、美之义。旧注以为影射怀王少子子兰，但似未可坐实。

③委：弃。厥美：其美。

译文

为什么往日的这些芳草，如今都变成低贱的萧艾？难道还有什么其他缘故？实在是不好修洁的祸害！我原以为香兰还能依赖，想不到华而不实徒有其表。抛弃美质而随波逐流，又怎能再列名于众芳？

椒专佞以慢慆兮，榝又欲充夫佩帏[1]。既干进而务入兮，又何芳之能祗[2]？固时俗之流从兮，又孰能无变化[3]？览椒兰其若兹兮，又况揭车与江离？

注释

①椒：花椒。旧注以为指楚司马子椒，如同兰指令尹子兰之类。但屈作中所写之植物种类众多，有芳草也有恶草，一一坐实恐不合适，宜以比喻象征艺术手法视之。专佞nìng：精于谄媚。慢慆tāo：傲慢。榝shà：山茱萸zhūyú，形似椒。佩帏：佩戴的香囊。

②干进：急于求进。务入：求入于君。务，同“求”。祗：敬、重。

③流从：一作“从流”，随波逐流。

译文

椒精于谄媚而傲慢无礼，榝又急于要充填荷包。人人都争名逐利志在必得，又有哪种香草能洁身自好？既然俗人都在同流合污，又有谁能保持一尘不染？看那申椒兰蕙尚且如此，揭车和江蓠又怎能不变！

惟兹佩之可贵兮，委厥美而历兹[1]。芳菲菲而难亏兮，芬至今犹未沬[2]。和调度以自娱兮，聊浮游而求女[3]。及余饰之方壮兮，周流观乎上下[4]。

注释

①委：弃。历兹：历此，以至于此。

②未沬mèi：未泯灭。沬，通“昧”，本义为暗淡。

③和调度：自我调节。三字为同义词连用。

④方壮：方盛。

译文

只有我的玉佩是如此高贵，虽被遗弃又受尽磨难。香气四溢毫不减损，至今依然焕发出芳香。调节身心我自乐自娱，姑且漫游以寻求淑女。趁我的佩饰依然美盛，我将周游四方上天入地。

灵氛既告余以吉占兮，历吉日乎吾将行[①]。折琼枝以为羞兮，精琼爢以为粻[②]。为余驾飞龙兮，杂瑶象以为车[③]。何离心之可同兮？吾将远逝以自疏[④]。

注释

①“灵氛既告余以吉占兮”句：此处是祭祷了巫咸百神之后，灵氛告诉祭祷的结果。历：选择。

②羞：美好的食品。精：舂捣。爢mí：粉末。粻zhāng：粮食。

③杂瑶象：杂用美玉与象牙。瑶，美玉。

④自疏：自我疏远。

译文

灵氛告诉我已经得到吉兆，选择好吉日我将要远行。

折下琼枝以为佳肴，舂捣玉屑作为干粮。让飞龙为我驾车疾驰，用象牙和美玉把车装饰。离心离德怎能共谋大事？我要远走高飞自我放逐。

邅吾道夫昆仑兮，路修远以周流①。扬云霓之晻蔼兮，鸣玉鸾之啾啾②。朝发轫于天津兮，夕余至乎西极③。凤皇翼其承旂兮，高翱翔之翼翼④。

注释

①邅zhān：转道，为楚方言词。

②晻蔼yán'ǎi：遮天蔽日。玉鸾：玉铃，以玉制成的车铃，形如鸾鸟。啾jiū啾：象声词。

③天津：天河，银河。

④翼翼：飞翔时悠闲而整齐之状。

译文

我掉转车驾前往昆仑，道路漫漫从容周游。云旗飘飘遮天蔽日，玉铃摇动声鸣啾啾。早晨我从天河渡口起程，晚上我抵达西方天尽头。凤凰展翅与云旗相接，高空中翱翔其乐悠悠。

忽吾行此流沙兮，遵赤水而容与①。麾蛟龙使梁津兮，诏西皇使涉予②。路修远以多艰兮，腾众车使径待③。路不周以左转兮，指西海以为期④。

注释

①流沙：西方之沙漠。沙尘暴扬起时，沙漠中飞沙走石，沙丘也能自行移动，故古人称之为“流沙”。赤水：神话中的水名，出崑岺山。容与：犹豫徘徊。

②麾huī：指挥。诏：命令。西皇：神话传说中西方之神为少皋。

③腾：驰告。径待：当从一作“径侍”，在路旁守候。

④不周：神话中的山名，在崑岺西北，其山有缺口，故名不周山。西海：神话传说中西部的大海。期：目的地。

译文

忽然间我走进大片流沙，沿着赤水河边徘徊不前。指挥蛟龙快快架好桥梁，命令西皇将我渡往对岸。旅程迢迢举步艰难，我让众神守候在路边。绕着不周山向左转弯，直奔西海抵达终点。

屯余车其千乘兮，齐玉轪而并驰①。驾八龙之婉婉兮，载云旗之委蛇②。抑志而弭节兮，神高驰之邈邈③。奏九歌而舞韶兮，聊假日以媮乐④。

注释

①屯：聚集。轪dài：车轮，楚方言词，代指车。

②婉婉：同“蜿wān蜿”。形容龙在驾车时躯体弯曲之状。委蛇wēi yí：舒展飘动。或作“委移”“逶迤”。

③邈miǎo邈：高远。

④韶：即《九韶》，相传为帝舜之乐。孔子曾赞《韶》乐尽善尽美。媮：通“愉”。

译文

集合起我的千乘马车，整齐的玉轮并驾驱驰。八龙蜿蜿驾车行进，云旗飘飘随风飞舞。抑制激情按辔徐行，神思茫茫飞驰远方。齐奏《九歌》跳起《韶》舞，借此良辰欢度时光。

陟升皇之赫戏兮，忽临睨夫旧乡[①]。仆夫悲余马怀兮，蜷局顾而不行[②]。乱曰[③]：已矣哉[④]！国无人莫我知兮，又何怀乎故都[⑤]！既莫足与为美政兮，吾将从彭咸之所居[⑥]！

注释

①陟 zhì：与“升”同义。皇：天。赫戏：光明。戏，同“曦”，与“赫”义同。临睨 nì：居高下视。

②仆夫：仆人。怀：思念。蜷 quán局：指马身躯屈曲，不肯前行。

③乱：乐章的尾声。楚辞中之“乱”，带有总结全篇的意思。王逸《楚辞章句》：“乱，理也，所以发理词指，总撮其要也。”

④已矣哉：感叹词，如同“算了吧”。绝望之极，而发出无可奈何的感慨。

⑤莫我知：即“莫知我”。

⑥美政：理想的国政。指屈原所表达的君明臣贤、

修明法度等。

译文

升上九天光明辉煌，忽然回首望见故乡。仆夫悲伤我马留恋，掉转身子不肯向前。尾声：算了吧！国中没有人了解我，又何必这样怀念故都！既然无法实现美政理想，我将把彭咸作为榜样！

评析

《离骚》一文，素称难读。清人朱冀曾说："盖《楚辞》中最难读者莫如《离骚》一篇。……章法大则开阖亦大。中间起伏呼应，一离一合，忽纵忽擒，如海若汪洋，鱼龙出没，变态万状，令人入其中而茫无津涯。"(《离骚辩》)这话一点也不夸张。因为《离骚》乃是屈原用其毕生的精力和心血，构筑而成的鸿篇巨制，它自然不像绝句、律诗那么易诵易记。其次，作品的内容丰富。其中所涉及的人名、神名、天文地理、神话传说、历史事件乃至飞禽走兽、花草树木等，种类繁富，头绪众多，令人有目不暇接之感。因此，要很好地理解本诗，必先把握其总体构思，在熟悉作品内容的基础上，条分缕析，从而理解作品的真谛，并从中得其精华。

对此，前人作过许多探索。据姜亮夫统计，仅对《离骚》进行分段一项，意见不同者竟有九十五家之多。今人比较一致采用的是清人王邦采在《离骚汇订》一书中提出的三段分法，这一分段法头绪清楚，易于理解。当然，每一大段里又可分出若干部分，下面，我们将按这一分法加以说明。

从开头到"岂余心之可惩"为第一段。这一段是诗中的主人公对其生活道路的回忆与反思。诗人基本上是采用自传的形式直叙其生平、抱负、道德修养与政治理想，并为实现其“美政”理想而进行的顽强的斗争，突出了理想与现实之间存在的尖锐矛盾。

由“女媭之婵媛兮”到“余焉能忍而与此终古”为第二段。集中描写自己对于理想的执着追求。在篇幅上，这一段和第一段大体相同，都是一百二十馀行诗。

从“索藑茅以筳篿兮”至全文结束，是本诗的第三段。叙述灵均在各种追求和努力都失败后，求教于灵氛与巫咸，决定去国远游，寻求可以施展才能、实现理想的处所。然而，故乡像一个强大的磁场一样吸引着他，终于又不忍离去。

从“乱曰”之后五句，是全诗的结束语，反映了主人公强烈的悲愤心情和以身殉国的决心。

从上述这一分析中可见，《离骚》篇幅虽长，但贯穿着屈原报效祖国、寻求真理、为实现美政理想而不屈不挠地坚持斗争的主线。所以刘熙载在《艺概·赋概》中说：“《离骚》东一句，西一句，天上一句，地上一句，极开阖抑扬之变，而其中自有不变者存。”所谓“不变者”，即是上述这一根主线。

那么，上述三个段落之间的关系如何，据王邦采的说法，从开头到“岂余心之可惩”“为第一段之结束，而全文已包举。后两大段虽另辟神境，实即第一段之意，而反复申言之。所谓言之不足，又嗟叹之也。其中起伏断续，变化离奇，令人莫测”（《离骚汇订》）。也就是说，第一段中已将全文的意思讲完了，后两段是进一步深化了主题。此说虽可通，但这只能说，屈原从政时期的经历，至第一段结束时已叙述完了，并不能说已包举了全文的意思。因为第二、第三两段的脉络，仍然是在第一段的基础上进一步地发展，它是屈原在政治上失意后面临的更加激烈尖锐的思想斗争，是对自我的前途与命运的新的抉择。因此，第二段是紧接第一段之后写其思想上矛盾与斗争的过程，并在此基础上寻求贤者，以共同奋斗。然而，登天无门，“三求女”又遭失败。这里虽是想象，但已明确地说明，由于楚国现实社会的黑暗，我们的主人公已不可能再抱有任何幻想。所以，从第三段开始，即展开了新的矛盾：既然报国无门，出路何在？灵氛和巫咸的启示使他产生了去国远游的意念，并在神游天界的过程中加以表现。然而，他终于未能摆脱对故乡故国的无限留恋之情，从天而降，踏上故乡的土地。显然，这里自始至终有着清晰的发展脉络，而且后两段的高峰迭起，也不是简单的设想，它必然隐含着作者的某种现实的行动为其背景材料。也只有这样，诗篇才把主人公的全部奋斗过程表达得充分完整。

《离骚》是屈原的具有自传性质的长篇抒情诗。这两千多字篇幅，蕴藏十分丰富的内容。就诗人本身而言，诗中描述了诗人大半生的奋斗历程，汲汲追求的美政理想，以及为实现这种理想而进行的艰苦的斗争直至失败的整个过程。从社会的角度来看，这首诗反映的是一个剧烈变化的时代，它以楚国这一政治舞台为背景，描写了在这样一场社会大变革中，正直进步的力量与腐朽落后的势力之间进行的无比激烈的斗争。昏庸的楚国国君，任用腐朽无能的贵族集团，把持了楚国的朝政，使曾经在当时具有举足轻重地位的国家，面临着失败的命运。作者在诗中毫不留情地揭露上层社会统治集团的这种黑暗反动的政治，表达了他对国家前途命运的担心。因此，从作品表现的实际内容来说，它不是新兴阶级胜利前进的进行曲，而是腐朽奴隶主阶级没落衰亡的挽歌。由于作者忠实于社会生活，在作品中揭示出社会的主要矛盾，正确地预示社会发展的必然趋势，因而使这篇作品具有十分深刻的认识价值。司马迁在《屈原列传》中写道："屈原既死……其后楚日以削，数十年，竟为秦所灭。"他把屈原之死与楚国灭亡这两者联系起来，是很有见地的。因为屈原的失败，实际上代表着进步力量的失败，其结果，楚国当然只有走向灭亡的道路。

《离骚》中所反映的这一具有深刻社会意义的主题，使这部作品充满强烈的悲剧色彩，灵均的为正义而献身的精神更使这部作品具有感人的艺术魅力。明人胡应麟曾说过："纡回断续，骚之体也；讽谕哀伤，骚之用也；深远优柔，骚之格也；宏肆典丽，骚之词也。"(《诗薮》内编卷一）这是从总体上对《离骚》所作的评价。"讽谕哀伤"，确为本诗的主基调，后人都注意到这一特点。在屈原之前的楚昭王时，申包胥曾哭于秦廷，乞得秦师以复楚。可见悲哀，尤其是发自真心的哀伤，确实可以产生感人的力量。屈原的《离骚》，塑造了灵均那崇高而感人的艺术形象，然而这一完美的艺术典型却不容于黑暗的社会现实，他遭到各种恶势力的攻击，导致了失败以致逐步走向死亡。这一美好的艺术形象的毁灭，确实也震撼了人们的心灵，产生了强烈的艺术效果，激起人们对黑暗的社会现实的巨大不满与仇恨。同样，灵均那美好的艺术形象，成为我国历代知识分子学习和仿效的榜样。

叙事和抒情的统一，是这首诗创作上的一个重要特征。全诗中，屈原以娓娓动人然而又毫无做作的语气，叙述和描写自己的全部生活、思想、爱好，他像一位天真无邪的赤子毫不隐晦地把自己的一切展现在读者的面前。在这些叙述中，他尽情地抒发了自己真实的感情、美好的愿望和对祖国对人民深沉的挚爱。全诗叙事中有抒情，抒情中又叙事，两者完整地交融为一体，完美而和谐。

现实主义与浪漫主义相结合的创作方法，使这一作品具有异常感人的力量。《离骚》是一首著名的优秀浪漫主义诗篇。然而，这种浪漫主义，是深深地扎根于现实生活之中的，在描写上表现为现实事物的叙写与幻想景物的彩绘的结合。诗的前半部分，诗人描写个人经历时，十分真实地反映楚国的现实和自己的真实感情，这部分是实写。诗的后半部分，女媭的劝告，向重华陈辞、驾飞龙上下求索、灵氛占卜、巫咸降神以及在天空中遨游远行的描述，都是作者的艺术想象。尤其是作者描写上天入地，周游四方及在去国离乡、遨游天界的场面中，诗人驱策龙凤、役使百神，上叩帝阍、下求佚女，发天河、行流沙、遵赤水，尽情地在广阔无垠的宇宙、远古神话的境界中遨游驰骋，在这里，思维完全超越了时空的界限，显示了作者异常丰富的想象力。作品前半部分的叙述抒情同后半部分的艺术想象的巧妙结合，丰富了作品的内容，扩大了诗篇的容量，使作品具有一定的故事情节，造成了全诗在结构上跌宕起伏的特点。作者感情奔涌澎湃，交织以奇丽的幻想和优美的神话画面，使整篇作品像一支雄浑奇丽的交响曲，强烈地拨动人们的心弦。也正是在这样的描写中，诗人把一位有美好理想、有坚定信念、有丰富感情的抒情主人公的形象，血肉丰满地塑造出来，成为我国文学史上难得的艺术典型。

前人在楚辞研究中，都注意到楚辞作品对《诗经》所开创的“比兴”艺术手法的继承和发展。而《离骚》可说是表现得最为明显的。作品中，如王逸所说：“善鸟香草，以配忠贞；恶禽臭物，以比谗佞；灵修美人，以媲于君；宓妃佚女，以譬贤臣；虬龙鸾凤，以托君子；飘风云霓，以为小人。”（《楚辞章句》）虽然，后人对王逸所说的比喻的对象并不完全赞同,如关于“美人”的解释,就有多种说法。但他关于《离骚》的“依《诗》取兴,引类譬喻”的说法却是获得大多数人赞同的。也有人认为,《离骚》等楚辞作品采用的这种艺术手法,不是来源于《诗经》,而是来源于楚国的“巫风”,因为从《九歌》等作品中,可以看到,当时的一些“巫”歌作品,是广泛地运用了这种比喻的手法的。我们认为,这一问题不应对立起来,每一时代的优秀作家,总是继承前人的文学创作中成功的经验,同时也吸取民间文学的精华,吸取其中成功的艺术表现手法,也只有这样,才能使自己的作品获得最大成功。把两者对立起来的说法,是不合实际的。当然,《离骚》的“比兴”,已经大大突破《诗经》的“比兴”的范围。例如,同样描写培养贤才,《诗经·大雅·棫朴》:“芃芃棫朴,薪之槱之。济济辟王,左右趣之。”《诗经·小雅·菁菁者莪》:“菁菁者莪,在彼中阿。既见君子,乐且有仪。”这些诗以棫朴之兴盛,萝蒿之茂密起兴,使人联想到人才的众多;而《离骚》写自己培养贤才,却用“滋兰九畹”“树蕙百亩”来象征与比喻,当贤才变质时则写“芳草”变为“萧艾”,这其中的草木,已不是简单的兴象,而是根据其香、臭来比喻人才之贤否。又如詹安泰所说,有些地方运用自然景物时,“在运用比的传统的基础上,加上寓言的表现手法的因素的一种新的表现手法。我们管它叫作‘象征’……跟《离骚》的实际情况更符合”(《离骚通论》)。例如“吾令鸩为媒兮,鸩告余以不好。雄鸠之鸣逝兮,余犹恶其佻巧”,这可能是以民间寓言、传说故事为背景的。这些分析,有助于我们更好地认识《离骚》的艺术表现方法。

《离骚》的出现,标志着楚辞作品的完全成熟。它打破了《诗经》以来形成的以四言为主的传统诗歌形式,句式上参差错落，更能自由地表达情感。在篇幅方面也比《诗经》作品大大加长，扩大了作品的容量。楚辞这一诗歌形式的产生，是我国诗歌发展史的一次革命。

王逸在《楚辞章句序》中，以“金相玉质，百世无匹，名垂罔极，永不刊灭”来评价以《离骚》为代表的楚辞作品，实在是十分恰当的。

九　歌

题解

《九歌》中，共列有作品十一篇:《东皇太一》《东君》《云中君》《湘君》《湘夫人》《大司命》《少司命》《河伯》《山鬼》《国殇》《礼魂》。

《九歌》中的这些作品，因其风格、性质大体相近，组合而成，结构和安排的次序也都有一定规律，它们应该是经过比较周密考虑而组织起来的一组诗篇。而《九歌》则是古乐之名。

《九歌》名称来源很早，在《山海经》《楚辞》《左传》中都提到《九歌》的名称。

《山海经·大荒西经》:“西南海之外，赤水之南，流沙之西，有人珥两青蛇，乘两龙，名曰夏后开（启），开（启）上三嫔于天，得九辩与九歌以下。此大穆之野，高二千仞，开焉得始歌‘九招’。”

《左传·文公七年》:“《夏书》曰:戒之用休，董之用威，劝之以九歌，勿使坏。九功之德皆可歌也，谓之九歌。”

《楚辞》中三处提到“九歌”。《离骚》:“启九辩与九歌兮，夏康娱以自纵。”“奏九歌而舞韶兮，聊假日以媮乐。”《天问》:“启棘宾商，九辩九歌。”

上述三处提及《九歌》《九辩》的地方，都把《九歌》

同夏代联系起来，尤其是同夏代的开国国君启联系起来。我们从这里可以看到在春秋战国时代，《九歌》已是传说的古乐歌的名称。关于启上天偷来仙乐的故事，在先秦大概是流传很普遍的一则神话。1978 年在随县曾侯乙墓出土了一件五弦乐器，形状如琴，在琴身后半段，漆绘着两幅人与龙的图案画。根据画中人物的形状、服饰，有的学者认为它就是“夏后开得乐图”(冯光先《珍奇的“夏后开得乐图”》,见《江汉考古》1983 年第 1 期)。这是有道理的。“开”就是“启”。

楚人的文学作品中，不仅有屈原的《九歌》，而且有宋玉的《九辩》，从这一现象中可以看出楚族与夏族的关系是颇为密切的。传说中楚族原居住在黄河流域，与夏族同源，后来才被迫南移至江汉流域，楚人保存有夏代文化的成分便是非常自然的。

据王逸《楚辞章句》:“九歌者，屈原之所作也。昔楚南郢之邑，沅湘之间，其俗信鬼而好祀。其祠，必作乐鼓舞，以乐诸神。屈原放逐，窜伏其域，怀忧苦毒，愁思沸郁。出见俗人祭祀之礼，歌舞之乐，其词鄙陋，因为作《九歌》之曲。上陈事神之敬，下以见己之冤结，托之以风谏。故其文意不同，章句杂错，而广异义焉。”这段话比较完整地叙述了关于《九歌》的作者、性质、创作时间、思想倾向等一系列问题。其后宋代的朱熹在《楚辞集注·九歌》序中说:“荆蛮陋俗，词既鄙俚，而其阴阳人鬼之间，又或不能无亵慢淫荒之杂。原既放逐，见而感之，故颇为更定其词，去其泰甚。”他们都认定屈原是《九歌》的作者，不过在内容方面，王逸认为更改的程度很大，而朱熹以为更改不大，略有取舍而已。他们都指出《九歌》源于民间乐歌中的巫歌，而后经屈原改作，是比较正确地解释了《楚辞·九歌》的产生过程的。

但是，经屈原改写后的《九歌》是否仍然是为祭祀用的，实在值得怀疑。清代的戴震已提出疑问，他说：“九歌东皇等篇，皆就当时祀典赋之，非祠神所歌。”（《屈原赋注》）我们看《九歌》中，《东皇太一》《礼魂》是明显地描写祀神场面的。又如《东君》，从“緪瑟兮交鼓”，到“应律兮合节，灵之来兮蔽日”这段，纯属旁观者对场面的描写。其他篇章中，许多段落应是谁唱的呢？不少人争得面红耳赤，原因恐怕也在于对作品认识的偏差。

其次，从内容看，《九歌》除《东皇太一》篇写得比较虔诚，《国殇》一篇写得庄重悲壮外，其馀诸篇，内容多涉及男女情爱，缠绵悱恻，且不少互相指责之词，以这种内容来祀神，恐怕是“鬼神弗福”的。有的人以祀神曲来源于民间作解释，其实也是解释不通的，即使是民间祀神曲，也依然是要保持庄严肃穆的，因为所祭的对象并非像过去所说的是什么“淫祀”，而是上有至高无上的天神，下有国家四境内的名山大川，不能冠之以“淫祀”之典。更何况全组诗中看不出一点求神致福之词，又怎能说它是祀神曲呢？

那么楚辞《九歌》描写的歌舞是什么性质的呢？我们认为它实际上是表演神的故事的歌舞，犹如今天的神话剧一般。它们的内容，最早应是来源于祭坛的，是祭坛上的祭词，但后来它们逐渐地从祭坛脱离出来，变成以表演神的生活故事为其主要内容的歌舞；因而作品中祭祀的成分越来越少，而更多地增加了故事情节和生活内容。这应该是这组作品所反映的实际。姜亮夫曾认为：“《九歌》亦湘沅之民，集于村社，搬演其心目中之天神故事。”（《屈原赋校注》）搬演“天神故事”的看法是比较接近于这组作品的实际的，不过其创作的时间、地点，则还可以商讨。

郭沫若认为：“以《九歌》歌辞的清新，调子的活泼来说，我们可以断定《九歌》是屈原未失意时的作品。”（《屈原赋今译》）关于创作的具体时间问题，更多人继承清人何焯、马其昶的看法，认为《九歌》是屈原奉怀王之命而作，目的是“事神欲以助却秦军”。但是从《九歌》的内容看，其中同样看不出有求神助却秦军的任何内容，所以马茂元认为这一说法“细审文义，皆有未合”（《楚辞选》），这种看法是正确的。

不少古籍中曾记载了楚国人喜爱“巫音”的情况，《吕氏春秋·侈乐篇》载：“宋之衰也，作为千钟；齐之衰也，作为大吕；楚之衰也，作为巫音。”毫无疑义，“巫音”最早应当是巫觋祭祀时所唱的乐歌曲调。而这种曲调居然逐渐为楚人所喜爱，并成为宫廷的流行音乐。《九歌》即是典型的宫廷“巫音”作品。

东皇太一

题解

东皇太一，王逸注："太一，星名，天之尊神，祠在楚东，以配东帝。故曰东皇。"太一是否如王逸所说的星名，今不可考，但在先秦时，各代都是很重视天象观测的，史籍中有大量关于星象变化的记载。到汉代以后，谶纬之说盛行，天人合一，常以星宿为神名，这是不足为奇的。所以《汉书·天文志》中称："中宫天极星，其一明者，太一所常居也。"又《淮南子》称："太微者，太一之庭也。紫宫者，太一之居也。"洪兴祖《补注》："说者曰：太一，天之尊神，曜魄宝也。"则"曜魄宝"是"太一"的别称。

楚人把"太一"看成是"天之尊神"是没有疑义的。宋玉在《高唐赋》中就写有"进纯牺，祷璇室，醮诸神，礼太一"，可知这种看法由来已久。而《九歌》中又以《东皇太一》置于首篇，诗中称"太一"为"上皇"，这就清楚地说明了这个问题。

关于太一神的祭祀，先秦典籍未见记载。据《史记·封禅书》，西汉前期祭祀的尊神为五帝。至汉武帝时，"亳人谬忌奏祠太一方，曰：'天神贵者太一，太一佐曰五帝。古者天子以春秋祭太一东南郊，用太牢，七日，为坛开八通之鬼道。'于是天子令太祝立其祠长安东南郊，常奉祠如忌方”。江陵望山一号楚墓和荆门包山二号楚墓祭祀竹简中均在多次祭祀记载中，首位祭祀神是[illegible]（或作[illegible]）、[illegible]（即蚀）[illegible]，李零先生认为即是太和蚀太，也就是“太一”神，这就为东皇太一的祭典提供了有力的依据。

为什么楚人要把最尊贵的神称为“太一”呢？这里涉及我国古人对事物形成的认识问题。先秦哲学家中，道家起源于楚国。《老子》书中认为天地万物，由“道”所制约，“道生一”，“一”代表事物未有具体形状前的混沌状态，因此也就是事物的起源。《庄子・天下篇》概括老子学说“建之以常无有，主之以太一”。成玄英注：“太者广大之名。一以不二为称。言大道旷荡，无不制围，囊括万有，通而为一，故谓之太一。”

吉日兮辰良①，穆将愉兮上皇②。抚长剑兮玉珥③，璆锵鸣兮琳琅④。瑶席兮玉瑱⑤，盍将把兮琼芳⑥。蕙肴蒸兮兰藉⑦，奠桂酒兮椒浆⑧。

注释

①辰良：即“良辰”的倒文，为了和下面的诗行押韵。
②穆：恭敬。上皇：即东皇太一。
③抚：握持。珥ěr：剑鼻，在剑柄上。此处代指剑柄。
④璆锵qiúqiāng：与后文之琳琅，都是美玉名。王逸注以为灵巫“要（即腰）垂众佩，周旋而舞，动鸣五玉，锵锵而和，且有节度也。”洪《补注》：“《礼

记》曰：古之君子必佩玉，进则揖之，退则扬之，然后玉锵鸣也。……《尔雅》曰：西北之美者，有昆仑虚之璆琳琅玕焉。璆、琳，美玉名。琅玕：状似珠也。”

⑤瑶席：瑶原是美玉名，这里形容席子精美光洁似玉。玉瑱zhèn：压席的玉器。瑱，同“镇”。

⑥盍hé：何。《广雅疏证》卷三上：“盍，何也。”将：举。把：拿。琼：美玉名，王逸注为“玉枝也”。因此《文选》五臣注以为全句是：“灵巫何不持琼枝以为芳香。”但此处琼芳似应释为玉色的鲜花较妥，如前之“瑶席”。

⑦蕙：香草名。肴：祭祀时所用的肉。蒸：进献。据《国语·周语》中，周定王在讲述三代典礼时说：“禘郊之事，则有全烝；王公立饫，则有房烝；亲戚宴飨，则有肴烝。”烝，同“蒸”。此诗开头便写用“肴蒸”之礼，显见不合上古的祀礼。兰藉：以香兰垫在下面。藉，垫底用的东西。

⑧奠：祭献。桂酒：桂花泡制的酒。椒：香椒。浆：一指薄酒，一指饮用的汤。全句王逸《章句》注：“言己供待弥敬，乃以蕙草蒸肴，芳兰为藉，进桂酒椒浆，以备五味也。”

译文

黄道吉日啊美好时光，恭敬肃穆啊欢娱上皇。手握长剑啊美玉为柄，步履轻轻啊玉佩锵锵。洁美的祭席啊白玉为镇，敬神的琼花啊多么芳香。蕙裹的祭肉啊兰草作垫，桂酒椒浆啊一齐敬上。

扬枹兮拊鼓[①]，疏缓节兮安歌[②]，陈竽瑟兮浩倡[③]。灵偃蹇兮姣服[④]，芳菲菲兮满堂[⑤]。五音纷兮繁会[⑥]，君欣欣兮乐康[⑦]！

注释

①枹 fú：鼓槌。拊：击。

②疏：希。因此"疏缓节"即是指音乐的节拍疏缓。王逸《章句》："使灵巫缓节而舞，徐歌相和，以乐神也。"《文选》五臣注："使曲节希缓而安音清歌。"

③陈：列。竽：乐器，笙类，三十六簧。瑟：琴类乐器，二十五弦。倡：同"唱"。

④灵：王逸注："谓巫也。"但《九歌》中所写到的"灵"，都是指神，当然，神是由巫来扮成的，也即洪兴祖《补注》所说的："古者巫以降神。"谭介甫在《屈赋新编》中注："按此灵不必谓巫，当以灵为神尸。"偃蹇 yǎn jiǎn：描写舞姿的婉转屈伸、婀娜动人。姣服：《方言》："好，或谓之姣。"姣服即华美的服装。

⑤菲菲：这里形容香气袭人。王逸注："菲菲，芳貌。言乃使姣好之巫，被服盛饰，举足奋袂，偃蹇而舞，芬芳菲菲，盈满堂室也。"

⑥五音：我国古代音乐中的五种音阶：宫、商、角、徵、羽。

⑦君：指神君东皇太一。

译文

高举大槌啊把鼓擂响，舒缓的节拍啊歌声悠扬，吹竽弹瑟啊纵情欢唱。婆娑的舞姿啊华衣丽裳，浓郁的香气啊满室满堂。五音交汇啊众乐和鸣，神君欣欣啊快乐安康！

评析

这首诗只有十五句，可分为四个层次：自“吉日兮辰良”至“璆锵鸣兮琳琅”为第一部分，描写祭祀前的准备情况。自“瑶席兮玉瑱”至“奠桂酒兮椒浆”为第二部分，描写了祀礼的丰盛。自“扬枹兮拊鼓”至“陈竽瑟兮浩倡”三句为第三部分，描写奏乐高歌的情景。最后四句描绘出整个歌舞的欢乐场面。

短短的一首诗，描绘了一个完整的祭祀场面，从祀前的准备，到祭品的供张、奏乐、和歌，直到其高潮：蹁跹起舞的“灵”巫，悠扬动听的乐奏，抑扬顿挫的歌吟，歌、舞、乐三位一体的演奏构成五彩缤纷的热烈的场面，诗人把这一场面描绘得有声有色。诗篇描写到最高潮时，以“君欣欣兮乐康”一句为结，写出了演唱者的目的，自然而明快。

《东皇太一》虽然短，却很重要，因为《九歌》全组诗中唯有这一篇是描写了完整的祭祀场面的，以此可见此组诗的性质。很多人拿《周礼》来和《东皇太一》比较，以为这首诗中祭祀场面的描写不合于周代的礼的规定。如《国语·周语》中记载：周定王对晋侯的使者士季说：“禘郊之事，则有全烝；王公立饫，则有房烝；亲戚宴飨，则有肴烝。”因此周定王以肴烝之礼宴请士季。今祀东皇太一属于郊祀，当以全悉之礼，不宜用“肴悉”。因此用楚国的风俗习惯不同于中原各国来解释，但这样是不易解释通的。从《国语·楚语》反映的情况看，春秋以来，楚国见于记载的礼与中原各国大体相似，如此重要的祭典，楚国是不应与中原各国相异的。我们认为，这一现象正说明《九歌》并非正式国典的祭祀歌。

其次，《东皇太一》中，只有描写祭祀的场面而不见“东皇太一”出场，而《九歌》其他诗篇却都是以神出场的。因此有人提出《东皇太一》是全组诗开头的“迎神曲”、演出前的“开场白”，闻一多、姜亮夫都主此说。这一说法有一定道理。

《东皇太一》自始至终是对于演出过程、仪式的描述，如戴震说的“就当时祀典赋之”。我们从诗中四部分的描写中是看得很清楚的，它没有为谁设计的唱段。从描述方法看是“直赋其事”，简洁而明快。王夫之据此说，篇中“但言陈设之盛，以徼神降，而无婉恋颂美之言。且如此篇，王逸宁得以冤结之意附会之邪？则推之他篇，当无异旨，明矣。”这个观点突破了王逸以来强加给《九歌》的“托意风谏”之说，是很有意义的。

诗中“灵偃蹇兮姣服”之“灵”，似乎应是下面各歌中扮演各种神的角色的歌舞演员，而非此外之巫。作品中只有十五句词，实则省略去大量内容。诗中写到“疏缓节兮安歌”“陈竽瑟兮浩倡”，那么“安歌”歌的是什么，“浩倡”唱的是什么，都没有写出来，显然作者只写了歌舞者的神态而省去歌词。《东皇太一》在写法上颇似《诗经·周颂·有瞽》：

有瞽有瞽，在周之庭。设业设虡，崇牙树羽。应田县鼓，

鞉磬柷圉。既备乃奏，箫管备举。喤喤厥声，肃雍和鸣，先祖是听！我客戾止，永观厥成！

王志长在《传说汇纂》中说："篇中详序乐工之位，乐器之设，既备乃奏，至观厥成而终焉。"（转引自陈子展《诗经直解》第1100页）《东皇太一》篇也是如此，一为写乐工奏乐的场面，一为写祭祀的歌舞场面，均为旁观者直赋其事的诗篇。

东　君

题解

《东君》是一首描写日神的诗篇。称日神为东君，应是我国古代相沿已久的称呼。《汉书·郊祀志》记载，“晋巫祀五帝、东君、云中君”，则可知称日神为东君不独楚地特有，北方也称为东君。每天，朝日从东方冉冉升起，人们讴歌太阳，讴歌光明，也总是与东方联系在一起，这就是称太阳神为东君的主要原因。据《礼记·玉藻》：“玄端朝日于东门外。”《仪礼·觐礼》中也有“拜日于东门之外”的记载，同样反映人们习惯于把太阳神和东方联系在一起的认识。

据《楚辞补注》，洪兴祖引《博雅》称，日神又名朱明、耀灵。然而，在我国古代神话中，日神最为大家所知的名字是羲和。《尔雅·释天》：“日御为之羲和。”《初学记》引《淮南子·天文训》：“爰止羲和，爰息六螭。”徐坚注云：“日乘车，驾以六龙，羲和御之。”《楚辞·离骚》中也写到：“吾令羲和弭节兮。”《山海经·大荒南经》又记载有“羲和者，帝俊之妻，生十日”的神话。

暾将出兮东方①，照吾槛兮扶桑②。抚余马兮安驱③，夜皎皎兮既明④！驾龙辀兮乘雷⑤，载云旗兮委蛇⑥。长太息兮将上⑦，心低徊兮顾怀⑧。羌声色兮娱人[9]，观者憺兮忘归[10]！緪瑟兮交鼓[11]，箫钟兮瑶簴[12]。鸣篪兮吹竽[13]，思灵保兮贤姱[14]。翾飞兮翠曾[15]，展诗兮会舞[16]。应律兮合节，灵之来兮蔽日[17]。青云衣兮白霓裳，举长矢兮射天狼[18]。操余弧兮反沦降[19]，援北斗兮酌桂浆[20]。撰余辔兮高驰翔[21]，杳冥冥兮以东行[22]。

注释

①暾 tūn：日初出的形状。王逸注："谓日始出东方，其容暾暾而盛貌也。"

②吾：太阳神自称。槛：栏杆。扶桑：神话传说中的神木。王逸注："东方有扶桑之木，其高万仞。日出，下浴于汤谷，上拂其扶桑，爰始而登，照耀四方。"这里太阳神将扶桑之树作为自己宫舍前的栏杆。

③抚：轻轻地按。

④晈 jiǎo晈：同"皎皎"，光明的意思。

⑤龙辀 zhōu：即龙车，日神所乘的车。辀原指车辕，《方言》："辕，楚、韩之间谓之辀。"这里代指车。雷：比喻车轮转动发出响声。

⑥云旗：天上的云彩被想象为日神车上的长长飘动的旗帜。委蛇 wēi yí：形容云旗卷曲伸展的状态。

⑦太息：长长的叹息。

⑧低徊：犹豫徘徊。顾怀：流连眷恋。王逸注："言日将去扶桑，上而升天，则徘徊太息，顾念其居也。"

⑨羌 qiāng：楚方言中的发语词。声色指迎神的场面中的歌舞迷人的场面。

⑩憺 dàn：快乐。

⑪緪 gēng：紧弦。王逸注："急张弦也。"瑟：见《东皇太一》篇注。交鼓：交相击鼓。

⑫箫：櫹 xiāo的假借字，敲击。瑶："摇"的假借字。虡 jù：古代演奏时悬挂钟磬的木架。

⑬篪 chí：通"篪"，古代的管乐器，像笛。

⑭灵保：也指神，如《诗经》中所称的"神保"。马瑞辰《毛诗传笺通释·小雅·楚茨》中注"神保"说："神保为神之嘉称，犹《楚辞》或言灵，或言灵保。保，亦灵也。"又说："神保即神，非谓尸也。"贤姱 kuā：贤良而美好。

⑮翾 xuān：鸟轻飞的样子。王逸注："翾然若飞。"翠：翠鸟，毛绿色而美。曾 zēng：即"翻"，展翅而飞。王逸注："言巫舞工巧，身体翾然若飞，似翠鸟之举也。"

⑯展诗：演唱诗篇。会舞：合舞。

⑰灵：指众神。

⑱矢：箭。天狼：星名，古人认为它是天庭中的恶星，所以王逸注："天狼，星名，以喻贪残。日为王者，王者受命，必诛贪残，故曰举长矢，射天狼，言君当诛恶也。"

⑲弧 hú：即木弓星，它和上句中的"矢"星合而称"天弓"，由九颗星组成。洪兴祖《补注》引《晋志》："弧，九星，在狼东南，天弓也，主备盗贼。"沦降：下降，指日西下。

⑳援：拿。北斗：北斗星，由七颗星组成，形状如同古代舀酒用的斗。《诗经》："维北有斗，不可以

挹酒浆。”可知古人很早就把北斗星想象为舀酒之斗。桂浆：桂花酒。

㉑撰 zhuàn：持。辔：马缰绳。

㉒杳 yǎo 冥冥：洪兴祖《补注》：“杳，深也。冥：幽也。”全句诗写日西下后，在深幽的大地背后自西向东而行。从这里可以看出我国古代天文学家也是把地球当作宇宙中心，认为包括太阳在内的群星都是绕地而运行的。

译文

朝阳啊将要升起东方，红光啊照到我的栏杆扶桑。套上骏马啊从容驱驰，夜色皎皎啊霞光满天！驾起龙车啊行如雷电，长长的云旗啊迎风招展。临上云天啊感慨万千，心绪迟疑啊眷顾依恋。轻歌曼舞啊令人陶醉，满场观众啊流连忘返！弹起锦瑟啊交相擂鼓，撞击洪钟啊震动架柱。篪管齐鸣啊吹响笙竽，赞颂日神啊贤明无私。舞姿翩翩啊如翠鸟展翅，呈上颂诗啊欢歌合舞。和应旋律啊节拍和谐，众神齐临啊遮天蔽日。青云为衣啊白霓作裳，高举长矢啊射杀天狼。收好弓箭啊徐徐西降，斟满北斗啊痛饮桂浆。紧拉马缰啊高空驰翔，冥色苍茫啊走向东方。

评析

《东君》这首诗，是对太阳神的礼赞，也是追求光明的颂歌。我们的祖先，在长期的生产和生活中深感到太阳对人类及自然界的极端重要，因此他们如此热烈地赞美太阳神，充满感情地为他载歌载舞。在《九歌》诗中，除《东皇太一》

篇外，描写人们祭祀的场面以这篇最热烈。诗中把太阳神描绘成一位正直、勇敢、刚毅的天神，他每天那样认真，忠于自己的职守，准时驾着龙车，巡行周天。当然，东君也是有“声色”之好的，但他却能克制这种欲望而忠实地履行其职责。尤其是后一部分描写他为民诛恶的威武、正直的形象，使他更具有我国古代传说中英雄所具有的那种性格特征。这位天神的形象是塑造得很成功的。

在《东君》这首诗中，各种景物都被诗人运诸笔端：朝霞可以想象为太阳车上的云旗，云彩虹霓制成太阳神的战袍和下裳，天弧星、天矢星成了太阳神使用的神弓和神箭；天狼星成了残暴的丑物而遭到太阳神的射杀；形似长勺的北斗星则成了太阳神庆功时畅饮桂花酒的酒具。这些想象是那样奇特，然而又那样自然。

这首诗，除前面四句和后面六句是东君的自唱之词外，其余部分皆是对东君形象及人们迎日出的热烈场面所作的描写。

郭沫若说：从诗中，“可以看出太阳在兜圈子。他清早从东方出来，忙了一天，落下西方。夜里喝了一夜的酒，昏昏蒙昽地又跑向东方来了。有点莫名其妙，正是妙不可言”（《屈原赋今译·东君篇注》）。

云中君

题解

《云中君》一诗，向来被认为是写云神的诗篇。王逸注:“云中君，云神丰隆也，一曰屏翳。”此后大多赞同此说。但清代人开始怀疑起来，清初徐文靖在《管城硕记》中认为云中君是指云梦泽之神，今人又有人认为云中君是月神，以为东君祭日，则云中君当是写月，日月相配为一对夫妇神（姜亮夫主此说），又有人认为云中君是写祭虹祈雨的乐歌（见程嘉哲《九歌新注》)。但我们根据诗中的描写，认为还是理解为写云神的比较合理。

在《汉书》中，云中君与东君、司命都属晋巫所祀，可知这也非楚地特有的祀典。当然楚地也有祭祀云神的记载，据近年来在江陵天星观一号楚墓出土的竹简中，有关祭祀方面的记载,祭祀的鬼神有“司命”“司祸”“地宇”“云君”“大水”“东城夫人”,等等（见《考古学报》1982年第1期《江陵天星观一号楚墓》)。其中“云君”毫无疑义即是《九歌》中的云中君。《周礼·春官·大宗伯》中记载仅称槱燎祀风师、雨师,没有祀云君,因而颇引起后人的怀疑。但郭璞《山海经·海外东经》注中说:“雨师谓屏翳也。”那么雨师和云神也是同一个神。江陵天星观一号楚墓竹简的出土，使这一争论得到了明确的答案。

浴兰汤兮沐芳①，华采衣兮若英②。灵连蜷兮既留③，烂昭昭兮未央④。蹇将憺兮寿宫⑤，与日月兮齐光。龙驾兮帝服⑥，聊翱游兮周章⑦。灵皇皇兮既降⑧，猋远举兮云中⑨。览冀州兮有馀⑩，横四海兮焉穷⑪。思夫君兮太息⑫，极劳心兮忡忡⑬。

注释

①浴：洗澡。沐：洗发。这句诗写祭祀前的斋戒礼，以兰草的香水沐浴。《大戴礼记·夏小正》载："五月……蓄兰，为沐浴也。"

②英：即花。若英即如同鲜花。一说，若指杜若（香草名），若英就是杜若之花。王逸注："言已将修飨祭以事云神，乃使灵巫先浴兰汤，沐香芷，衣五采华衣，饰以杜若之英，以自洁清也。"

③灵：指云神。连蜷：同《东皇太一》篇中之"偃蹇"，都是形容舞姿之婉转曲舒的。既留：留居空中，人们祭云神，期望云神出现。这里写在人们的热切盼望下，云神终于在空中出现。

④烂昭昭：神采四射。未央：无穷尽。王逸注："未央，未已也。"

⑤蹇 jiǎn：楚方言中的发语词。憺 dàn：安然。寿宫：神宫，指云神在天上的居处。又人间祭祀神灵的地方也称寿宫。王逸注："寿宫，供神之处也。祠祀皆欲得寿，故名为寿宫也。"因此也有人认为此处是指云神已降临到祭祀他的神宫了。

⑥龙驾：以龙为车驾。帝服：天帝的服装，喻云神地位之尊。

⑦聊：暂且。周章：周流往来。王逸注："言云神居无常处，动则翱翔周流往来，且游戏也。"

⑧皇皇：王逸注："皇皇，美貌也。"但和下文联系看，此处"皇皇"似应解作"遑遑"，以喻时间之疾速。谭介甫《屈赋新编》注："皇皇，犹遑遑，惊遽貌。"

⑨猋biāo：迅疾。王逸注："猋，去疾貌。……言云神往来急疾，饮食既饱，猋然远举，复还其处也。"

⑩冀州：古代将中国划为九州，以冀州为首，后人常以冀州代指中国。

⑪四海：古人认为九州土地由四海包围，这四海即东、南、西、北四个大海，后因以四海代指世界。

⑫君：指云中君。

⑬忡chōng忡：忧伤。

译文

沐浴兰汤啊遍体芳香，穿上彩衣啊如花怒放。舒曲婉转啊留在空中，神光灿灿啊放射光芒。安然自在啊安居神宫，随同日月啊齐放光芒。驾起龙车啊身穿帝服，自由自在啊周游四方。灵光四射啊云神初降，转瞬之间啊重上云天。光泽普照啊九州内外，足迹横跨啊四海天边。怀念神君啊令人嗟叹，忧心忡忡啊烦躁不安。

评析

在《九歌》中，除了《礼魂》这个尾歌只有二十七字外，《云中君》是最短的一首。然而就在这短短的诗中，作者细腻地描绘了云朵在广阔的天宇中的各种形态，而把这种形态又转换成拟人的云神的形象：连蜷的云朵，炫目的光彩，煌煌的服舆，翱游周章的举止，急速升降、去留的动态，以至铺天盖地而来，“览冀州”而“横四海”的气势，在人们眼前连续展现。这一幕幕形象生动的行云图画，给人留下极其深刻的印象。在这里，天上的云彩与想象中的云神融合而一，是那样鲜明、生动，然而又是那样神奇、变幻莫测。状物之妙，令人叹为观止。

《云中君》和《东君》一样，描写的是与人们关系最为密切的天象。人类不能离开太阳也不能离开水，古代云神和雨神实际上是一个。在古代，我国就是个以农耕为立国之本的农业国，因此云神也就自然成为人们格外尊崇的神祇。这首诗开头描写人们迎接云神的虔诚和结尾时对云神的眷恋之情，都表达了人们在生产力低下的情况下，渴望自然力能够更好地服务于人类的生产实践的心理状态。

湘　君

题解

《九歌》中,《湘君》和《湘夫人》是密切不可分的两篇，因此历来研究者，总是把它们连在一起来讨论。

关于湘君的传说记载，最早见于《史记》。在《秦始皇本纪》中记载有秦始皇二十八年，“乃西南渡淮水，之衡山、南郡。浮江，至湘山祠。逢大风，几不得渡。上问博士曰：‘湘君何神？’博士对曰：‘闻之，尧女，舜之妻，而葬此。’于是始皇大怒，使刑徒三千人皆伐湘山树，赭其山”。这里直接以舜之妻为湘君。其后刘向在《列女传》中也记载:“舜陟方，死于苍梧，二妃死于江湘之间，俗谓之湘君。”可见这些记载都把湘君当成女神。

可是，王逸在《楚辞章句·湘夫人》篇中作注时，对“帝子降兮北渚”的“帝子”，注称:“帝子，谓尧女也。降，下也。言尧二女娥皇、女英，随舜不反，没于湘水之渚，因为湘夫人。”既然二女为湘夫人，那么湘君当另有所指。不过王逸没有加以说明,直至唐代司马贞《史记索隐》才明确指出：“夫人是尧女，则湘君当是舜。”

由于过去关于“湘君”和“湘夫人”的记载和传说出入较大，因此历代学者对这一问题颇有争论。有的人认为，湘君和湘夫人自是湘水之神，和舜与二妃的传说无关。有人则认为“湘君”是娥皇，湘夫人是女英，因为“尧之长女娥皇为舜正妃,故曰君。其二女女英自宜降曰夫人也”(韩愈《黄陵庙碑》)。还有人引用《山海经·中次十二经》的记载:洞庭之山,“帝之二女居之,是常游于江渊。澧沅之风,交潇湘之渊，是在九江之间，出入必以飘风暴雨”。郭璞注：二女是“天帝之二女，而处江为神也”。因此，他们认为湘君和湘夫人是天帝之二女，不是舜与二妃。此外，还有舜之二女霄明、烛光（《山海经·海内北经》载，舜的第三个妻子登比氏生霄明、烛光二女，处大泽，光照百里）的说法，以及洞庭湖神、湘山山神等种种附会之谈。但仔细分析作品的内容，我们认为，这两篇作品写的湘君只能是舜，湘夫人是舜之二妃。以其他说法来读二《湘》，是难以读通的。

事实上，这两篇作品中多次出现与古代的舜和二妃传说有关的地点、物品及故事情节。舜南巡而崩，死于苍梧，葬于九嶷。而《湘夫人》诗中便有“九嶷缤兮并迎，灵之来兮如云”之句。古传说虞舜作箫，其形参差如凤翼，《湘君》诗中有“吹参差兮谁思”。在屈原作品中，凡是提到舜的，都认为是在南方，所以屈原要南征“就重华而陈词”。洞庭、湘江、北渚这些地名，自古以来与舜的传说大量结合，这些都不是偶然的，所以清人王闿运在《楚辞释》中说:“湘以出九嶷为舜灵，号湘君，以二妃尝至君山，为湘夫人焉。”

值得注意的是，在《九歌》中，《湘君》和《湘夫人》地位突出，组诗把这两首排列在天神《大司命》《少司命》

之前，诗的内容也特别丰富。为什么这样一个小小的地方水域之神竟然尊号为“君”，而且位居于天神之上，这个问题过去许多人都提出疑问而不得其解，我们认为当与舜的传说关系最大。舜生前为帝，死后其神自然也应与一般的地方神地位不同。

不过，这里需要说明的是，作为山川之神的湘君和湘夫人，在初民头脑中那种万物皆有灵的时代，恐怕就已经存在，它和日、月、天、地诸神一般，开头未必有什么实指人物。但随着人类社会的发展，神话和英雄传说故事逐渐结合，一些历史人物的故事被附会到神话中去，于是就使神话中也出现了具体的人物和动人的悲欢离合的故事情节了。这个过程也是符合客观事物发展的规律性的。

君不行兮夷犹①，蹇谁留兮中洲②？美要眇兮宜修③，沛吾乘兮桂舟④。令沅湘兮无波⑤，使江水兮安流⑥。望夫君兮未来⑦，吹参差兮谁思⑧？

注释

①君：指湘君。夷犹：犹豫。

②蹇 jiǎn：发语词。中洲：水中的陆地。

③要眇 yāomiǎo：美好、窈窕。宜修：修饰得体。

④沛：船行飞快畅通无阻。《孟子》：“如水之就下，沛然谁能御之。”桂舟：桂木制作的船。《文选》五臣注：“舟用桂者，取香洁之异。”

⑤沅湘：沅水和湘水，均在湖南境内注入洞庭湖。

⑥江水：指长江。

⑦夫君：指湘君。

⑧参差cēncī：古乐器，即排箫，由长短不齐的竹管编排而成，其形参差。《风俗通》："舜作箫，其形参差，像凤翼。"参差，不齐之貌。

译文

你裹足不前啊心中夷犹，是谁让你啊留滞中洲？我容光焕发啊修饰得体，登上桂舟啊前去迎候。要沅湘之神啊息浪停波，让千里江水啊稳稳东流。盼望的夫君啊迟迟未来，吹奏起排箫啊思绪悠悠！

驾飞龙兮北征[①]，邅吾道兮洞庭[②]。薜荔柏兮蕙绸[③]，荪桡兮兰旌[④]。望涔阳兮极浦[⑤]，横大江兮扬灵[⑥]。扬灵兮未极，女婵媛兮为余太息[⑦]。横流涕兮潺湲[⑧]，隐思君兮陫侧[⑨]。

注释

①飞龙：龙舟，以龙为驾。前已写舟为桂舟，则此处之飞龙当是以龙为驾的龙舟，以突出水神之异。

②邅zhān：转道。洞庭：洞庭湖。

③薜荔bìlì：香草名，蔓生，一名木莲。柏：王逸注："柏，榑壁也。"就是说以香草薜荔作为壁衣。陈子展《楚辞直解》译为："薜荔席子附着舱壁。"绸：帱的假借字。朱季海《楚辞解故》："绸，当读为帱。

《释训》：'帱谓之帐'，《释文》：'帱，又作幬'……楚亦为帐为帱，与汉人语同耳。"故解作帷帐。

④桡：船桨。旌：旗。

⑤涔cēn阳：即涔水北岸，湖南水名，在澧水之北。极浦：极远的江边。澧县有涔阳浦。

⑥扬灵：施展灵威。《离骚》诗有："皇剡剡其扬灵兮"句。

⑦婵媛chányuán：关心、同情。

⑧潺湲chán yuán：原为水流不息的样子，这里比喻泪流不止。

⑨隐：隐痛。陫fěi侧：即"悱恻"，内心悲伤。

译文

驾上龙舟啊顺江北行，迂回往复啊穿越洞庭。薜荔的壁衣啊香蕙为帷，荪饰的小桨啊兰缀旗旌。极目远望啊涔阳之浦，横行大江啊穿波显灵。灵威扬扬啊何时终极？侍女感怀啊为我叹息！涕泪横流啊奔泻不尽，思君的隐痛啊怎能止息？

桂櫂兮兰枻[①]，斲冰兮积雪[②]。采薜荔兮水中，搴芙蓉兮木末[③]。心不同兮媒劳，恩不甚兮轻绝！石濑兮浅浅[④]，飞龙兮翩翩[⑤]。交不忠兮怨长，期不信兮告余以"不闲"[⑥]。

注释

①櫂zhào：同"棹"，长桨。枻yì：楫，即船舵。一说短桨。

②斲 zhuó：斫也。《文选》五臣注认为这句诗："言志不通，犹乘舟，值天盛寒，斲斫冰冻，徒为勤苦，而不得前也。"

③搴 qiān：攀摘。芙蓉：莲花。木末：即树梢。

④石濑 lài：沙石上的急流浅滩。浅 jiān浅：水流飞快而发出的声音。如《木兰诗》之"但闻黄河流水鸣溅溅"，又作"戋戋"。

⑤翩翩：比喻舟行疾速而轻快。

⑥交不忠：结交而不能相互忠诚。期不信：约会而不守信用。

译文

桂木的桨啊兰木的舵，刚敲开冰啊又积雪成垛。水中怎能摘取山间的薜荔？树上怎能采到芙蓉的花朵？心思不同啊媒人徒劳奔走，恩爱不深啊易离难合！石滩的漩流啊鸣声溅溅，顺水的龙舟啊远航翩翩。相交不忠啊遗恨绵绵，不守信用啊骗我"没空闲"。

鼂骋骛兮江皋①，夕弭节兮北渚②。鸟次兮屋上，水周兮堂下③。捐余玦兮江中④，遗余佩兮醴浦⑤。采芳洲兮杜若⑥，将以遗兮下女⑦。时不可兮再得⑧，聊逍遥兮容与⑨。

注释

①鼂 zhāo：同"朝"。皋 gāo：岸。

②弭 mǐ：按。节：舟行节度。北渚：北岛，指君山，

在洞庭湖的北边。渚zhǔ：水中的小洲岛。

③次：停歇、止宿。周：环绕。

④捐：抛下。玦jué：环形的有缺口的玉佩。

⑤遗：留下。和“捐”同义。佩：玉佩。醴lǐ浦：澧水之滨。澧水在洞庭湖西北，注入洞庭湖。

⑥芳洲：生长芳草的小洲。杜若：香草名。

⑦遗：为“馈”之假借，馈赠。下女：下界的女子，如《离骚》篇之“相下女之可诒”。一说指湘君身边的侍女。

⑧时：指会面的机会。

⑨聊：姑且。逍遥：游戏。容与：舒徐貌，即徘徊漫步。

译文

清晨驰骋啊江之岸，傍晚止宿啊北岛上。水鸟栖息堂屋顶，湖水环绕石阶旁。我把玉玦啊沉入大江，将那玉佩啊留在澧水边。采撷来芳洲上的杜若花，留赠给你喜爱的下界姑娘。吉日良辰啊难以再得，姑且逍遥啊消磨时光。

评析

《湘君》与《湘夫人》两首诗虽为一组，但人物却是分别出场的，并无混杂之处。《湘君》篇是描述湘夫人寻找湘君的经过。全诗可分四个部分。

从开头到“吹参差兮谁思”为第一部分，可视为序幕。起首就描写湘夫人准备出发寻找湘君。很显然，湘君没有如期前来同湘夫人会面，湘夫人在等了很长时间后终于忍受不住，因而开头便提出了“君不行兮夷犹，蹇谁留兮中洲”的疑问。为此她们决定乘桂舟出发寻找湘君，在出发之前，她们没有忘记把自己精心打扮一番。“令沅湘兮无波，使江水兮安流”两句则是一种气氛的描写，也就是为了使夫妇间的会合更加具有和睦而欢乐的气氛，所以她们让江水、沅湘之水都平静地流动。可是，桂舟掠过平静的湖面，她们依然望不见湘君的影子。于是，她们取出排箫，吹起了相思曲。排箫传说为舜所发明制造的。湘夫人吹起排箫，既是抒发内心的忧苦，又是希望湘君能听到熟悉的曲调后闻声而来。“望夫君兮未来，吹参差兮谁思”两句写的是她们那种失望的心情。

从“驾飞龙兮北征”至“隐思君兮陫侧”为第二部分，描写湘夫人的急切心情。因为见不到湘君，她们决定在更广大的水域中寻找。诗中描写湘夫人驾着以飞龙为御的快船北征，邅道于洞庭，途经涔水之阳，最后直入大江，沿途扬威显灵，充分显示出湘夫人寻找湘君的急切心情。第二部分与第一部分恰成鲜明的对比，这是湘夫人由期待会面的喜悦化为久候不至产生的焦躁不安，这也是候人者常见的表情心绪。这一部分行动的跨度极大：湘夫人从湘江北上，邅道洞庭，西望涔阳极浦，而后进入大江，可说行程包括了洞庭湖及其周围的主要江河。“横大江兮扬灵”中的“扬灵”最早被王逸解释为“灵，精诚也……扬己精诚”，另一说“灵”通“櫺”，是船名，但两说似皆不恰。“灵”应释为神威，《离骚》篇中有“皇剡剡其扬灵兮”句，王注为“言皇天扬其光灵”，这两处“扬灵”意义应当相同。“扬灵兮未极”以下四句，表现湘夫人久寻不获，内心充满悲伤与委屈，因而伤心痛哭而至泪如泉涌。但这种伤心依然是思念之极的伤心，所以是“隐思君兮陫侧”。

“桂櫂兮兰枻”至“期不信兮告余以‘不闲’”为第三部分，描写湘夫人结束行程，归途中由悲伤转为失望及至产生疑虑的复杂心情。诗中连用几个比喻来描写其失望的痛苦：兰桂制成的桨、舵，怎能敲开坚冰积雪？水中如何采得长于山上的薜荔？树梢上又怎能摘到长于水中的芙蓉花？湘夫人经受失望痛苦的煎熬后认定：双方既然情趣不投，媒人自然只能白跑腿，感情不深的夫妻，当然也就容易破裂！由于痛苦和失望，湘夫人对于湘君是否对自己真心产生了极大的怀疑，认为湘君缺乏真诚（“交不忠”），所以使自己长期处于怨望之中，虽然是双方约好的日期，但他却迟迟不来，不守信用，并想象着以后见面时，湘君又会以“不闲”（即没有空闲）作为借口来搪塞。这个想象并非凭空的捏造，它符合传说中的舜帝的性格。在古代传说中，尧、舜、禹都是公而忘私，终日在外奔忙的人物，如禹治水时，就曾三过家门而不入，妻子涂山氏为了见禹一面，不得不令人守候在路边，悲哀地唱着“候人兮猗”的歌儿。舜帝经常勤于国事，他南巡不返，所以娥皇、女英设想他会用“没有空闲”来塞责。

由“鼂驰骛兮江皋”至结束为本诗的第四部分，描写湘夫人又一次来到约会的地点——北渚时的情景。她早晨出发，沿江寻找湘君，直到天黑时才疲乏不堪地回到北渚止息（北渚即洞庭湖中的君山，在洞庭湖的最北面。渚是水中小岛，洞庭湖中有五渚：北为君山，东为艑山，西为明山，南为磊山，中为团山）。但她们眼前看到的是一片凄凉的景象：水鸟栖息在屋顶上，湖水环绕在堂屋四周，湘君依然不见踪影。内心痛苦的湘夫人毅然捐玦江中，遗佩澧浦，她们希望借此使湘君得知她们的行踪。同时，她们在岛上采撷鲜花，要让湘君送给下界的女子，实际上自然还是要送给湘君的。然而，她们内心充满失望与不安，怀疑见面的好时机不会再来，只得在无聊中往返徘徊，消磨时光。

这首诗细腻地描写湘夫人寻找湘君的全过程，诗中对湘夫人的行踪举止、思想发展的过程、内心的矛盾，有层次地进行交代，把湘夫人对湘君的一片深情刻画得真实而生动，感人至深。

“捐玦遗佩”的意思，有数种解释，一种是认为湘夫人在失望之后愤怒地表示要和湘君决绝，因此把原来湘君送给她的信物（玦、佩为男子佩饰之玉器）弃于江中。另一种认为是古代祭祀水神常用的“霾沉”祭礼，即用礼物（如玉帛、马匹等）沉于水中，以祭祀水神。钱澄之在《屈诂》中认为：“待久不至，乃捐玦遗佩为记，使知吾之至而久候也。”这种解释似较妥当。

湘夫人

题解

这首诗，描写湘君对湘夫人的思念和迫切期望会面的心情，正与《湘君》篇相互对应。

帝子降兮北渚①，目眇眇兮愁予②！嫋嫋兮秋风③，洞庭波兮木叶下④。登白薠兮骋望⑤，与佳期兮夕张⑥。鸟何萃兮蘋中⑦？罾何为兮木上⑧？

注释

①帝子：指湘夫人，因她是帝尧之女，故称帝子，如同后代所称的“公主”。北渚：见前《湘君》注。

②眇眇：王逸注：“眇眇，好貌。……言尧二女仪德美好，眇然绝异。”似不确，洪兴祖《补注》：“眇眇，微貌。言神之降，望而不见，使我愁也。”较合适，这里是形容湘君期待湘夫人的降临，望眼欲穿而远望的神态。愁予：即予愁，使我发愁。

③嫋niǎo嫋：又作“袅袅”，形容微风吹拂时徐徐不绝的样子。

④木叶下：秋风吹过，枯黄的树叶随风飘落。

⑤白薠fán：即薠草，秋天长得很高，喜欢生长在湖边和沼泽地。骋望：极目远望。

⑥佳：一本佳下有人字。佳人指湘夫人。期：约会日期。夕张：古代在黄昏举行婚礼，所以夕张指准备好了会面的东西。张即张罗。

⑦萃 cuì：聚集。蘋 pín：水草名，萍类。

⑧罾 zēng：渔网。以竹竿或木根作为支架，网口为方形，支放在水中。

译文

公主啊快快降临北岛，我望眼欲穿何等心焦！阵阵秋风轻轻吹过，洞庭波涌啊落叶萧萧。白薠岸上极目远眺，黄昏临近好共度春宵。山鸟啊为什么栖息水草间？渔网啊为什么悬挂到树梢？

沅有茝兮醴有兰①，思公子兮未敢言②。荒忽兮远望③，观流水兮潺湲④。麋何食兮庭中⑤？蛟何为兮水裔⑥？朝驰余马兮江皋⑦，夕济兮西澨⑧。闻佳人兮召予⑨，将腾驾兮偕逝⑩。

注释

①沅：沅水。茝 chǎi：即白芷，香草名。醴：澧水。

②公子：指湘夫人。公子同后代之“公主”。

③荒忽：一作慌惚，即“恍惚”，形容精神迷惘。

④潺湲 chányuán：水流缓慢而又不断。

⑤麋 mí：鹿的一种，又名驼鹿。

⑥蛟：传说中的龙类一种，居于深渊。水裔 yì：水边。

⑦江皋 gāo：江边高地。

⑧济：渡。澨 shì：水边。
⑨佳人：指湘夫人。
⑩腾驾：驾车腾飞。偕逝：一起前往。

译文

沅有香芷啊澧有幽兰，思念公主啊有口难言。神思恍惚啊翘首远望，故作镇静啊看流水潺潺。山中的麋鹿为何在庭中觅食？深渊的蛟龙为何游到水边？清晨我骑马在江岸奔驰，傍晚已渡过了大江西岸。听见夫人把我声声呼喊，登上飞车和她远走他乡。

筑室兮水中，葺之兮荷盖[①]。荪壁兮紫坛[②]，匊芳椒兮成堂[③]。桂栋兮兰橑[④]，辛夷楣兮药房[⑤]。罔薜荔兮为帷[⑥]，擗蕙櫋兮既张[⑦]。白玉兮为镇[⑧]，疏石兰兮为芳[⑨]。

注释

①葺 qì：指用草盖屋顶。荷盖：以荷叶为屋盖。
②荪壁：以荪草装饰墙壁。紫坛：紫贝砌成花坛。一说紫指紫草，本字作茈，言以紫草种满花坛。
③匊：古“播”字，或疑为“匊”之形误（见汤炳正《楚辞今注》）。椒：椒泥。
④橑 liáo：屋椽。
⑤辛夷：香木名，又称“迎春”“木笔”。楣 méi：门框上的横木。药：香草名，即白芷。房：卧房。
⑥罔：通“网”，编结。

⑦擗 pì：用手掰开。櫋 mián：《文选》五臣注释为“屋联”，也就是房间的隔扇，即屏风。
⑧镇：压席子的器物，同《东皇太一》篇的“瑱”。
⑨疏：分开陈放。石兰：香草名，又称山兰。

译文

碧波下筑好聚会的宫室，宽大的荷叶把屋顶盖上。香荪的墙啊紫贝的坛，芳香的椒泥啊涂满堂。桂木的屋梁啊兰木的椽，辛夷的门楣啊白芷的房。编织薜荔作帷幔，香蕙的隔扇中间放。白玉压在席角上，四处石兰啊多芬芳。

芷葺兮荷屋[①]，缭之兮杜衡[②]。合百草兮实庭[③]，建芳馨兮庑门[④]。九嶷缤兮并迎[⑤]，灵之来兮如云[⑥]。捐余袂兮江中[⑦]，遗余褋兮醴浦[⑧]。搴汀洲兮杜若[⑨]，将以遗兮远者。时不可兮骤得[⑩]，聊逍遥兮容与。

注释

①芷葺：以白芷盖屋顶。
②缭：环绕。杜衡：香草名。
③合：汇聚。百草：指很多种异草。实庭：充实庭院，即栽种在庭院中。
④庑 wǔ：走廊。
⑤九嶷：九嶷山，在湖南宁远东南。传说舜巡视南方时，死于苍梧，葬于九嶷。嶷，一作“疑”。缤：缤纷，众多的样子。迎：迎接。

⑥灵：指九嶷山的众神。

⑦袂：应作“袣yì”，《方言》：“複襦谓之筩袣，或作袂。”複襦是有里子的短袄，指外衣。

⑧褋dié：单衣。指内衣。

⑨汀洲：水中的平地。

⑩骤：屡次。

译文

荷叶的屋顶加盖芷草，杜衡环绕屋舍旁。采集百草啊种满庭院，门前走廊啊处处飘香。九嶷的众神啊一起出迎，神灵的队伍啊浩浩荡荡。把我的外衣留在江心，把我的内衣放在澧水滨。采一把沙洲上芳香的杜若，留赠给您啊远方的亲人。美好的时光啊不可多得，姑且徘徊啊消磨时光。

评析

全诗可分为四个部分。

从开头到“观流水兮潺湲”为第一部分，描写湘君期待与湘夫人会面的急切心情。本篇因直承《湘君》诗而来，因此一开头就写“帝子降兮北渚”。而《湘君》诗也写明“鼂骋骛兮江皋，夕弭节兮北渚”。可见湘君是知道湘夫人的行踪的，所以他来到北渚等候湘夫人的到来。过去都把这句诗解释为湘夫人已经降临北渚，似不确。应当是湘君在北渚久等湘夫人不至，因而一开头便祈望她快快降临，以便和自己会面。而“目眇眇兮愁予”正是反映久望不至，望眼欲穿的焦急心情。后两句通过环境和气氛的描写衬托内心的忧思：正是萧瑟的悲秋时节，阵阵秋风，吹起洞庭的波涛，眼前降下的不是“帝子”，而是一片片枯黄的落叶。这两句实际比喻湘君内心被别离的痛苦所牵动，激起感情的波澜，秋意萧萧，更增添满怀愁绪。这开头四句诗，十分简洁而又生动地描写了此时此地、此情此景，可谓情景交融和谐。

接着诗中细腻地描写湘君的复杂情感：他“登”上了长满白薠的高地远望，又准备好了会面所需要的各种用品，然而，佳人没有出现。所以诗中用山鸟却落到水草里和渔网挂到树梢上这两种违反常理的现象，来比喻愿望的未能实现，也许他已怀疑自己这样等待下去是否正确。

“沅有茝兮醴有兰”以下四句，先以香草之“茝”“兰”来比喻湘夫人之美好，有如《诗经》作品中的比兴手法。接着便“思公子兮未敢言”，美如兰芷的公主怎么能不让人思念呢？但为什么“未敢言”？勤于王事的君主大约也是要公而忘私吧，因此虽然念念不忘，却又不便过于表露，所以他再一次“荒忽兮远望”之后，虽然见不到湘夫人，却仍然要低下头去，假装在“观流水兮潺湲”，以掩饰内心的痛苦和失望。诗篇的心理描写十分巧妙。

从“麋何食兮庭中”到“将腾驾兮偕逝”六句为第二部分。描写湘君终于决定出行寻找湘夫人。本段一开头就写了两件事：山中的麋鹿却就食于庭中和深渊的蛟龙困守于水边。这两件事比喻湘君已经感到自己待在这里消极等待的做法是没有意义的，因而决定采取更加主动积极的办法。于是，他跨上骏马，早晨从江岸边出发，晚上渡江到达西岸。在这里，他仿佛听见湘夫人召唤自己前去会面，于是，兴高采烈地打算和她一起远走高飞。

从“筑室兮水中”至“灵之来兮如云”为第三部分，作品以铺张的笔法，通过想象，在读者面前展示了一幅色彩绚丽的图像：湘君和湘夫人为共同生活而布置了华美的居室。从“筑室兮水中”到“建芳馨兮庑门”句，诗中用了十四行的篇幅竭力描绘宫室结构的讲究，室内陈设的高雅，周围环境的芳洁宜人。这一段描写，开我国诗歌创作中对景物铺张描写的先例，后代赋作的景物描写，“孔雀东南飞”等诗作的一些片段（如写太守为婚礼而做的准备等），很像是受了本篇影响。最后两句“九嶷缤兮并迎，灵之来兮如云”则进一步渲染了这场欢会的气氛：神灵如云并集，共同出迎湘君与湘夫人的到来，从而把这场想象中的欢会推向高潮。

从“捐余袂兮江中”到结尾为第四部分。描写湘君因见不到湘夫人而“捐袂”江中、“遗褋”澧浦，意义与《湘君》篇中相同，即希望湘夫人得知自己的行踪而赶来相会。“玦”“佩”为玉制品，古代男子佩饰之物；“袂”“褋”为女子贴身之物。一般认为上述物品应是湘君和湘夫人互赠之信物。在这首诗中，湘君自始至终热烈地盼望着与湘夫人的会面，并为此编织了美丽的幻景，想象了重逢的欢欣与隆重盛大的场面。有人认为，这里的“捐袂”“遗褋”和湘君篇中的“捐玦”“遗佩”相同，都是表示决绝之意，然而，我们从本篇中可以看到，湘君与湘夫人不同，既无怨恨之念亦无疑惑之情，那么，“捐袂”和“遗褋”，如被解释为表示决绝之意，就可说毫无道理的了。推此而及彼，可知两诗结尾意义大体相同。唯本诗末句，“时不可兮骤得”，和《湘君》诗中之“时不可兮再得”，仅一字之差，说明湘君相信有会面之期，并决心等待这一天的到来。这一字之差，也反映了湘君和湘夫人性格上的差别。

这两首诗在《九歌》篇中显得特别突出。一是篇幅特别长。《湘君》长达二百二十四字，《湘夫人》有二百三十四字，几乎为《云中君》诗的三倍。二是故事性强。其馀那些祭祀自然神的诗篇，虽有些简单的情节，但曲折不大，而二《湘》缠绵悱恻，情节跌宕起伏，有期待、有追寻、有幻想、有误会，构筑成一绚丽多彩的景观。三是自始至终充满离别的悲哀与失望的感情。这些，都说明了舜与二妃这一故事的丰富内容决定了这两首诗的基调和特点。

其次，舜在楚人心目中的特殊地位，也是这两首诗格外感人的原因。在传说中，舜与楚人同源，都是高阳帝颛顼之后，同时，后来也都从北方迁至南方，因而舜在楚人中享有很高的信仰，从屈原诗作中即可体会到这一点。诗中流露出的浓厚的悲剧气氛，虽然是受舜、二妃生离死别的传说故事本身的悲剧性成分制约的，但也反映楚人对这一结局的无限同情。有人认为这两首诗是屈原用以抒发自己的“愁思”，这是不合适的。

历来对这两首诗的解释有很大的不同，除前面所说的对何为湘君、何为湘夫人的歧义外，对诗的内容的直接理解也不一致，有的认为《湘君》诗中直接就是湘君寻找湘夫人的过程，而《湘夫人》篇则写湘夫人之思念湘君的，当亦不妨两存。

大司命

题解

《大司命》和《少司命》应该也是同于《湘君》与《湘夫人》，是互相统一、互有联系的两篇。

司命的祭祀，在《周礼·春官·大宗伯》中已有记载："以槱燎祀司中、司命。"《史记·封禅书》与《汉书·郊祀志》都记载汉初分别由晋巫和荆巫祭祀司命。有意思的是江陵天星观一号楚墓、包山楚墓、望山楚墓中出土的竹简中也都记载楚人之祀"司命"，可知前人记载非谬。但天星观楚墓竹简中，除有祭司命外，尚有祭"司祸"。据《史记》《汉书》记载，同类神祇还有"司禄""司灾"，《晋书》又记有"司寇"。"司灾"当与"司祸"大致相同。但无祭少司命的记载。

清初王夫之说过："大司命统司人之生死，而少司命则司人子嗣之有无，以其所司者婴稚，故曰少。……大司命、少司命皆楚俗为之名而祀之。"（《楚辞通释》）王夫之的这一看法，对我们理解这两篇作品的真实内容是有益的。

从作品的实际内容看，《大司命》写的确实是主宰人的生死寿命之神，"纷总总兮九州，何寿夭兮在予"，这句诗最恰当不过地说明大司命的身份，而篇末也言"固人命兮有当，孰离合兮可为"，"寿夭""人命"，都是直接写大司命的职责的。有人把大司命说成是瘟神，这是错误的。既然楚俗有祭“司祸”的，如果大司命是瘟神，这篇诗题应该是“司祸”而非“大司命”。

《大司命》与《少司命》两诗比较难解，向来注释者也歧义纷生。除了上面讲的对大司命的职责看法不同外，对少司命也是如此，有解为送子娘娘，有解为高禖神的，有释为主灾祥的，加之二诗行文中对神的称谓多变，更使许多人茫然不得其解。大司命一般都认为是男神，而少司命则有男神和女神两种说法。这两篇的关系，有的认为各自成篇，毫无关系，也有认为同于《湘君》和《湘夫人》两篇密切联系的，后一说法，似比较合理。

《大司命》与《少司命》两诗，和《湘君》《湘夫人》篇的不同处在于，《湘君》《湘夫人》每篇都是只有一位主神登场，他们彼此虽互相寻找，然而却始终不得会面。而《大司命》篇中，两神同时出现，因此是一种合舞的表演方式，这是我国古代乐舞的又一表演形式。《少司命》篇和二《湘》大体相同，是少司命独自出场。

广开兮天门①，纷吾乘兮玄云②。令飘风兮先驱③，使涷雨兮洒尘④。君回翔兮以下⑤，逾空桑兮从女⑥。纷总总兮九州⑦，何寿夭兮在予⑧！

注释

①天门：天庭之门。洪兴祖《补注》引《淮南子》注：

"天门，上帝所居紫微宫门也。"
②纷：纷纷，形容盛多。玄云：乌云。
③飘风：旋风。王逸注："回风为飘。"
④涷dōng雨：暴雨。王逸注："暴雨为涷雨。"
⑤君：少司命对大司命的称呼。
⑥空桑：山名。洪兴祖《补注》引《山海经》："东曰空桑之山。"女：同"汝"。
⑦纷总总：形容广大众多。
⑧寿夭：长寿与夭折。

译文

敞开九天的大门，乘上滚滚的乌云。命令旋风充当前驱，叫那暴雨洗涤埃尘。您回旋飞行啊自天而降，我紧随您啊越过空桑。芸芸众生的九州大地啊，生死寿夭权在我手上！

高飞兮安翔，乘清气兮御阴阳[①]。吾与君兮斋速[②]，导帝之兮九坑[③]。灵衣兮被被[④]，玉佩兮陆离[⑤]。壹阴兮壹阳[⑥]，众莫知兮余所为。

注释

①清气：天地间清明之气。清气为天地间之正气。阴阳：阴阳之气。《庄子·逍遥游》有："乘天地之正而御六气之变。"同这句诗意思相同。清气是为天地之正气，而"六气"，陆德明《音义》引司马彪注为"阴、阳、风、雨、晦、明"，所以这里

是以“阴阳”代称“六气”。

②吾：少司命。君：指大司命。斋速：王逸注“斋，戒也；速，疾也”，是“急疾斋戒”的意思。一说“斋”同“齐”，故“齐速”是“整齐而疾速也”（朱熹注）。

③帝：天帝。九坑：王逸注“九州之山”，一作九冈。洪兴祖《补注》：“坑，音冈，山脊也。《周礼·职方氏》：‘九州山镇，曰会稽、衡山、华山、沂山、岱山、岳山、医无闾、霍山、恒山也。’《淮南》曰：‘天地之间，九州八极，土有九山，山有九塞。何谓九山？会稽、泰山、王屋、首山、太华、岐山、太行、羊肠、孟门也。’”可知说法并不相同。后人或以为“九坑”即楚之九冈山，是楚人祭祀的地点（蒋骥、闻一多皆主此说），似不确。

④灵衣：神灵所穿的衣服。一说“灵衣”是“云衣”之误（闻一多《楚辞校补》）。被pī：同“披”。被被，是长长的意思。

⑤陆离：光怪陆离，这里形容玉佩光彩四射。

⑥壹阴兮壹阳：阴阳是我国古代哲学思想中的两个对立统一的概念。后来又用它来代指天地、晦明、生死等，认为天、生、明等是阳，而地、死、晦等是阴。万物因阴阳变化而或死或生。所以洪兴祖《补注》认为：“此言司命开阖变化，能制万民之命。”

译文

高飞蓝天啊自在安闲，驾驭清气啊役使阴阳。我和神君啊并驾齐驱，把天帝的灵威带到人间！大风鼓起我长长的灵衣，宝玉佩饰啊光彩陆离。我掌握这阴阳变化的玄妙啊，众人怎知其中的奥秘！

折疏麻兮瑶华[①]，将以遗兮离居[②]。老冉冉兮既极[③]，不寖近兮愈疏[④]。乘龙兮辚辚[⑤]，高驰兮冲天。结桂枝兮延伫[⑥]，羌愈思兮愁人[⑦]！愁人兮奈何，愿若今兮无亏[⑧]。固人命兮有当[⑨]，孰离合兮可为！

注释

①疏麻：神话传说中的神麻。瑶华：玉色的花朵。洪兴祖《补注》引："说者云，瑶华，麻花也。其色白，故比于瑶。此花香，服食可致长寿，故以为美，将以赠远。"

②离居：分居者，这里指少司命。

③冉冉：渐渐。既极：已到。

④寖jìn近：亲近。

⑤辚辚：王逸注："辚辚，车声。"

⑥桂枝：桂花之枝，喻香洁。《离骚》诗中有"结幽兰而延伫"句，意义同此，《文选》五臣注："结芳草自洁。"延伫：王逸注："延，长也；伫，立也。"

⑦愁人：使人发愁。

⑧无亏：没有亏损。朱熹认为指的是志行无缺，说："保守志行，无损缺也。"(《楚辞集注》)

⑨有当：有正常的规则。

译文

采来神麻花啊洁白如玉，送给她宽慰这长久的别离。垂暮之年啊渐渐临近，不常亲近啊感情荒疏。驾起神龙啊车声辚辚，高高飞起啊直上云天。我手持桂枝啊久久伫立，越是思念啊越把愁添！愁肠百结啊无可奈何，愿同今日啊真情永在。死生祸福啊本有定则，悲欢离合啊岂能更改！

评析

这首诗可分为三个部分。

从“广开兮天门”到“使涷雨兮洒尘”是第一段，极力描写了大司命出行时的威严气势：广开天门，驾乘玄云，飘风为之先驱而暴雨为之洒尘。可谓气派非凡。这一段应为大司命所歌。

从“君回翔兮以下”到“众莫知兮余所为”十二句为第二段。诗中的内容扣紧大司命这一特定神的身份而展开描写。开首四句，一唱一答，前两句为少司命唱辞，她陪同大司命出行，所以才有“逾空桑兮从女”的句子。而后面的“纷总总兮九州，何寿夭兮在予”则明显是大司命的唱词，也是表明他的身份的。

“高飞兮安翔”以下四句中前两句是描写大司命与少司命两神在空中巡行的神态，后两句表明二神的出行是代行天帝的旨意来到人间。

“灵衣兮被被”至“众莫知兮余所为”四句是集中描写大司命神的：“灵衣兮被被，玉佩兮陆离”正是对大司命的赞美词，是从外表的描写；而“壹阴兮壹阳，众莫知兮余所为”便描写大司命主阴阳之变化而化生万物，其变化无穷，又奥妙难测，所以令众人惊叹不已！

从“折疏麻兮瑶华”至全诗结束为第三段，着重写两司命神的离合之情。大司命完成了自己的使命，将要回到天庭，而少司命则主管人间的子嗣，所以她必须留在人间，给人们送去美子。分别是痛苦的，尽管大司命折取天上的神麻花，赠送给离别的少司命。然而，“老冉冉兮既极，不寖近兮愈疏”，经常的“离居”，自然要产生感情的隔膜。这种痛苦，在双方都是同样的，因而，当大司命乘龙车升天之后，那“结桂枝兮延伫，羌愈思兮愁人”的自然是孤独留居人间的少司命。

最后四句是少司命的自我宽慰之词：既然愁思毫无用处，那么就希望双方都能像现在这样珍惜彼此间纯洁的感情。

生命是人类所共同关心的问题，尤其在古代，科学不发达，人类随时随地受自然界的巨大力量及疾病、战争等方面的威胁，因此生死无常。这一切，自然使人类感到恐惧，也分外关切并希望能够探究生命、寿命的奥秘，司命神的产生，便是古人对这种探究的回答。从古代典籍的记载以及出土的器物、竹简文字看，古代祭祀司命神十分虔诚。在人们的想象中，能够主宰普天下的人们“寿夭”的司命神，不用说是正直而威严的。因此诗中开头就描写司命出行的气势，中间又描写他服饰之盛及造化之妙。但是，神也有悲欢离合，诗中开始时，少司命陪同他一起到下界执行使命，然而，当使命完成后，大司命只得独自返回天界。天界也是人间社会的折影，所以，人们以自己的经历和痛苦来想象天界的神的生活，给这一诗篇中增添了离愁的内容。

少司命

题解

《少司命》一诗，从内容上看，与《大司命》有着密不可分的关系，因此我们认为大司命与少司命应是一对夫妇神，其中大司命是男神，少司命是女神。少司命的职责，从其诗中："夫人兮自有美子，荪何以兮愁苦""竦长剑兮拥幼艾，荪独宜兮为民正"句看，少司命是专司人的子嗣有无之神，亦即民间所称的"送子娘娘"。

有一个问题需要加以解释，那就是关于少司命的祭祀问题。查历代史籍,都记载有祭祀"司命",但并无区分"大司命"与"少司命"。"大司命"与"少司命"区分的名称仅见于《楚辞》，因此王夫之认为是"皆楚俗为之名而祀之"(《楚辞通释》)。但我们发现《史记·封禅书》载有汉高祖时的祭祀情况，其中说：

> 长安置祠祝官、女巫。其梁巫,祠天、地、天社、天水、房中、堂上之属;晋巫,祠五帝、东君、云中(君)、司命、巫社、巫祠、族人、先炊之属；秦巫，祠社主、巫保、族累之属；荆巫，祠堂下、巫先、司命、施糜之属；九天巫，祠九天……

《汉书·郊祀志》的记载与此相同。不同地域之巫，其祭祀对象不同，有着严格的分工。仔细考察上述所列的祭祀对象，便可以发现一个奇怪的现象，这就是：其他的神名皆无重复，唯有“司命”神出现了两次，既有晋巫、又有荆巫为祀。如果这两处的“司命”神是相同的话，分明不应该分开祭祀。因此，我们有理由认为，这两处提到的“司命”神，尽管名称相同，但应负有不同的职责，这种不同，大概就是《九歌》中的“大司命”和“少司命”的分别吧！

从两诗的诗句看，其中不少是相互关联的。《少司命》一诗的开头和《大司命》一诗的结尾是一脉相承的。《大司命》结尾描写大司命“乘龙兮辚辚，高驰兮冲天”之后，少司命在那里“结桂枝兮延伫，羌愈思兮愁人”；而《少司命》篇一开头便描写“夫人兮自有美子，荪何以兮愁苦”。这两处的“愁”，其实是同一回事。又《少司命》篇中的许多哀怨之词，所谓“悲莫悲兮生别离，乐莫乐兮新相知”，过去许多人都把它解释为是少司命神（男神）下凡人间，看中人间的美丽的女子，因而与之相悦，此后少司命又离弃了女子，因而有许多怨言，等等。上述种种解释，令人莫名其妙。其实本篇中发出怨言的是少司命，而她抱怨的对象则是大司命。和《大司命》篇不同处在于，此诗仅少司命出场，叙述的是少司命在人间履行职责时对大司命的思念。

秋兰兮麋芜[①]，罗生兮堂下[②]。绿叶兮素华[③]，芳菲菲兮袭予[④]。夫人兮自有美子[⑤]，荪何以兮愁苦[6]？秋兰兮青青[7]，绿叶兮紫茎。满堂兮美人，忽独与余兮目成[8]。

注释

①蘼芜：据洪兴祖《补注》："《本草》云：'芎藭xiōngqióng，其叶名蘼芜，似蛇床而香。……其苗四五月间生，叶作丛而茎细，其叶倍香。或莳于园庭，则芳香满径。七八月开白花。'"

②罗生：并列而生。

③素华：白色的花。一作"素枝"，似不妥。

④芳菲菲：香气浓郁。袭予：即沁人。

⑤夫fú：发语词。美子：美好的子女。

⑥荪sūn：少司命神的代称。屈原作品中常用"荪"代称地位尊贵者。如《离骚》中以"荪"代称楚王。

⑦青青：为"菁jīng菁"的假借字，形容草木茂盛之状。

⑧余：少司命自称。目成：眉目传情，两心契合。

译文

秋天的香兰和蘼芜，密密丛生在堂前。翠绿的叶儿雪白的花，香气阵阵袭心田。众人都有了好儿女，您为何还愁容满面？秋兰繁茂啊青又青，碧绿的叶片紫色的茎。满室满堂啊多美人，为何偏对我脉脉含情？

入不言兮出不辞，乘回风兮载云旗[1]。悲莫悲兮生别离，乐莫乐兮新相知！荷衣兮蕙带，倏而来兮忽而逝。夕宿兮帝郊[2]，君谁须兮云之际[3]？

注释

①回风：旋风。云旗：以云为旗。

②帝郊：帝都之郊，帝指天帝，帝郊即是天国之郊。

③君：指大司命。

译文

来不说话去不辞，乘着旋风飘云旗。悲莫悲于生别离，乐莫乐过新相知！绿荷为衣啊蕙织的带，行踪不定去又来。晚间留宿帝都外，云端天际啊你把谁等待？

与女游兮九河，冲风至兮水扬波[1]。与女沐兮咸池[2]，晞女发兮阳之阿[3]。望美人兮未来，临风怳兮浩歌[4]。孔盖兮翠旌[5]，登九天兮抚彗星[6]。竦长剑兮拥幼艾[7]，荪独宜兮为民正[8]！

注释

①“与女游”两句：洪兴祖《补注》已指出“古本所无”，为《河伯》篇窜入的，应删。

②女：通“汝”。沐：洗头发。咸池：神话传说中的天池。王逸注：“咸池，星名，盖天池也。”《淮南子》：“日出旸谷，浴于咸池……至于曲阿，是谓旦明。”一说咸池即旸谷。

③晞xī：晾晒。阳之阿：当即上注中《淮南子》所说的“曲阿”，太阳每天从这里出来。阿：山湾。

④恍：心思恍惚。

⑤孔盖：以孔雀尾的羽毛制成车盖。翠旌：翡翠鸟羽毛作为旗杆顶上的装饰。

⑥九天：古人以为天有九重，故称九天，以指天的最高处。抚：持。彗星：俗称扫帚星，据说是在天庭中扫除邪秽的。洪兴祖《补注》引《左传》曰："天之有彗，以除秽也。"另一说认为抚彗星即是降服彗星，因为彗星也是妖星，所以少司命镇抚彗星，不使它为害民众。

⑦竦sǒng：挺出。拥：保护。幼艾：艾为美好的意思，幼艾即前面的"美子"，泛指年少的孩子。

⑧荪：代称少司命。宜：适合、称职。正：原指古代官长，这里是主宰的意思。

译文

想和您同游去九河，暴风刮起啊巨浪狂波。想和您洗发去咸池，将您的秀发啊晾山谷。期待的美人啊迟迟未来，临风悲歌啊心思恍惚。孔雀羽车盖啊翠羽为旌，登上九天啊抚彗星。挺起长剑啊护幼稚，您真是民众的保护神！

评析

这首诗也是二十八句，可分为四个部分。

从开头至"荪何以兮愁苦"六句为第一部分。前四句当为少司命的唱词，描写她居住在香花异草纷呈、芳气袭人之所。后两句以众人皆因得子而喜悦，唯独少司命愀然不乐而提出了疑问，以引出下文。

从“秋兰兮青青”至“君谁须兮云之际”十二句为第二部分。这一段通过少司命的回忆，展示其爱情生活的酸甜苦辣，其中不无怀疑与责备之词。有三层意思：前四句“秋兰兮青青，绿叶兮紫茎。满堂兮美人，忽独与余兮目成”，是少司命回忆她与大司命相识与相恋的经过。在众多的美人中，大司命独独看中了自己，这使她感到十分幸福。中间四句是对共同生活的不和谐而产生的不满。大司命“入不言兮出不辞，乘回风兮载云旗”，他的这种举止令少司命不快。为什么会这样呢？其实在《大司命》诗中已作过描写，大司命有他特定的职责，他要秉承帝命，总管九州生灵之寿夭，因而工作分外繁忙，往往频繁出入往返，有时竟连说话、告别的时间都没有，便乘回风而去。“回风”即是《大司命》篇中所说的“飘风”，王逸注称“回风为飘”（《楚辞章句》），可证。这种情况，使少司命发出“悲莫悲兮生别离，乐莫乐兮新相知”的感慨。“满堂兮美人，忽独与余兮目成”是“新相知”之乐，而“入不言兮出不辞，乘回风兮载云旗”则是使少司命深感“生别离”痛苦的原因。

“荷衣兮蕙带”以下四句是对大司命形象的进一步描写。着荷衣而系蕙带的郎君原本是让人称心的，可是那“倏而来兮忽而逝”的举止却令人不安，由“生别离”的痛苦愁思而派生出几分疑虑之情，因而少司命不禁问道：“夕宿兮帝郊，君谁须兮云之际？”大司命身为天帝的随从，他夜宿之处正是帝郊。在人间的少司命颇疑心那离别的郎君，他在广漠的天庭中是否等候其他的情人。

自“与女游兮九河”至“临风怳兮浩歌”为第三部分。前两句历来被疑为衍文，但后面的四句，也与本篇不相协调，疑并为《河伯》篇中窜入者。

“孔盖兮翠旌”至结束为第四部分，是对少司命的赞美之词。前三句都是描写少司命的形象的：她乘坐着以孔雀尾羽为车盖而以翡翠羽为旌旗的华丽的飞车，在完成了到人间送子的任务之后，便凌云而上九天以安抚彗星，不使它危害民间，“竦长剑兮拥幼艾”更具体地描写少司命的英姿：她宝剑高耸，怀抱幼子，护卫着他们健康成长。难怪最后诗人发出由衷的赞叹：“荪独宜兮为民正！”这四句诗虽短，但与第一段相呼应，把受人尊敬的少司命的形象描绘得生动而感人。

对《大司命》与《少司命》两首诗内容及所描写的形象等，《楚辞》注家历来争论颇多。清代蒋骥在《山带阁注楚辞》中评论说“大司命之辞肃，少司命之辞昵”，是符合这两诗的情况的，这自然也与诗中主人公性格有关。大司命是位严肃的、掌握生灵寿命的男神；而少司命则是给人们带来子嗣，带来欢乐的女神，其诗中的用语，描绘的意境，自然也就不同了。

河　伯

题解

《河伯》是描写祭祀河神的诗篇。“河”指的是黄河。我国古代对黄河是很尊敬的，把它列入重要的祭祀。《周礼·春官·大宗伯》载殷周以来所祭祀的主要地祇有“五岳四渎”，“四渎”指的是江、淮、河、济。古籍中有春秋战国时代各国祭河的不少记载。

然而，另一方面，由于黄河经常发生水灾，人们因摸不透黄河的脾气而对之表示敬畏。人们以为黄河所以泛滥并卷去许多人的生命，大约和他想找媳妇有关，所以古代流传有“河伯娶妇”的故事。《河伯》一诗可说纯为情诗，因此有人以为这里描写的是古代给河伯娶妇的陋俗，并引用了“西门豹治邺”的故事来证实。然而，仔细领会诗意，诗中之河伯，以及与河伯同游之女都非凡人。因此无证据证明这首诗是巫用以欺骗民女去嫁河伯。相反，《楚辞·天问》篇中载：“帝降夷羿，革孽夏民。胡射夫河伯而妻彼雒（洛）嫔？”是说善射的羿射伤了河伯，而与河伯的妻子“雒嫔”发生了男女关系，则清楚地说明古代传说河伯之妻便是“雒嫔”，即洛水女神宓妃。洛河在古代很著名，所谓“伊、洛、瀍、涧”，以洛水为最大。洛水源于陕西华山南麓，流程八百馀里，水波粼粼，清澈可爱，如一位多情少女袅袅娜娜，注入黄河的怀抱中，古人把这可爱的洛河想象为多情的女性，是颇有道理的。

有人曾提出楚国在春秋时期并不祭河。其实早在邲之战（前597）时，楚晋战于河边，楚胜。临退兵前，楚人“祀于河，作先君宫，告成事而还”（《左传·宣公十二年》），可知楚人还是有祀河之先例的。且传说中河神与楚人的关系则更早，《左传·僖公二十八年》（前632）载，晋楚城濮之战前，楚人三军主将子玉梦见河神向他索要新制作的“琼弁玉缨”，说：“畀余，余赐女孟诸之麋。”子玉不给，后来兵败身亡。可知在楚人那里，河神还是有一定地位的。尤其到了战国，楚北境已抵黄河，因此这时楚人之祀河，已不存在所谓“祭不越望”的问题了。

也有人认为《河伯》篇不一定祭黄河，祭水神都可称为祭河伯，这种看法恐不可从。因为从本诗看，一开头就写到“与女游兮九河”，“九河”在古代是黄河的总称。据《尚书·禹贡》载，禹治黄河，到兖州境内时，“北播为九河，同为逆河，入于海”。就是说，禹将黄河分为九条河道，以便更快注入大海。这九条河自北向南为“徒骇”“太史”“马颊”“覆鬴”“胡苏”“简”“洁”“钩磐”“鬲津”。

河神称为“河伯”，除《楚辞》外，见于古籍记载的尚有《庄子·秋水》《淮南子·齐俗训》和《史记》等。《山海经·海内北经》中还描绘河神的形象：“从极之渊，深三百仞，维冰夷恒都焉。冰夷人面，乘两龙。”冰夷即河伯冯夷。此诗中河伯出行时，“乘水车兮荷盖，驾两龙兮骖螭”，正和传说中的河伯形象相同。

与女游兮九河[①]，冲风起兮横波[②]。乘水车兮荷盖[③]，驾两龙兮骖螭[④]。登昆仑兮四望[⑤]，心飞扬兮浩荡。日将暮兮怅忘归[⑥]，惟极浦兮寤怀[⑦]。

注释

①女：即“汝”。这是河伯对洛神而言。九河：黄河的代称。传说禹治黄河，至兖州时，将黄河分为九条入海口，并行东注入海，以防河水溢出，除“徒骇”在北为干流外，其余八条在南，相距各二百里。

②冲风：暴风。横波：喻波涛横排而至。一作“水扬波”。

③水车：想象河伯所乘车驾，可在水中驰行。荷盖：荷叶的车盖。一说车盖彩绘荷花图案。

④两龙：据《山海经·海内北经》：河伯“冰夷，人面，乘两龙”。骖：古代乘坐的独辕车，由四马牵拉，内侧两马为“服”，外侧两马为“骖”。螭 chī：传说中的无角神龙。

⑤昆仑：昆仑山，为黄河发源地。

⑥怅忘归：王逸释：“言已心乐志说，忽忘还归也。”（《楚辞章句》）但洪兴祖认为：“此言登昆仑以望四方，无所适从，惆怅叹息而忘归也。怅，失志也。”（《楚辞补注》）姜亮夫认为“怅忘归”乃“憺忘归”之误，以“怅”和“憺”形乱声近而误（《屈原赋

校注》)。

⑦惟：思念。洪兴祖《补注》："惟，思也。"极浦：指河的极远处水边。寤怀：醒悟而怀思。王逸注："寤，觉也。怀，思也。言己心复徐，惟念河之极浦，江之远碕，则中心觉寤，而复愁思也。"(《楚辞章句》)

译文

想和你同游到九河，暴风吹起啊巨浪狂波。乘坐的水车啊荷叶为盖，驾起飞龙啊疾行如梭。登上昆仑啊极目四望，神思飞扬啊襟怀浩荡。日近黄昏啊怅然忘返，来到河源啊才想起故乡。

鱼鳞屋兮龙堂[①]，紫贝阙兮朱宫[②]，灵何为兮水中[③]？乘白鼋兮逐文鱼[④]，与女游兮河之渚[⑤]；流澌纷兮将来下[⑥]。与子交手兮东行[⑦]，送美人兮南浦[⑧]。波滔滔兮来迎，鱼邻邻兮媵予[⑨]。

注释

①鱼鳞屋兮龙堂：指河伯的居处，以鱼鳞盖屋，雕龙饰堂。王逸注："言河伯所居，以鱼鳞盖屋，堂画蛟龙之文。"(《楚辞章句》) 洪兴祖《补注》："河伯，水神也，故托鱼龙之类以为宫室。"

②紫贝：一种珍贵的海贝，质白如玉，紫色的文点。《本草》载："贝类极多，而紫贝尤为世所贵重。"古代以贝类作为货币。阙：古代宫门两侧高台上的

楼观。朱宫：一作“珠宫”，珍珠装饰的宫殿。

③灵：指河伯。

④鼋 yuán：大鳖叫鼋。逐：跟随。文鱼：王逸注为鲤鱼。洪兴祖《补注》引《山海经》：“‘睢水东注江，其中多文鱼。’注云：‘有斑采也。’又《文选》云：‘腾文鱼以警乘。’注云：‘文鱼，有翅，能飞。’”

⑤女：即“汝”，指河伯的恋人。渚 zhǔ：水中小块陆地。

⑥流澌 sī：流冰。纷：盛多。

⑦子：此称河伯的恋人。交手：以手相交，表示告别。

⑧美人：也是指河伯的恋人。南浦：南面的水滨。

⑨邻邻：一作“鳞鳞”，形容众多。媵 yìng：原指陪嫁的女子，此处喻陪伴。

译文

鱼鳞屋盖啊雕龙的堂，紫贝门阙啊珠饰的龙宫，神灵何故啊居留水中？乘坐白鼋啊尾随文鱼，和你同游沙洲里；残冰纷纷东流去。和你携手往东行，送你送到南河滨。波涛滚滚来迎候，群鱼纷纷陪伴您。

评析

本篇可分为三个部分。

从“与女游兮九河”至“驾两龙兮骖螭”为第一部分。但《少司命》中“与女沐兮咸池，晞女髮兮阳之阿。望美人兮未来，临风怳兮浩歌”四句也应移至此处之后，共八句。马茂元在《楚辞选·少司命》篇的注释中认为：“今本《河伯》篇开头是‘与女游兮九河，冲风起兮横波’，接着便说‘乘水车兮荷盖，驾两龙兮骖螭’，假如中间插进这四句（即“与女沐兮咸池，晞女髮兮阳之阿。望美人兮未来，临风怳兮浩歌”），语意就更为完满。‘与女游兮九河’与‘与女沐兮咸池’同一句法，每两句话一件事，对举成文，都是河伯的幻想。所以紧接着说‘望美人兮未来’，点明现实的惆怅心情。后面‘乘水车’‘登崑岺’分承‘九河’‘咸池’，结构严谨，脉络分明。‘河’‘波’‘阿’‘歌’‘螭’（古音罗）叶韵，在音节上也是完全适合的。这四句放在本篇（即《少司命》），虽然可以勉强说通，但和上下文的联系究竟不够自然。”笔者认为，马茂元此说是基本合理的，只是这四句的位置应在本篇前四句之后，这样形成并列的两小节，并以“望美人兮未来，临风怳兮浩歌”为结尾，以总体表述其失意惆怅的心情，似乎更加完满一些。至于“乘水车兮荷盖，驾两龙兮骖螭”两句放在第一节并无不合适处，《九歌》中不少篇都是在第一节便写出神灵出行时的乘舆、行列，如《东君》的“抚余马兮安驱”，《大司命》的“令飘风兮先驱，使涷雨兮洒尘”都是如此。这一部分，先从河伯的想象开始，他期望与恋人同往“九河”巡行，但是狂风巨浪，波涛汹涌，前途艰难。他又想改道前去河源之地，即崑岺神山的天池为自己的恋人沐发，但是“所思美人不可见”，他只能“临风怳兮浩歌”了。这一部分写河伯因未能实现自己愿望而产生的失意与惆怅。

从“登崑岺兮四望”至“灵何为兮水中”两节，共七句为第二部分。河伯登上崑岺，是为了什么呢？我颇怀疑正是想念他心中的那位“美人”，因而登高远望，期望她早早地到来。那么，河伯的恋人是否已经前来，诗中没有直接明说，只是描写河伯“心飞扬兮浩荡”，以至于“日将暮兮怅忘归”，显然，他已经望见姗姗来迟的恋人，并且和她共度了愉快时刻，因而才会乐而忘归。然而天色渐黑，欢会短暂，这不能不留下遗憾。“惟极浦兮寤怀”，说明他依然想念着诗开头所说的“游九河”的愿望。极浦当指遥远的黄河入海口，黄河发源于昆仑，奔腾万里，千转百折而直奔东海，因而只有到了“极浦”才会回首西望，思念故乡。这里明写河伯，实写黄河，它把黄河从河源昆仑出发，奔流万里，直至东海口的行程，描写成河伯要到“九河”巡游取乐。《庄子·秋水》篇中也描写河伯在秋水时至，百川交汇，两岸不辨牛马时，洋洋自得，“以天下之美为尽在己”。而当他顺流东行，抵达北海时，见到浩渺无边无际的大海，这才望洋兴叹，自知“见笑于大方之家”。从这里可以看出，战国以前，已有许多关于河伯的神话传说故事，庄子的寓言中有许多是有神话传说的原型的。“鱼鳞屋兮龙堂”以下三句，想象着河伯的居处在水中，而且以水中的各种珍品装饰龙宫：“鱼鳞”盖屋、雕龙的宫殿、紫贝阙、珍珠宫，凡是水中之宝自然都是他能取之而来的。《河伯》篇有关河伯水中居处的描写，成为后代小说龙宫描写的先驱和样板了。

“乘白鼋兮逐文鱼”直至结束，为第三部分。描写了河伯日常生活的情景及与恋人的欢会及别离。前三句描写河伯出巡，乘坐水中奇异的白鼋前行，后面有各种色彩斑斓的鱼儿簇拥，在河中的绿洲上，河伯和他的恋人纵情欢乐，欣赏那浩荡东去的大河，化解的残冰。“与子交手兮东行，送美人兮南浦”，不少人都释为河伯送洛神于黄河之南浦（因洛水在黄河南边），似颇有道理。在洛汭观看黄河，便可深深体会这几句诗的意境。那“波滔滔兮来迎”，指的是洛神要被迎回洛河了，而“鱼邻邻”兮簇拥而去的应是继续东去的河伯。描写十分生动。从这里也可以看出，河伯从昆仑出发时，确已和自己的恋人会合过了，然后再一起东行，否则这位被送的“美人”便无来历了。

《河伯》这首诗，自始至终都贯穿着爱情生活的内容，但它又不像二《湘》和《山鬼》那样充满悲伤和凄切的离情别绪。其中的有些段落还充满欢欣的情调(如“登昆仑兮四望，心飞扬兮浩荡”等)，即使篇末写离别之情时，也仅仅是一种淡淡的哀愁而已。为什么同样写爱情的作品，这一篇格调不同，许多人都试图作出解释，我以为其中最主要的原因是受其神话传说本事的制约。《九歌》中的诸神，在屈原时代，应该都有一些流传于民间的神话传说故事，以这些神话传说故事为基调撰写出来的诗篇或祭歌，当然也就各不相同。今人马茂元、陈子展先生均赞同郭沫若说，认为此诗中河伯与宓妃的恋爱故事与纠葛，是形成这首诗格调的根本原因，在解释上是比较合理的。

山　鬼

题解

《山鬼》是《九歌》中一首最为凄婉动人的诗篇。关于山鬼，古籍中记载“山有夔”（《庄子》），《淮南子》也有“山出枭阳”之说。这些说明古代人认为山中有各种怪物。洪兴祖以为所祭的即此类。但此篇所写的“山鬼”，是不能用这些怪物来解释的。在古代祭祀中，名山是重要的祭祀对象，古人认为山中有山神，因此以重礼祭之，甚至杀人祭祀。此篇所称之山鬼，现代学者大都认为是祭祀巫山之神。其主要依据是诗中“采三秀兮於山间”。“於”同“巫”，於山即巫山（见郭沫若《屈原赋今译》）。楚国原有巫山神女的神话传说故事，重要楚辞作家宋玉曾在《高唐赋》中记载了这个故事：据说巫山神女是上帝的少女，原名瑶姬，未嫁而亡，封于巫山之台，成为巫山女神，“旦为朝云，暮为行雨；朝朝暮暮，阳台之下”。她因不甘荒山之寂寞而自荐于楚王。巫山神女在宋玉的作品中便是一位可怜的、不甘寂寞而热情追求爱情的女性形象。此诗中所写的山鬼，也是一位十分多情的女神形象，在感情上与传说中的巫山神女也不谋而合，因此推断山鬼即巫山神女，无论从诗意、形象等各方面分析，都是有一定道理的。

若有人兮山之阿①，被薜荔兮带女萝②。既含睇兮又宜笑③，子慕予兮善窈窕④。乘赤豹兮从文狸⑤，辛夷车兮结桂旗⑥。被石兰兮带杜蘅⑦，折芳馨兮遗所思⑧。余处幽篁兮终不见天⑨，路险难兮独后来⑩。

注释

①若：仿佛，好像。人：指山鬼。山之阿：王逸注："阿，曲隅也。"（《楚辞章句》）因此大多数注家均释为山坳处，似不确。此处之阿，当释为大山丘。《诗经·小雅·菁菁者莪》中，注"在彼中阿"时，一向释"阿"为大山丘。《诗集传》："中阿，阿中也。大陵曰阿。"此诗开头即描写山鬼伫望恋人的到来，她不可能隐在山坳处，诗中还有"表独立兮山之上，云容容兮而在下"可证。

②被：同"披"。薜荔bìlì：为蔓生植物。带：腰带，用作动词。女萝：即菟丝，蔓生植物。

③含睇dì：含情微盼。《说文》："南楚谓眄曰睇。"宜笑：善于发笑，增加美感。

④子：山鬼所思念的恋人。予：我，山鬼自称。窈窕yǎo tiǎo：美丽动人。洪兴祖《补注》引《方言》："美状为窕，美心为窈。"

⑤赤豹：毛色赤褐而有黑斑纹的山豹。文狸：毛皮有花纹的野狸。

⑥辛夷车：以香木辛夷制作的车驾。辛夷为香木名，又称"迎春""木笔"。结：编结。桂旗：以桂树花枝编结而成的旗帜。

⑦石兰：又名“山兰”，为兰草的一种。杜蘅：香草名，又称杜葵。

⑧折：采折。芳馨xīn：芳香的花草。遗wèi：赠给。所思：心中思念的人。

⑨幽篁huáng：幽深的竹林。篁即竹林。

⑩后来：迟到。

译文

仿佛有人啊伫立山坡，身披薜荔啊腰束女萝。含情脉脉啊甜美欢笑，淑静娴雅啊令人倾倒。驾乘赤豹啊尾随花狸，辛夷车上啊高挂桂旗。石兰车盖啊杜蘅流苏，采来香花啊送给相知。竹林深幽啊难见天日，道路崎岖啊姗姗来迟。

表独立兮山之上①，云容容兮而在下②。杳冥冥兮羌昼晦③，东风飘兮神灵雨④。留灵修兮憺忘归⑤，岁既晏兮孰华予⑥！采三秀兮於山间⑦，石磊磊兮葛蔓蔓⑧。怨公子兮怅忘归⑨，君思我兮不得闲⑩。

注释

①表：突出。

②容容：指云海茫茫飘动之状。

③杳yǎo：深远、幽深。冥冥：阴暗。羌：发语词。昼晦：白昼却昏暗不明。

④飘：回旋的大风。神灵：指雨神。

⑤灵修：指山鬼思念的恋人。憺：安逸。

⑥岁：年岁。晏：晚，指年纪已大。华：同“花”，作动词用。“孰华予”意即谁能使我再像花一样的美好呢？

⑦三秀：灵芝草别名，据《尔雅》注：灵芝“一岁三华，瑞草也。”《思玄赋》有“冀一年之三秀”句。於山：据郭沫若说，於wū，是“巫”字的通借。於山即巫山，神女所居之山。

⑧葛：葛藤。蔓蔓：藤蔓绵远纠结之状。

⑨公子：指恋人。同上面的“灵修”同。怅：惆怅，形容失望的心情。

⑩君：即上句的公子。不得闲：不得空闲。这一句是山鬼为恋人所作的解脱之词。

译文

巍然独立啊高山之上，云雾迷蒙啊脚下翻滚。天昏地暗啊日月无光，东风飘飘啊雨点纷纷。您迷恋谁啊憺然忘归，年岁渐老啊青春难回！采集灵芝啊奔走山间，巨石磊磊啊葛藤蔓蔓。抱怨公子啊不思归来，莫非想我啊却不得空闲？

山中人兮芳杜若[①]，饮石泉兮荫松柏[②]。君思我兮然疑作[③]。雷填填兮雨冥冥[④]，猨啾啾兮狖夜鸣[⑤]。风飒飒兮木萧萧[⑥]，思公子兮徒离忧[⑦]。

注释

①山中人：山鬼自称。芳杜若：像香草杜若一样芳

香可爱。

②石泉：山石中流出的清泉。荫松柏：以松柏来遮阴。指山鬼的居处。

③然：诚然，果然。疑：怀疑。然疑作指山鬼心中揣测恋人的心理，疑信交并产生。

④填填：形容雷鸣之声。冥冥：阴雨昏黑之状。

⑤猨：即猿。啾jiū啾：猿啼之声。狖yòu：黑色长尾猿。

⑥飒sà飒：风声。萧萧：风吹动树木发出的音响。

⑦徒离忧：徒然遭受忧伤。离忧为楚方言忧伤之义。

译文

山中的人啊香如杜若，渴饮山泉啊荫盖松柏。您说想我啊却令我疑惑。雷声隆隆啊雨色冥冥，猿声啾啾啊中夜啼鸣。风声飒飒啊万木萧萧，思念公子啊徒生烦恼。

评析

《山鬼》一诗，自始至终以山鬼期待意中人的出现为线索，描写了在期待中女神复杂的心理变化过程，“君思我兮不得闲”“君思我兮然疑作”“思公子兮徒离忧”这三句诗表现了这种变化的三个不同阶段。

在我国古代，由于男女社会地位的不同，因而，在以爱情为题材的文学作品中，“痴心女子负心汉”几乎成为一种最常见的模式。北方的文学作品，《诗经》中的《卫风·氓》《邶风·谷风》都是人们熟悉的“弃妇诗”。南方文学也不例外，被称为“南音”之始的《候人歌》，那拖长了语调的“候人兮猗”的凄切哀婉的旋律已开其先声。在《九歌》作品中，凡是描写女神的诗篇，毫无例外地都带有浓厚的悲剧色彩。湘夫人“交不忠兮怨长，期不信兮告余以不闲”的怨言，少司命“夕宿兮帝郊，君谁须兮云之际”的疑问，山鬼的“君思我兮然疑作”，“思公子兮徒离忧”的哀叹，都反映了那个时代妇女的悲哀的心声，尽管作品中的男主人公未必真的有负心行为，但在那种社会生活环境中，女子难免有更多的担心和介意，这应是可以理解的。《山鬼》诗中描写的这位一片诚心期待意中人到来的女神形象，令人想起我国许许多多类似“望夫石”的民间传说故事来。

这首诗，作者并未刻意雕琢，使用的也是寻常的毫不生僻的文字，然而刻画的山鬼神态，描绘的山中景物，都表现得那样完美和谐，难怪古人赞其诗句“凭空点缀，字字奇绝”(贺贻孙《骚筏》)。

国　殇

题解

《九歌》中，从《东皇太一》至《山鬼》，凡九篇，每篇描写祭祀对象都是单一神，而且这九位神是主宰天地及山川某一领域的自然神。唯有《国殇》是祭为国阵亡的将士。由于题材和风格的不同，加之《九歌》中实际有十一篇，因此历代不少学者或怀疑《国殇》不应列入《九歌》之中，疑其篇名应是《招魂》，要把《国殇》与《礼魂》从《九歌》中独立出来。持这种看法的，至今不乏其人。但怀疑毕竟是怀疑，在没有充分根据证明以前，我们还是只能维持其原状。况且天神、地祇、人鬼，在古代同属祭祀之列，天星观楚墓、望山楚墓及包山楚墓出土的祭祀竹简，祭天神、地祇与祖宗神或殇鬼也都是放在一起的。如将《国殇》和《礼魂》去掉，则这组诗就不完整了。

什么叫“国殇”，洪兴祖说：“谓死于国事者。《小尔雅》曰，无主之鬼谓之殇。”戴震说：“殇之义二，男女未及冠笄而死者谓之殇，在外而死者谓之殇。殇之言伤也。国殇死国事，则所以别于二者之殇也。歌以此吊之，通篇直赋其事。”这两个解释把《国殇》的篇意已说得十分明确了。楚墓祭祀竹简在每组祭祀神的选择和排列上都有其不同的特点，它们是根据祭祀目的来选择祭祀神祇。由于是私人祭祀，所以祭祀的人鬼都是属本家族的殇鬼，如包山楚墓中有“新王父殇”及“殇东陵连嚣”等。《九歌》则用“国殇”，鲜明地表明本组诗所写的原型确为楚王廷的祭祀之礼。

然而值得注意的是，《国殇》不是一般的追悼文章，而是通过艺术手法，塑造了一批勇赴国难的英雄战士的形象。

操吴戈兮被犀甲①，车错毂兮短兵接②。旌蔽日兮敌若云③，矢交坠兮士争先。凌余阵兮躐余行④，左骖殪兮右刃伤⑤。霾两轮兮絷四马⑥，援玉枹兮击鸣鼓⑦。天时坠兮威灵怒⑧，严杀尽兮弃原野⑨。

注释

①操：手持。吴戈：吴地所制的戈戟，头上装有青铜横刃，长柄，作战时可击可钩。战国时以吴楚所产青铜兵器为锋利，所以“吴戈”为名器。一说“吴戈”即“吴科”，是盾的别名，似不合适。被：同“披”。犀甲：犀牛皮制作的坚固铠甲。

②错毂 gǔ：战车的车毂交错。毂为古代车轮中轴部分，类似今日轴承，外承车辐，中孔安装车轴。《老子》有：“三十辐同一毂。”短兵：短兵器，如刀、剑之类。接：交接。

③旌：旌旗。

④凌：侵犯。阵：战斗时排列的阵势。躐 liè：践踏。行：行列。

⑤骖 cān：边马为骖。古代战车从中间伸出一根辕木，

用四匹马驾车，在辕木两侧的战马称为“服”，外两侧边马称为“骖”,所以有“左骖”“右骖”之称。殪yì：死。右刃伤：右骖马为兵器砍伤。

⑥霾mái：通“埋”，指车轮下陷。絷zhí：绊住，用绳捆住。这里指两边马一死一伤，使战车有如被绳索捆住一般，难以前进：王夫之说：“两骖死伤，车不得行，两轮如埋，两服如絷矣！”

⑦援:拿起。玉枹fú:用玉装饰着的鼓槌。枹:同“桴”。鸣鼓：响亮的鼓声。

⑧坠：坠落，形容天时不利。一说坠通“怼duì”，怨恨的意思。和下文连在一起说明天怨神怒，喻战争之激烈。

⑨严杀尽：严指战争严酷，严杀尽即残酷的战争使将士全部捐躯。

译文

手执吴戈啊身披犀甲，车毂交错啊短兵相接。旌旗蔽日啊敌众如云，飞矢交坠啊勇士争先。侵我战阵啊犯我队行，左骖倒毙啊右骖重伤。深陷两轮啊绊住四马，高举玉槌啊擂响战鼓。天崩地裂啊神灵震怒，鏖战惨烈啊尸横遍野。

出不入兮往不反①，平原忽兮路超远②。带长剑兮挟秦弓③，首身离兮心不惩④。诚既勇兮又以武⑤，终刚强兮不可凌⑥。身既死兮神以灵⑦，魂魄毅兮为鬼雄⑧。

注释

①反：同“返”。“出不入”与“往不反”互文见义。

②忽：通“伆”。《方言》：“伆，离也。楚谓之越，或谓之远，吴越曰伆。”苍茫辽阔。超远：遥远。“平原忽”与“路超远”互文。

③挟：挟带。秦弓：秦地出产的良弓，如前之吴戈。

④首身离：身首分离，指牺牲。心不惩：心不悔。惩：戒惧，悔恨。《离骚》：“岂余心之可惩。”

⑤诚：诚然。勇：指精神上之有勇气。武：指武力刚强。

⑥不可凌：不可侵犯。

⑦神以灵：死后成神而灵异。

⑧鬼雄：鬼中的英雄。

译文

将士一去啊不求生还，平原无际啊征途遥远。腰佩长剑啊挟带秦弓，身首分离啊雄心不变。英雄勇敢啊武力高强，刚直坚强啊不可侵凌。躯体虽死啊英灵永在，魂魄刚毅啊化为鬼雄。

评析

在我国古代描写战争的诗篇中，《国殇》是一篇不可多得的杰作。它用异常简洁而形象的语言，淋漓尽致地描绘了一场惊心动魄的战斗，它展示给我们的战争场面，与《左传》历史散文中描绘的几场精彩的战争场面有异曲同工之妙，使人如历其境、如见其人。尤其是作者描写的是战败的一方，但没有通常那种悲切的情绪和气氛，格调高昂壮烈，充满令人振奋的力量。这一诗作所达到的成就，更是前无古人后无来者。《国殇》的悲剧式的结局，正足以激发人们更强烈的感情，这也正是悲剧题材作品在审美意义上所希望达到的目的。

《国殇》确如戴震所说，采用的是“直赋其事”的创作方法。从作品的实际内容看，它显系作者在观看一场战争歌舞场面后赋写的诗篇，其中的诗句是否即歌舞的唱词，很可怀疑。因为这样大的战争场面，唱这么几句歌词就结束了，似乎不太可能。在《九歌》组诗中，这一篇最直接表现了作者强烈的爱国主义感情，这一方面是因作品的题材所决定的；另一方面，屈原的时代，楚国正由盛而衰，从怀王十七年之后，在屡次战争中，楚国一直损兵折将，伤亡惨重。因此，这首诗也是当时现实生活的真实写照。从这个角度讲，本诗歌颂一批死于国难的战败者，没有谀美之词，也可算是“直赋其事”的另一种含义吧！

近人有把本诗说成是楚人对死于战场的敌方将士所唱的挽歌，是不足信的。超度敌方的阵亡者，其诗行中绝不可能寄予如此深厚的感情。

礼 魂

题解

据洪兴祖《楚辞补注》称，《礼魂》一作《祀魂》，其义大致相同。“礼魂”之义，据王逸说：“言祠祀九神，皆先斋戒，成其礼敬；乃传歌作乐，急疾击鼓，以称神意也。”观《礼魂》篇，在十一首诗中篇幅最短，又无特定的祭祀对象，实难以独立成篇。一般看法认为，《礼魂》是《九歌》前十篇通用的送神曲。但也有认为《礼魂》只用于前九篇，或只用于《国殇》一篇的说法。

多数人皆认为《礼魂》是《九歌》组诗结尾的乱辞。但其内容，与其说是歌词，倒不如说是叙事诗，它实际上是描写祭祀活动结束时的一场歌舞。把它作为歌词未免过分简短。《礼魂》如前面的《东皇太一》一样，是以直赋其事来描写一场祭礼的始终的。包山楚简中记载有祭祀结束时“既城”，即“既成”，也就是“成礼”之意。

成礼兮会鼓[①]，传芭兮代舞[②]，姱女倡兮容与[③]。春兰兮秋菊[④]，长无绝兮终古！

注释

①成礼：祭礼完成，送神。会鼓：鼓声齐鸣。王逸注：

“言祠祀九神，皆先斋戒，成其礼敬；乃传歌作乐，急疾击鼓，以称神意也。”

②传芭 bā：传递鲜花。芭为初开的鲜花。代舞：交替起舞。王逸注：“代，更也。”

③姱女：美好的巫女。倡：通“唱”。容与：从容不迫而有节度。

④春兰、秋菊：洪兴祖《补注》：“古语云：春兰秋菊，各一时之秀也。”这里既是代指四时之鲜花，也表示绵绵不绝，春秋代传之意。和下句联在一起，王逸注：“言春祠以兰，秋祠以菊，为芬芳长相继承，无绝于终古之道也。”

译文

祭礼已成啊齐鸣大鼓，传送鲜花啊轮番起舞，美人歌声啊悦耳安舒。春敬兰花啊秋献香菊，绵绵不绝啊千秋万古！

评析

在《楚辞》作品中，《九歌》是一组别开生面且具有明显的艺术个性的作品，它以活泼清新的曲调，和谐悦耳的韵律与优美形象的语言，展示了我国古代社会生活的一个侧面。“国之大事，在祀与戎”，我国古代典籍中，《礼记》《周礼》等都记叙了当时社会中的一些重要情况和社会风俗。在《诗经》中也有不少祭祀诗，描写当时祭祀的一些状况。然而，像《九歌》这样，用诗的语言完整地记录下古人对于天地、山川乃至阵亡将士的隆重祭祀的作品，则绝无仅有。尽管这组诗已非祭祀典礼的原始记录，但其中仍然保留了不少与此有关的场景描写，因此仅就史料价值而言，确如有些学者所说，至少不在三《礼》之下。我国历代也保留有一些祭祀诗，但都是些语言晦涩、干巴抽象、令人不忍卒读的东西。这方面，从西汉开始便带了个坏头。据说汉武帝还收罗了像司马相如之类的文学天才去创作那些郊祀歌，然而我们今天读来，这类作品确实索然无味。而《楚辞·九歌》展示给我们的，却是一幅幅形象生动的艺术画面，它焕发着自然美与艺术美的光辉。因此，《楚辞·九歌》提供给我们关于古代文学、艺术、哲学以及社会风俗等各方面的丰富内容，其价值难以估量。

《楚辞·九歌》是屈原以自己的审美观点和情趣，在观看《九歌》歌舞后写下的诗篇，这是一番重新创造制作的功夫。因此原始祭歌与我们今天所见的《楚辞·九歌》的关系犹如一块未经加工的玉石与一个经过巧匠精心琢磨而成的精美艺术品的关系。毫无疑问，作者在进行艺术创造时，从选材开始，就已倾注了他的感情。在艺术加工中，作者首先进行设计，考虑如何因势象形，使之各具形态；其次则精心琢磨，使之出神入化，成为令人爱不释手的精美艺术品。在这样一个呕心沥血的改造制作过程中，作者必然要倾注其全部感情。《九歌》之所以具有如此感人的艺术魅力，首先是由于屈原在创作中倾注了对祖国和故乡山水、对大自然、对生活的强烈的热爱之情，如果缺少这样的思想基础，是无法创造出像《九歌》这样精美的文学珍品的。但是，这绝不等同于历代士大夫阶级以封建伦理道德强贴给《九歌》的那种解释。《国殇》和其馀诸篇风格不同，它是饱含着作者强烈的爱国主义感情而写出来的壮烈诗篇，因而具有感天动地的艺术力量。《九歌》作品的思想感情，是作者思想感情的自然流露，而不是勉强抽出某一句作解释可以说得清楚的。

和其他《楚辞》作品比较起来，在艺术上《九歌》有其明显的特色：

题材独特。《九歌》中描写的对象大多为鬼神，民间长期流传的神话传说故事为它提供了精彩的情节和内容。作为社会生活折光式反映的神话，较之描写现实生活的作品而言，这种题材提供了更为广阔的天地，也允许作者发挥更大的艺术想象力和创造力。因此，《九歌》较诸其他楚辞作品，更具瑰丽神奇的色彩，充满强烈的浪漫主义气氛。

艺术风格多样化，是《九歌》的重要特色。十一篇诗作，展示十一幅色彩绚丽的画面，表现出明显不同的艺术风格。同有描写祭祀的热烈场面的《东皇太一》《礼魂》和《东君》，前两首诗篇的格调庄重而热烈，后者于热烈中表现出一股阳刚之气。其他作品中，如《云中君》的开阔，《河伯》的欢快，“二湘”的哀怨，《大司命》的严峻，《少司命》的缠绵，《山鬼》的忧思，《国殇》的悲壮，真是清歌曲曲，皆尽其妙。

塑造出具有丰富感情和独特个性的人物，是《九歌》艺术创作重要的成功之处。作品中对描写的对象，无不因其不同特点，而描写出符合各种不同人物身份的丰满的艺术形象。东君是一位英姿勃勃的英雄，云中君是普降甘霖的施主，河伯是一优游好色的浪子，山鬼是含情脉脉的少女，湘君与湘夫人是一对生离死别的鸳鸯。可贵的是，作品中描写的自然神，其处境、装饰、癖好、行踪乃至性格，无不符合于神的自然特征。作品把自然界各种现象经过典型概括与艺术加工，进行了拟人化的处理，使之表现于作品所描述的自然神的身上，融情、景、人于一体，和谐统一，也使作品中人物的形象更加丰满，性格更为鲜明，感情也更为丰富。

《九歌》在语言风格上也与屈原的其他作品不同，诗篇极为短小精练，最短的只有二十多字，最多的也不过二百馀字。简短的语言却包含着极为丰富的社会内容。

天　问

题解

在屈原作品中,《天问》是一篇风格奇特的作品。正由于它的奇特,引起了历代注家的极大兴趣,司马迁在《屈原列传》中特地提到这一篇,列于《离骚》之后,并曾为作解说。(王逸《天问后叙》说:“太史公口论道之。”)唐代柳宗元曾作《天对》。

据王逸说:“《天问》者,屈原之所作也。何不言问天?天尊不可问,故曰‘天问’也。屈原放逐,忧心愁悴,彷徨山泽,经历陵陆。嗟号昊旻,仰天叹息。见楚有先王之庙及公卿祠堂,图画天地山川神灵,琦玮僪佹,及古贤圣怪物行事,周流罢倦,休息其下,仰见图画,因书其壁,呵而问之,以泄愤懑,舒泻愁思。楚人哀惜屈原,因共论述,故其文义不次序云尔。”这里提出了几个问题:一是“天问”题义究竟是什么?二是创作动机的问题;三是创作时间和地点;四是天问的结构问题。

《天问》的题义,王逸认为是屈原因放逐而内心愤懑,为发泄这种内心的怨愤而作“天问”,本义应是“问天”,只因“天尊不可问。故曰天问也”。这种看法,颇延续了不少时间,但后来逐渐受到了怀疑。这是因为历代研究者从作品实际出发进行考察中发现:《天问》篇中的问题,很难说是作者仅仅为了泄愤而提出来的。如开头关于天地形成的问题，显然是经过长期冷静思考而提出的，不是激愤情绪支配下的产物。其中许多怪异的传说与问题，也显然看不出作者提问时的激愤情绪。作者明显寄意之处倒是后半部分关于夏、商、周以来传说中的历代兴亡史。《天问》中所提的众多问题，显然是对整个宇宙、自然法则乃至人类社会变革的客观规律所进行的思考和探讨。正如戴震所言："问，难也。天地之大有非恒情所可测者，设难疑之；而曲学异端骛为闳大不经之语，及夫好诡异而善野言，以凿空为道古，设难疑之。"这个说法是可取的，它比较符合《天问》的实际。

那么，屈原为什么会写出这样一篇《天问》？这个问题应该从春秋战国时代的学术风气上去寻找原因。春秋战国时期，我国学术界诸子蜂起，百家争鸣，出现了空前活跃的学术气氛，各个学派竞相探索治世之道，以便提出一套可行的治国方案，其中一部分学者是探求复古改制的，他们援引古圣贤之道，以求治国。儒家和墨家都是这种主张的鼓吹者。但各家"效法"的对象不同，又有所谓"法先王"和"法后王"之区别。法家是主张"法后王"，即肯定变革了的东西以对抗复古改制。而另外一部分学者从宏观的宇宙发展规律上进行探索，试图从研究天道出发进而研究人道——治世之道。这种研究是继承上古学术研究而来的，《尚书》中就已大量提出"天命"的问题，用以研究其与社会政治中的“民命”的关系。而到了春秋战国时期，这方面最为突出的是道家的奠基作——《老子》。《老子》从探讨宇宙万物起源出发，提出了“道”的概念，老子探讨了自然界中事物运动的规律——他称之为“天道”，而把社会中事物运动的规律称为“人道”。他主张“人道”要合于“天道”，书中反复以“天之道”和“人之道”作比较，如“天之道，损有馀以奉不足，人之道则不然，损不足以奉有馀”（七十七章）。他提“人法地，地法天，天法道，道法自然”（二十五章），从而得出社会的治理，也应该是听其自然，不要多加干预，不要太好作为。同样，《墨子·天志》篇中，也提出对“天”的认识。墨子与老子相反，是主张有神论的，认为有上帝的存在，而上帝是有明确的意志的，这就是“天志”，国家的治理应该按照这个“天志”来进行。这两家虽然提问题的观点不同，但都采用以“天道”和“治世”相对照来探讨治理国家的法则。这种究“天人之际”的研究方法，是战国时代的风尚，直到汉代，司马迁仍受其影响。《天问》虽然是一首诗，但不是一般的诗，它不像屈原的其他作品那样抒写内心感情，而是用诗歌的形式来表现屈原的学术思想的。《天问》的结构也是很有趣的，它和《老子》在结构上有相似之处。诗篇开头提出的是关于天地形成的各种问题，即“天道”方面的问题，而后半部分则就古代传说中的尧、舜、禹，古史记载中的夏、商、周三代，乃至各诸侯国兴衰史的问题发问，是属人事方面的。这种结构，恰与这一时代哲学家们对天道与人道的探索方式全然一致。这不是一般的巧合，而是反映了屈原对治乱问题进行的探索，它说明诗人的屈原和他同时代的哲人一样，是有其深刻的思想的。

其次，关于《天问》创作的直接动机问题。王逸在《天问序》中说这两篇作品是屈原在被放逐以后“忧心愁悴，彷徨山泽”的情绪下进行的创作，这是对的；诗中的提问虽然并不都是要“以泄愤懑”，但毫无疑义，其情绪是不愉快的。从屈原的作品中，我们可以看到他的思想曾经经历了一个发展变化的过程。在他比较早期的作品《橘颂》和《惜诵》中，对天地的认识并不是和《天问》一样。他颂橘时，称赞橘树的“秉德无私，参天地兮”；而在《惜诵》中，他希望苍天作证，五帝审核，山川陪审，组成最公正的法庭。然而，到了《天问》中，他却居然提出：“天命反侧，何罚何佑？”“皇天集命，惟何戒之？”这显然是他在遭受放逐之后，心情长期处于忧郁的状态，在食不甘味、寝不安席的情况之下写的。他从自身的不公正遭遇中，进而联想关于天地的、神话的、历史的各种传说及记载中所难以解释的一些问题，倾泻而出，发为问难，体现了在他身上旧信仰的崩溃。所以，在诗中，他“怀疑自遂古之初，直至百物之琐末，放言无惮．为前人所不敢言”（鲁迅《摩罗诗力说》）。表明他要以科学的态度来考察过去的一切，这种伟大的怀疑精神体现了对真理、对科学追求的态度。

《天问》的创作时间，有流放汉北和江南两说。据王逸的说法，《天问》是屈原受放逐后，见楚的“先王之庙及公卿祠堂”中的图画，因而书壁而作的；大多数研究者认为，汉北为楚之故地，有先王庙，因此《天问》应作于汉北。

也有人认为《天问》不可能是“呵壁”之作，因为没有那样大的壁画能把《天问》的内容全画下来。这个问题似不可过于机械理解。作者在观看画时，必然会引起联想，因此发问的问题未必和画的数量相同，这本来是正常的。从出土文物看，秦代宫殿中已有壁画。在楚国春秋战国时期墓葬中，也出土了绘有奇兽、人物的漆画、帛画，以及有这种内容的雕塑品、青铜器物等。汉代的宫殿也是绘有壁画的，如东汉王逸的儿子王延寿就写有《鲁灵光殿赋》，其中描写到灵光殿中的壁画内容十分丰富：“图画天地，品类群生，杂物奇怪，山神海灵。……上纪开辟，遂古之初，五龙比翼，人皇九头。伏羲鳞身，女娲蛇躯。……下及三后，淫妃乱主，忠臣孝子，烈士贞女，贤愚成败，靡不载叙。”汉代壁画之盛，已为出土文物所证实，连一般较有地位的人墓室里都要绘有壁画，更不用说宫室之中了。汉代的这种风气，应该是承袭春秋战国以来的传统的。因此，前面提到的那种对楚壁画的怀疑，显然根据不足。

最后，谈谈关于《天问》的结构。胡适说：“《天问》文理不通，见解卑陋，全无文学价值，我们可以断定此篇为后人杂凑起来的。”（《读楚辞》）胡适的观点，源自王逸，因为王逸说到《天问》是楚人把屈原写在壁画上的文字收集起来，“因共论述，故其文义不次序”。胡适对《天问》未做深入研究，便信口而论，所说与作品的实际大相径庭。历代楚辞学者在深入研究的基础上，对旧说提出不同看法，如明代陈深说：“《天问》发难至千五百言，书契以来，未有此体，原创为之。先儒谓其文义不次，乃原书于壁而楚人辑之。今读其文，章句之短长，声势之佶崛，皆有法度，似作也，非辑也。”（引自蒋之翘《七十二家评楚辞》卷三）这是从诗体语言立论。黄文焕在《楚辞听直》中也说：“王逸谓属屈子之题壁，楚人之所共述，故其文义多不次序。此论殊谬。篇中天地人物，无所不有。果有壁间如此之多画，启其呵问乎？原所结撰，前无古人，后无来者，果楚人如此之多才，代其辑述乎？首末中间，作法井井，可谓不次序乎？……既如《天问》同于曾子之《礼问》，作也，非辑也。”此后之王夫之、林云铭、蒋骥等均各以所见，屡加申述，使看法渐趋一致。他们尤其注意到从诗篇内容实际进行分析，黄文焕说：“盖首末共三大段焉。首溯天地之开辟，一也；中胪夏、商、周之治乱，二也；末乃归于楚国之事……三也。布阵至大，布势至顺。”这已认识到，《天问》篇中从天地的形成，治水的故事，到夏、商，周三代的兴亡，最后是春秋战国时代的吴、楚、秦、齐诸国的情况等，可知其次序是非常分明的。王逸之所以认为《天问》中“文义不次序”，主要是因为到了东汉时期，先秦的有关资料比较缺乏，他对《天问》中提出问题的各种传说故事本身缺乏理解和认识，加上作品在传抄过程中错字及错简等的影响，因而造成了这种错误的印象。后代的研究者进行长期艰苦的努力，其中包括对资料的收集、古文字的考释等，逐步地弄清了这篇作品中的不少疑难问题，为更好地研究和认识这篇作品提供了极其宝贵的资料。今后随着考古事业的发展以及古文字研究工作的进步，《天问》中的疑难问题将逐步地得到解决。与此同时，许多人对《天问》中错简问题也做了一些整理工作，虽然看法不尽相同，但这些工作都是有意义的。

《天问》中保存了大量神话及古史传说，对于研究我国古代史和认识我国古代文化具有极为重要的价值。

（一）

曰：遂古之初，谁传道之①？上下未形，何由考之②？冥昭瞢闇，谁能极之③？冯翼惟像，何以识之④？

注释

①曰：发问词。遂古：远古。遂，通“邃”，远。

②上下：天上地下。形：形成。

③冥：昏暗。昭：光亮。瞢méng闇：也是昏暗的意思。汤炳正在《楚辞今注》中以为，昭是“昒”之讹字。昒hù：天未明之前的昏暗状态，这样四字为同义

连叠词。极：追究。

④冯 píng 翼：元气充盛之状。惟：语助词。像：想象。《淮南子·精神训》："在未有天地之时，惟像无形。"意谓当时之情状，只能靠想象，并无形象产生。

译文

请问：远古之初的情形，是谁把它流传下来的？当时天地还未形成，又怎么能够加以证明？忽明忽暗，混沌一片，谁能知其本原？元气鸿蒙，唯像无形，如何才能认清？

明明闇闇，惟时何为[①]？阴阳三合，何本何化[②]？圜则九重，孰营度之[③]？惟兹何功，孰初作之[④]？

注释

①明明闇闇：明指白天，闇指夜晚。时：时间。

②三合：即参合，三参通用。本：本体、本原。化：化生。古人认为阴阳二气和而化生万物。

③圜：同"圆"，指天。九重：九层。营：通"环"，环绕。度：度量。

④兹：此，指天。功：功力，力量。

译文

白昼明亮夜间昏暗，为什么这样区分？阴阳二气参合相感，本原何在如何化生？天圆而有九层，是谁去环绕测量？靠的是什么样的功力，最初由谁开始营造？

斡维焉系？天极焉加[①]？八柱何当？东南何亏[②]？九天之际，安放安属[③]？隅隈多有，谁知其数[④]？

注释

①斡wò维：天体旋转时维系之处。斡是旋转，维是维系旋转之物。古人认为天如伞盖，有维（即绳）系于地之四方，称为四维。天极：天体中央的最高点，也即运动中轴顶端，古人或认为北极是天枢、天机、天极。加：安置。

②八柱：古代神话传说中支撑天宇的八根柱子。何当：何在。亏：短缺。地形西北高而东南低，故称为“亏”。

③九天：天的九个部分，又称九野。古人将地分为九州，天分为九天：中央钧天，东方皋天，东南方阳天，南方赤天，西南方朱天，西方成天，西北方幽天，北方玄天，东北方变天（王逸《楚辞章句》）。际：边界。放：至。属zhǔ：连接。

④隅隈yúwēi：角落。多有：数量众多。《淮南子·天文训》：“天有九野，九千九百九十九隈。”

译文

旋转的四维，何处可系？天之中极，何处可加？八柱擎天，置于何方？东南大地，何以倾陷？九天的边界，如何安放连接？天地之间角落众多，谁能确知它的数目？

天何所沓？十二焉分[①]？日月安属？列星安陈[②]？出自汤谷，次于蒙汜。自明及晦，所行几里[③]？

注释

①沓tà：交合，指日月在天上交会的地方。十二：十二辰。古人认为，日月在周天沿黄道运行，每年会合十二次，因而将黄道分为十二段，也就是十二辰，又称十二星次。

②属：系属，依附。陈：排列。

③这四句讲太阳的运行情况。汤yáng谷，一作旸谷，神话传说中日出之处。次：停宿。蒙汜sì：传说中日落之处。王逸《楚辞章句》注："汜，水涯也。日出东方汤谷之中，暮入西极蒙水之涯也。"关于太阳的运行，《淮南子·天文训》："日出于旸谷，浴于扶桑，是谓晨明。登于扶桑，爰始将行，是谓朏fěi明。至于曲阿，是谓旦明。……至于悲泉，爰止其女，爰息其马，是谓悬车。薄于虞渊，是谓黄昏。沦于蒙谷，是谓定昏。入于虞渊之汜，曙于蒙谷之浦，行九州七舍。有五亿万七千三百九里。"

译文

日月在何处会合？十二辰怎样划分？日月怎样悬在空中？群星谁来把它排列？太阳从汤谷升起，傍晚时分到达蒙汜。从黎明直至夜晚，一共走过多少里程？

夜光何德，死则又育[①]？厥利维何，而顾菟在腹[②]？女岐无合，夫焉取九子[③]？伯强何处？惠气安在[④]？何阖而晦？何开而明[⑤]？角宿未旦，曜灵安藏[⑥]？

注释

①夜光：月亮。死则又育：死而复生。育，生育。

②厥：其。利：利益。维：语气词。顾菟：有几种说法。王逸注为顾望月中之菟（兔）。闻一多引汉代书籍认为“顾菟即蟾蜍之异名”。汤炳正则认为从曾侯乙墓箱盖图像中出现的似虎又似兔的兽形，乃月中阴影的神话传说以语言因素为媒介而由兔变虎的过渡形象。楚地月中阴影不是玉兔而是老虎，楚人称虎为“於菟”（《屈赋新探》）。而林庚《天问论笺》仍主旧说，即月中阴影为兔子。今从其说。腹：可释为怀。

③女岐：神女名，或称九子母。无合：没有交合。取：得到。九子：传说女岐无夫而生九子，故或称为九子母。岐，一作“歧”。

④伯强：即神话传说中之北方风神禺强，生厉风。惠气：即惠风，为祥和之风，正与厉风相对。

⑤阖hé：关闭。这里指天门。

⑥角宿xiù：星座名。二十八宿中东方七宿（又称苍龙七宿）为角、亢、氐、房、心、尾、箕。角宿为第一宿，有两星，传说为天门。旦：明。曜yào灵：太阳。

译文

月亮有何美德，竟能死而复活？究竟有什么样的好处，让玉兔留居怀中？女岐并未成婚，怎么生有九个男孩？伯强居住在何处？祥风从哪里吹来？什么关闭就天黑？什么打开就天亮？天门未开之前，太阳藏在什么地方？

不任汩鸿，师何以尚之①？佥曰何忧，何不课而行之②？鸱龟曳衔，鲧何听焉③？顺欲成功，帝何刑焉④？

注释

①不任：不能胜任。汩gǔ：治。鸿：洪水。师：众人。尚：推举。

②佥qiān：都。课：试。据《尚书·尧典》载，帝尧之时，洪水滔天，民不聊生。尧求治水之人。群臣一致推荐鲧。尧认为不合适。大臣们说，不必担忧，可以试试，不合适再替换。尧同意了。鲧治水九年不成功，尧免了他的职，并流放到羽山。“佥曰何忧”指群巨对尧的回答。“何不课而行之”是屈原之所问。

③鸱chī：鸱鸺，猫头鹰。曳yè：牵引。衔：以口相衔。传说鲧治水时有鸱龟相助。《拾遗记》载：“禹尽力沟洫，导川夷岳，黄龙曳尾于前，玄龟负清泥于后。”当由此而来。又长沙马王堆汉墓中出土帛画中，有一鸱鸺立于龟背，龟奋力从水中爬出，

应也是同于此。

④顺欲：顺从民众的愿望。帝：天帝。古代神话传说中，天帝、人帝经常混为一体，如尧既是人君，又是天帝。刑：刑罚。指被流放之事。

译文

鲧不善于治水，众人为什么将他推举？都说不必担忧，为什么不先试试再去？鸱龟在前面相互牵引，鲧为什么就照着实行？鲧顺应民心治理洪水，帝尧为什么要处以极刑？

永遏在羽山，夫何三年不施①？伯禹愎鲧，夫何以变化②？纂就前绪，遂成考功③。何续初继业，而厥谋不同④？

注释

①遏è：遏止，一说幽闭。羽山：神话中地名，传说在东海之滨。帝尧放鲧于羽山之郊（《山海经·海内经》）。三年：指鲧被杀后，尸体三年不腐。如《初学记》载："鲧殛死，三岁不腐，副（剖）之以吴刀，是用出禹。"不施：王逸解释为不舍其罪（《楚辞章句》）。董楚平认为施释为"弛"，毁坏之意。不施则为尸体不腐（《楚辞译注》）。

②伯禹：大禹。伯为禹所封之爵位。愎bì：一本作"腹"，今多从之。指传说中鲧死后，尸体三年不腐，而禹从其腹中剖出。闻一多在《楚辞校补》中认

为这里应是“伯鲧腹禹”，《山海经·海内经》载：“鲧复（腹）生禹。”

③纂就：继续完成。前绪：前人事业。考：父死为考，此指禹之父鲧。

④厥：其。“厥谋不同”指传说中鲧治水采用筑堤及填低就高的办法，而禹采用的是疏导水流低处汇入大海的办法。但传说及记载中也有不少处写禹用息土填洪水。

译文

尸首永弃于羽山之野，为什么三年还不腐烂？伯禹从鲧的腹中生出，怎么会有这种变化？伯禹继承遗愿继续治水，他完成父业取得成功。他继续的是鲧开创的事业，两人的谋略有什么不同？

洪泉极深，何以寘之①？地方九则，何以坟之②？应龙何画？河海何历③？鲧何所营④？禹何所成？康回冯怒，地何故以东南倾⑤？

注释

①洪泉：即鸿渊。《淮南子·地形训》：“鸿水渊薮，自三百仞以上，二亿三万三千五百五十里，有九渊，禹乃以息土填洪水，以为名山。”寘tián：同“填”。

②九则：九等。《尚书·禹贡》中将全国土地按其好坏分列九等，并制定不同的贡品。坟：分别。

③应龙：传说中龙之有翼者，如恐龙中之翼龙类。

这两句原作“应龙河海，何画何历”。学者多认为应据洪兴祖《楚辞补注》引另一本及朱熹《楚辞集注》改为“应龙何画，河海何历”。传说中禹治水时，应龙前来相助，以尾画地，以成江河，导水流向大海。

④营：经营、营度。

⑤康回：传说中的共工之名。冯píng怒：大怒。楚方言冯为盛、满、大之意。东南倾：神话传说共工与颛顼zhuān xū争为帝。失败后大怒，以头撞周山，使这个位于西北的天柱缺一角，改称不周山，而天向西北倾斜，大地向东南塌陷。

译文

洪水的源泉深不见底，禹用什么东西来填塞？将九州之地分为九品，依据什么标准分开？应龙怎么用尾画出河道？河水如何流向大海？鲧有什么作为？禹做成哪些事情？共工勃然大怒，大地为何就向东南倾？

九州安错？川谷何洿①？东流不溢，孰知其故②？东西南北，其修孰多③？南北顺椭，其衍几何④？

注释

①九州：《尚书·禹贡》说，禹治水成功后，将大地分为九州。错：设置。洿wū：原指深坑，此作动词，挖掘之义。

②溢：水涨出来。

③修：长。

④椭：椭圆。衍：馀，指宽出部分。

译文

九州怎样进行设置？如何开挖成河流溪谷？百川东流海不涨溢，谁知其中的缘故？大地东西和南北，哪一面长出更多？南北既然是椭圆形，宽的地方多出几何？

崑峇县圃，其尻安在①？增城九重，其高几里②？四方之门，其谁从焉③？西北辟启，何气通焉④？

注释

①崑峇：传说中的位于我国西北的神山，为天帝与神人的居处。县圃：悬在空中的花园。县，通“悬”。尻kāo：原文作尻，为古居字。戴震《屈原赋注》认为是“尻”的误字，原指人的臀部，这里引申为基础。

②增城：即层城。《水经·河水注》中说，崑峇山分为三级，最上一层即为层城，一名天庭，天帝的居处。九重：九层。《淮南子·地形训》：“中有增城九重，其高万一千里八百一十四步二尺六寸。”

③四方之门：指崑峇山四面的门。从：从此出入。

④西北辟启：西北方向大门敞开。辟，敞开。气：即风。

译文

昆仑山上有座悬圃，它的根基扎在哪里？增城上面共有九层，它的高度有多少里？东西南北四座山门，是谁常在那里来往走动？西北的大门敞开，什么风从那里流通？

日安不到？烛龙何照①？羲和之未扬，若华何光②？何所冬暖？何所夏寒？焉有石林？何兽能言？

注释

①烛龙：神话传说中的神。《山海经·大荒北经》："西北海之外，赤水之北，有章尾山。有神，人面蛇身而赤，直目正乘，其瞑乃晦，其视乃明，不食不寝不息，风雨是谒。是烛九阴，是谓烛龙。"

②羲xī和：神话传说中的日神之御。若华：若木之花。若木为神话传说中的神树，长在西方日落之处。《淮南子·地形训》："若木在建木西，末有十日，其华照下地。"传说中太阳下山之后，若木上的花就会发光，以代太阳。《山海经·大荒北经》说，若木在"九阴山"。

译文

什么地方见不到阳光？烛龙怎样把这里照亮？羲和还没有挥动神鞭，若木花怎么放射着光芒？什么地方冬季温暖？什么地方夏季严寒？怎么会有成片的石林？什么野兽能把人语讲？

焉有虬龙，负熊以游[①]？雄虺九首，儵忽焉在[②]？何所不死？长人何守[③]？靡蓱九衢，枲华安居[④]？一蛇吞象，厥大何如[⑤]？

注释

①虬 qiú龙：无角之龙。

②虺 huǐ：传说中南方的一种毒蛇。《楚辞·招魂》：“南方不可以止些……雄虺九首，往来儵忽，吞人以益其心些。”儵忽：往来迅疾貌。

③不死：不死之国。《山海经·海外南经》载有“不死民”，“其为人黑色，寿不死”。《大荒南经》载有不死之国。长人：传说中的巨人。古籍中记载颇多，《招魂》中写东方有“长人千仞，惟魂是索些”。

④靡蓱 píng：蔓生的浮萍。蓱，同“萍”。九衢：即九歧，指萍草有九个分枝。枲 xǐ华：枲麻上开的花。枲，传说中的神麻。

⑤蛇吞象：事见《山海经·海内南经》：“巴蛇吞象，三年而出其骨。”

译文

怎么会有无角神龙，驮着黄熊在水中游玩？长着九颗脑袋的雄蛇，急匆匆往来为哪般？哪里有不死之乡？那些长人看守什么地方？蔓生的萍草枝茎九出，枲麻花开在什么山上？巴蛇能将大象一口吞下，它的形状大到什么模样？

黑水、玄趾，三危安在[1]？延年不死，寿何所止？鲮鱼何所？鬿堆焉处[2]？羿焉彃日？乌焉解羽[3]？

注释

①黑水：神话中之水名。《山海经·海内西经》载，黑水出昆仑山西北角。玄趾：传说中的地名，在黑水之北．其民涉黑水而脚被染成黑色，故称玄趾。玄，黑。三危：三危山，传说中的神山。《淮南子·时则》："三危之国，石城金室，饮气之民，不死之野。"

②鲮líng鱼：鱼名，即陵鱼。传说陵鱼人面鱼身，有手足。《山海经·海内北经》："陵鱼，人面，手足，鱼身，在海中。"一说是能居陆地的鱼。鬿qí堆：堆应作"雀"。能吃人的怪鸟。《山海经·东山经》："北号之山……有鸟焉．其状如鸡而白首，鼠足而虎爪，其名曰鬿雀，亦食人。"

③羿yì：神话中的后羿，善射。彃bì日：射日。传说尧帝时，十日并出，禾苗枯死，尧令羿射下其中的九日。乌：指太阳，传说太阳里有三足乌，称金乌。解羽：指乌被射中而羽毛散落。

译文

传说中的黑水和玄趾，三危山在哪个方向？那里的人长生不老，到底能活到什么时间？鲮鱼产生在什么地方？鬿雀是什么形状？后羿为什么射日？金乌为什么会散落羽毛？

(二)

禹之力献功，降省下土四方[①]。焉得彼嵞山女，而通之于台桑[②]？闵妃匹合，厥身是继[③]。胡维嗜不同味，而快鼌饱[④]？

注释

①禹：夏禹。献功：事功，指治水。降：从天而降。省：视察。下土四方：应作"下四方"，指全国各地。

②嵞山：即涂山，古地名。传说禹治水，遇到涂山之女，因与之结合。台桑：地名。

③闵妃：同下之匹合，皆婚配之义。继：延续。

④嗜不同味：爱好不同。一说应作"嗜欲同味"。快鼌zhāo饱：急于满足一时的欲望。"鼌饱"即"朝食"，指男女交合。鼌，同"朝"。

译文

禹尽力治水取得成功，他从天而降安定人间。他怎么得到了涂山氏，和她在台桑那里私通？禹和涂山氏结合，为的是传宗接代。为什么爱好不一，就急于交合放纵？

启代益作后，卒然离蠥[①]。何启惟忧，而能拘是达[②]？皆归射鞠，而无害厥躬[③]。何后益作革，而禹播降[④]？

注释

①启：夏启，禹和涂山氏所生的儿子。益：夏禹之臣。传说禹传位于益，启不服，攻益，取而代之，故此处有“代益作后”之说。后：古代国王称后。离：遭。蠥niè：罪，灾难。

②惟：当作罹，遭遇。能拘是达：拘指拘禁，达指逃脱。当指启益代位之事，从《天问》中看，启曾被益拘禁，而后逃脱，又攻益，夺其位。据载，商汤灭夏前也曾被囚禁于重泉，周文王也曾被商纣王囚于羑yǒu里。

③射：弓箭。鞠：据金开诚等《屈原集校注》认为，鞠疑为“箙fú”之误，箙为箭囊。泛指武器。皆归射鞠，据游国恩解释，这里讲的是启与益作战时，益的军队都交出武器投降。躬：身。

④作革：即祚革，作，通“祚”。祚革指益的帝位被取代。播降：传播后代。一说“播降”即“蕃隆”的同音借字，指子孙昌盛。

译文

启代益做了国王，突然却遭到灾难。为什么启面对忧患，能从益的狱中逃亡？伯益的部下都放下武器，夏启因此而安然无恙。为什么伯益丧失王位，禹却子孙十分兴旺？

启棘宾商，《九辩》《九歌》①。何勤子屠母，而死分竟地[②]？帝降夷羿，革孽夏民[③]。胡射夫河伯，而妻彼雒嫔[④]？

注释

①棘：急。宾：朝见。商：为“帝”之误，宾帝即朝见天帝。《九辩》《九歌》：神话传说中为天帝之乐。《山海经·大荒西经》载，启“三嫔于天，得《九辩》《九歌》以下”。

②勤子屠母：此问启出生神话，禹为凿轘huán辕关，化为熊。涂山氏怀启，她给禹送饭时见禹化为熊，惭而去，至嵩高山下化为石。禹追涂山氏，并喊：“归我子。”石破北方而生启。一般认为勤子指启，禹勤劳治水，故其子称勤子。屠母指涂山氏裂而生启事。死分竟地：死，通“尸”。仍承上指涂山氏因生启而尸骨碎裂于地事。

③帝：指天帝。降：降下。夷羿：即后羿。他本是东夷族人，故称夷羿。革孽niè：解除忧患。革孽夏民指革夏民之孽，也就是解除夏民的忧患。因当时夏朝发生内乱，启子太康乱政。《左传·襄公四年》：“昔有夏之方衰也，后羿自鉏xú迁于穷石，因夏民以代夏政。”

④河伯：黄河之神。雒嫔luòpín：洛水之女神，传为河伯之妻。王逸在《楚辞章句》中引：“《传》曰：河伯化为白龙，游于水旁，羿见射之，眇其左目。河伯上诉天帝，曰：‘为我杀羿。’天帝曰：‘尔何故见射？’河伯曰：‘我时化为白龙出游。’天帝曰：‘使汝深守神灵，羿何从得犯？汝今为虫兽，当为

人所射，固其宜也。羿何罪焉？'" 羿射伤河伯并抢占雒嫔为妻。

译文

启急忙要去朝见天帝，将《九辩》《九歌》带到人间。为什么想要儿子却杀了母亲，让她尸体倒地裂成碎片？天帝把后羿派到下界，想要给夏民去除灾难。为什么要去射伤河伯，把他的妻子宓妃强占？

冯珧利决，封豨是射①。何献蒸肉之膏，而后帝不若②？浞娶纯狐，眩妻爰谋③？何羿之射革，而交吞揆之④？

注释

①冯珧 pín yáo：冯，通"凭"，满。珧，蚌壳，指用蚌壳装饰的弓。利：熟练地使用。决：拉弓时套在右手大拇指上用以钩弦的"扳指"。封豨 xī：大野猪。传说中后羿喜欢外出田猎。

②献：进献。蒸肉：祭祀用肉。膏：肥美之肉。后帝：指上帝。不若：不高兴。若，嘉许。

③浞 zhuó：寒浞，羿的国相。纯狐：羿之妻名。眩 xuàn：惑乱。眩妻指纯狐。此指传说中的羿妻纯狐与寒浞私通并合谋杀羿之事。

④射革：古人以射穿厚牛皮的靶之层数比膂力，传说羿能射穿多重皮革。交：交结，勾结。吞揆 kuí：吞灭。

译文

后羿田猎引满弓弦，见到大野猪就立刻放箭。他用肥美的野猪肉进献天帝，天帝为什么并不喜欢？寒浞勾搭羿妻纯狐，这淫妇怎样帮寒浞设谋？后羿能射穿多重皮革，为什么遭吞灭无以自救？

阻穷西征，岩何越焉①？化为黄熊，巫何活焉②？咸播秬黍，莆、雚是营③。何由并投，而鲧疾修盈④？

注释

①林庚在《天问论笺》中认为，此处讲鲧为保护有夏部落而阻止有穷部落后羿西进之事。穷：有穷氏，后羿的部落。阻穷即阻止有穷氏。西征：西进。东夷的后羿自鉏迁于穷石，便是西征。

②化为黄熊：《左传·昭公七年》载："昔尧殛鲧于羽山，其神化为黄熊，以入于羽渊。"巫：神巫。活：鲧死而又化为黄熊，当为神巫救活。

③秬jù黍：黑色黍子。莆pú、雚huán：均为水草类植物。营："耕"之借字，除草。

④并投：同是投种五谷。疾：罪过。修盈：长而满。

译文

鲧设险阻挡有穷氏西行，那险峻的山岩怎样越过？他已经变成了黄熊，神巫怎样把他救活？他们都教民众播种黑黍，将芦苇水草全都除去。为什么两人的做法相同，鲧却被说成是罪大恶极？

白蜺婴茀，胡为此堂[①]？安得夫良药，不能固臧[②]？天式从横，阳离爰死[③]。大鸟何鸣？夫焉丧厥体[④]？

注释

①白蜺：即白霓，形容女子衣裳轻飘。婴茀 fú：古代妇女的首饰。婴为项链，茀即首饰。指嫦娥盛装来到羿存放不死之药的堂上。

②良药：指不死之药。臧：同“藏”。此四句指羿从西王母处得来不死之药，嫦娥窃服以奔月之事。

③天式：天道。从横：阴阳。阳离：阳气离散。

④大鸟：太阳中的踆 cūn 乌。此指羿射中太阳后，其中的金乌发出悲鸣而死亡。

译文

云衣飘飘，佩饰闪亮，她为何来到这堂屋上？后羿从哪里得到不死之药，为什么不好好保藏？天道纵横象征阴阳，阳气离散而生命消亡。大鸟为什么发出悲鸣？它的躯体怎么会突然不见？

蓱号起雨，何以兴之[①]？撰体胁鹿，何以膺之[②]？鳌戴山抃，何以安之[③]？释舟陵行，何以迁之[④]？

注释

①萍píng号：神话中的雨师，又作屏翳yì。

②撰：具备，具有。胁：腋下至腰的部分为胁，指上身。膺：响应、承应。此指风神，因雨师而连及风神。传说中风神形象奇特，鸟头鹿身。

③鳌áo：传说中的巨型海龟，力大无比。戴：背负。抃biàn：舞。《列子·汤问》篇载，渤海之东，有十五只巨鳌，背负着五座神山。

④释舟陵行：传说过浇力气超人，他能够推着船在陆地行走。陵，陆，楚方言。迁：移动。

译文

雨师一呼而大雨倾盆，他怎么有这种本领？鸟头鹿身的飞廉，怎么也和他同行？巨鳌头顶着神山欢舞，神山为什么能安然不动？过浇在陆地上行舟，靠什么把船推走？

惟浇在户，何求于嫂①？何少康逐犬，而颠陨厥首②？女歧缝裳，而馆同爰止③。何颠易厥首，而亲以逢殆④？

注释

①惟：发语词。浇ào：过浇，寒浞之子。嫂：指浇的嫂子，她是个寡妇，即下文"女歧缝裳"之女歧。浇为了和她淫乱，借口让女歧替他缝衣服，从而达到目的。

②少康：夏后相的儿子，夏中兴之主。据载，浇杀死了夏后相，相妻后緍mín逃回娘家有仍，并产下相之子少康。少康长大后复仇，杀浇，恢复夏。逐犬：放出猎狗。颠陨yǔn：坠落。厥首：指浇的头颅。王逸注："夏少康因田猎放犬逐兽，遂袭杀浇而断其首。"

③女歧：浇之嫂。裳：下衣。馆同：同馆。止：宿。

④颠易厥首：指少康夜袭过浇时，错砍了女歧的脑袋。颠易，砍错。厥首，指女歧的头。逢殆：遭受祸殃。以上四句讲少康两次杀浇的经过，他先夜袭浇，错杀了女歧，其后田猎时放犬逐兽，才杀掉过浇。

译文

过浇来到他嫂嫂的门口，对她有什么要求？为什么少康放出猎狗，过浇因此而掉了头？女歧为过浇缝补衣裳，两人因此而同宿一床。为什么会砍错脑袋，女歧自身遭了祸殃？

汤谋易旅，何以厚之①？覆舟斟寻，何道取之②？桀伐蒙山，何所得焉③？妹嬉何肆，汤何殛焉④？

注释

①汤：应为浇。谋：策划。易旅：换战甲。《释名·释兵》："凡甲，聚众札为之谓之旅，上旅为衣，下旅为裳。"厚：厚实、坚固。古籍载，浇始作甲，即发明使用战甲。

②覆舟：翻船。斟寻：古国名，在今河南巩义西南。传说夏后相失国后投靠夏同姓诸侯国斟寻、斟灌，浇灭两国而杀夏后相。

③桀：夏桀，夏朝最后一位暴君。蒙山：古国名。得：据史载，夏桀攻打蒙山，得到琬、琰两位美女，弃元妃妹嬉于洛。

④妹嬉 mòxǐ：夏桀元妃，有施氏之女。她失宠后，与商汤谋臣伊尹勾结，一同策划灭夏。肆：放纵。殛：杀。

译文

过浇筹划制作新甲胄，用什么办法使它坚实？他攻打斟寻把战船击沉，采用的是什么样的措施？夏桀出兵攻伐蒙山，究竟得到什么？妹嬉有什么过错，商汤要把她杀掉？

舜闵在家，父何以鳏[①]？尧不姚告，二女何亲[②]？厥萌在初，何所亿焉[③]？璜台十成，谁所极焉[④]？

注释

①闵：伤感。鳏 guān：同“鳏”，没有妻室的男子称为鳏夫。传说舜幼年丧母，其父瞽叟偏爱舜继母所生的小儿子象，他们一起给舜出了许多难题，并想害死他，所以舜到三十岁还未成家。

②姚告：即告姚，告诉舜的父亲。舜姚姓，姚代指其父。二女：指娥皇、女英。传说尧访知舜贤而且孝，

就决定将自己的两个女儿嫁给舜，并禅位于舜。

③“厥萌在初，何所亿焉”两句，历来注家众说纷纭，这两句当指对人类初始时情况的追问。曹耀湘在《读骚论世》中说：“萌与氓通。厥萌在初，犹《诗》言厥初生民也。”因此厥萌在初是说人类初生时的情形。何所亿焉：亿，通“臆”，意为猜想，揣测，这句意为是如何猜想出来的。

④璜huáng台：玉石砌成的高台。十成即十重、十层。极：达到，建成。此当与女娲神话传说有关，林庚认为指补天之事，天有九重，女娲造为十层，可参。

译文

虞舜在家闷闷不乐，父亲为什么不让他成家？尧事先并未通报姚氏，为什么就让两个女儿出嫁？人类初始的状态，谁能加以推测？玉台高达十层，是谁最后建设？

登立为帝，孰道尚之①？女娲有体，孰制匠之②？舜服厥弟，终然为害③。何肆犬豕，而厥身不危败④？

注释

①登立：登位。尚：上。

②女娲：神话传说中的女帝，姓风氏，故或称风后，豫西与山西交界的黄河边原有风后陵，传即为女娲之陵。她曾“抟tuán泥土造人”，和炼五色石以补天。匠：制造。传说中女娲人面蛇身（保存于

嵩山中岳庙下的太室阙，为汉代所立，其中有女娲与伏牺刻像，均为人面蛇身，下体缠绕交合），所以这里对女娲的躯体形状发问。

③服：顺从。厥弟：指他的弟弟象。为害：受谋害。据《史记·五帝本纪》载："舜父瞽叟顽，母嚚yín（愚顽），弟象傲，皆欲杀舜。舜顺适不失子道，兄弟孝慈。"《孟子·万章》中记述了象和他父母如何多次谋害舜之故事。

④肆：放纵。犬豕：指象的作为犹如猪狗。不危败：指象虽多次害舜，舜却仍然对他宠爱有加，并封为有庳国君。危败：危亡。

译文

登上玉台为帝，用什么办法上去？女娲奇怪的形体，是谁为她设计？舜样样顺从他的弟弟，终于还是受到谋害。为什么狼心狗肺的家伙，自身却没有受到损坏？

吴获迄古，南岳是止[①]。孰期去斯，得两男子[②]？缘鹄饰玉，后帝是飨[③]。何承谋夏桀，终以灭丧[④]？帝乃降观，下逢伊挚[⑤]。何条放致罚，而黎服大说[⑥]？

注释

①吴：吴国。获：得到。迄古：从古至今。南岳是止：指在南岳立国。今所称南岳，指湖南的衡山，此问吴立国之事，蒋骥在《山带阁注楚辞》中认为当指位于庐州的霍山，霍山一名衡山，亦称南岳。

②期：预料。去斯：当从一本作“夫斯”，其中的情况。两男子：指吴立国之君太伯和仲雍。《史记》载，周太王有子三人：太伯、仲雍和季历。季历贤，并生有圣子姬昌（即周文王）。于是太伯和仲雍奔荆蛮，文身断发，示不可用，以让季历。周太王因而立季历，季历传位于文王。

③缘：装饰。吴广平《楚辞》注译本认为缘鹄指用图案装饰华美的天鹅。饰玉：指雕琢精美的玉器，近年来多座楚墓出土的祭祀竹简均记载祭祀各种神祇时除有食物，同时有玉器（如玉璧、玉环之类）。后帝：上帝，天帝。飨：享用。以下指伊尹辅商汤灭夏之事。

④承谋：谋划。据载，伊尹曾和汤约定，里应外合共同灭夏。于是伊尹受命入事夏桀，为其灭夏做准备。

⑤帝：指商汤。降观：外出巡视。伊挚：即伊尹，挚是伊尹的名。

⑥条：鸣条，古地名。放：放逐。史载：商汤在鸣条击败夏桀，然后将夏桀流放到南巢。致罚：惩罚。黎服：当作黎民，普通民众。大说：大悦。

译文

吴的立国起自远古，南岳是它的疆土。谁知道其中的原委，是因为有周人的两位王子？夏用天鹅和美玉祭献，天帝吃得非常喜欢。他怎能让人图谋夏桀，终于使夏朝丧亡？商汤到民间巡察，举荐伊挚作为辅弼。他们从鸣条将夏桀放逐，百姓们为什么欢天喜地？

简狄在台，喾何宜[①]？玄鸟致贻，女何喜[②]？该秉季德，厥父是臧[③]。胡终弊于有扈，牧夫牛羊[④]？干协时舞，何以怀之[⑤]？平胁曼肤，何以肥之[⑥]？

注释

①简狄：传为有娀sōng氏之女，帝喾kù次妃。台：九层瑶台。传说有娀氏为简狄姐妹建九层之台。宜：相宜。

②玄鸟：燕子。致贻yí：送去礼品。传说帝喾让燕子给简狄送去聘礼，燕子送去了鸟蛋，简狄吞食之后怀孕，因而生下商人的始祖契。

③该：即商人的祖先王亥，他是契的八世孙。曾发明使用牛车（史载其“服牛”）。秉：秉承、继承。季：王季，王亥的父亲。臧：善。

④弊：通“毙”，死去。有扈：应为“有易”，为传说中之古国。据传，王亥赶着牛羊到有易放牧，后来死在那里。

⑤干协：盾牌。协，通“胁”，古代称盾又作“胁盾”，“因其或著之于胁”（《管子·幼官》篇注），故称胁盾。时舞：是舞。即指王亥会干舞，古代有著名舞蹈称“万舞”，其中分为文舞和武舞，干舞为万舞中的武舞，故持兵器而舞。怀：怀念、思念。大约王亥干舞很动人，因此引起有易之妻的思念。

⑥平胁：因长得丰满而两胁处肌肤平滑。曼肤：肌肤润泽。肥：胖。

译文

简狄在瑶台上深居，帝喾为什么认为她相宜？燕子前来致聘，简狄为什么十分欢喜？王亥继承王季的美德，和他父亲一样善良。为什么他死在有易，他放牧牛羊的地方？王亥手执盾牌起舞，为什么有人将他怀念？肤如凝脂体态丰满，怎么吃成那种模样？

有扈牧竖，云何而逢①？击床先出，其命何从②？恒秉季德，焉得夫朴牛③？何往营班禄，不但还来④？昏微遵迹，有狄不宁⑤。何繁鸟萃棘，负子肆情⑥？

注释

①牧竖：牧夫。传说有易氏的牧夫，遇见王亥与有易之妻通淫。逢：遇到。

②击床：指有易牧夫将王亥杀死在床上。先出：先下手。

③恒：王恒，王亥之弟。朴牛：即王亥丢失的服牛。

④营：经营。班禄：林庚认为，此指王恒继位时曾事先往求大国的公认（《天问论笺》）。班，同“颁”。班禄即颁发爵禄。不但还来：指从有易顺利归来。

⑤昏微：即上甲微，《史记》载为王亥之子，因其一名昏，故称昏微。遵迹：沿着父辈足迹。有狄：即有易。

⑥繁鸟萃棘：林庚《天问论笺》认为：“犹后文之‘苍鸟群飞，孰使萃之’，指战场上勇士丛集，耀武扬

威。”可从。负子：指上甲微，古代国君之世子可称负子，诸侯有病也可称负子。肆情：当指纵情作战。

译文

有易氏的那位牧夫，怎么会遇上两人有私情？他先将王亥击杀在床，听从的是谁的命令？王恒也继承王亥的美德，他从哪里得到驾车的牛？他怎么谋求大国的封赐，顺利地从外面归来？上甲微遵循先人的事业，有易氏从此不得安宁。战场上甲士云集，上甲微大举进军。

眩弟并淫，危害厥兄①。何变化以作诈，而后嗣逢长②？成汤东巡，有莘爰极③。何乞彼小臣，而吉妃是得④？水滨之木，得彼小子⑤。夫何恶之，媵有莘之妇⑥？

注释

①眩 xuàn：原意为眼花，此指昏乱。弟：一般认为指舜象之事。厥：其。一说当指商朝内部曾出现过的一场内乱。今从旧说。

②变化：变样子。诈：奸诈。

③成汤：即商汤。东巡：指前往有莘 shēn。有莘为古国名，在今山东曹县西北。极：至。

④乞：求。小臣：地位较低下的人员。此指伊尹，他以小臣的身份作为有莘氏之女的陪嫁人员。吉妃：好的妻子。据传，商汤前往有莘氏希望得到

伊尹，有莘氏不给。商汤求有莘氏之女为妻，有莘国君很高兴地答应了，并将伊尹作为“媵yìng臣”陪嫁。

⑤这两句是有关伊尹身世的传说，伊尹母亲原居住于伊水滨，怀孕时梦见神对她说：如果石臼出水，赶紧往东跑，不要回头。第二天石臼出水，她往东跑十里，回头一看，一片汪洋，自己变成空心桑树。水退后，人们在这株空心桑树中拾到一个男婴，因在伊水之旁，故为他取名伊尹。

⑥媵yìng：陪嫁的人。

译文

混账的弟弟想和嫂子淫乱，想坏主意谋害自己的兄长。为什么诡计多端的恶棍，他的子孙却长久兴旺？成汤前往东方巡幸，会见有莘氏的国君。为什么想要一位小臣，却同时得到贤良的佳人？伊水之滨的桑树洞中，捡到了一位小孩叫伊尹。有莘国君为什么不喜欢他，让他当陪嫁的小臣？

汤出重泉，夫何罪尤①？不胜心伐帝，夫谁使挑之②？会朝争盟，何践吾期③？苍鸟群飞，孰使萃之④？列击纣躬，叔旦不嘉⑤。何亲揆发，定周之命以咨嗟⑥？

注释

①重泉：古地名。蒋骥《山带阁注楚辞》引《太公

金匮》："桀怒汤，用赵梁计，召而囚之均台，置之重泉。汤行赂，桀释之。"均台又名夏台，夏国家监狱所在地，在今河南禹州南。或疑重泉当指此狱中之水牢。罪尤：罪过。

②不胜心：郭沫若认为不胜心指不用心。一说不胜心指抑制不住内心的愤怒。帝：指夏桀。挑：挑动。

③会朝：指周武王在甲子之朝与诸侯会合共同讨伐纣王。争盟：指诸侯争渡盟津。一说争先恐后会盟，均通。践：履行。期：约定的日期。

④苍鸟：雄鹰，喻勇士。萃：聚合。

⑤列击：原作"到击"，据他本改。列击，通"厉击"，即猛击之意。躬：身体，这里指纣的尸体。叔旦：即周公姬旦。不嘉：不赞许。

⑥揆kuí：谋划，指挥。发：同"伐"。定周之命：安定周人的天下。咨嗟：叹息。

译文

成汤从重泉监狱获释，他究竟有什么罪名？他原本不准备攻打夏桀，受谁挑动而痛下决心？早晨聚合抢渡盟津，会盟的时间如何约定？勇士如云似群飞的雄鹰，谁将他们集中成群？武王猛击纣王的尸首，周公并不表示称赞。为什么他亲自指挥灭商，安定天下他又发出感叹？

授殷天下，其位安施①？反成乃亡，其罪伊何②？争遣伐器，何以行之③？并驱击翼，何以将之④？昭后成游，南土爰底[5]。厥利惟何，逢彼白雉[6]？

注释

①施：施行，安排。

②反成：应作“及成”，得到成功。伊：语气词，犹“唯”。

③遣：挥动，使用。伐器：应作“戎器”，即兵器。

④击翼：攻打殷军之两翼。将 jiàng：指挥。

⑤昭后：即周昭王。成游：即“盛游”。成，通“盛”。南土：南方。底：至。

⑥利：利益、目的。白雉：白野鸡。古人认为是祥瑞之物。传说周成王时，有越裳氏曾向周朝进献白雉，周昭王南巡当也与求白雉有关，但是他到汉水时，当地人给他用胶粘合的船，船行至中流，胶溶解船沉，周昭王溺死水中。

译文

上帝让殷人把天下治理，这样的安排有什么根据？治理成功又让它灭亡，它的罪责出在哪里？争先恐后地挥动兵器，进攻的计划怎样设计？合力攻打殷人的两翼，由谁统一指挥实施攻击？昭王浩浩荡荡出巡，往南方走到何处？他此行能有什么目的，难道只为了那几只白雉？

穆王巧梅，夫何为周流[1]？环理天下，夫何索求[2]？妖夫曳衒，何号于市[3]？周幽谁诛？焉得夫褒姒[4]？天命反侧，何罚何佑[5]？齐桓九会，卒然身杀⑥。

注释

①穆王：周穆王，名满，昭王之子。巧梅：据王夫之《楚辞通释》：梅通“枚”，枚为马鞭，巧梅指周穆王熟悉御马之术。周流：周游。据载，周穆王喜欢出游天下，造父为他驾车，并有名马八骏。先秦古籍《穆天子传》记述周穆王出巡之事。

②环理：周游。理，通“履”。《穆天子传》郭璞注引《竹书纪年》：周穆王十七年，“西征还里天下，亿有九万里”。“还里”即“环履”。

③妖夫：妖人。曳衒 yèxuàn：相互牵引叫卖货物。号：叫卖。传说周厉王时，有龙涎（唾液）化为玄鼋 yuán，入于后宫，被一位七岁宫女遇见。周宣王时，宫女长大后无夫而孕，产下一女，她十分害怕，便把女孩扔掉，被一对沿街叫卖木弓和箭袋的夫妇拾去并收养。宣王听了童谣后要抓这对夫妇杀掉。他们便逃奔褒国。后褒人有罪，便将这对夫妇的养女进献给宣王的儿子周幽王，因女子出于褒，称褒姒。幽王入后宫见而爱之，与之生子伯服，废申后及太子。

④谁诛：被谁所杀。周幽王得褒姒后，沉迷酒色，不理朝政，为博褒姒一笑而以烽火戏诸侯，导致犬戎入侵，杀幽王。

⑤反侧：反复变化。

⑥齐桓：齐桓公，为春秋五霸之一。九会：多次召集诸侯会盟。九为虚数，言其多。卒然：竟然，

终于。身杀：史载，齐桓公信用奸臣，导致内乱，被囚禁于内室，粮食、饮水断绝，饥渴而死。

译文

周穆王善于驾驭骏马，为什么要到处巡游？他环行了整个天下，究竟为什么而追求？收养妖孽的夫妇相携而行，在市场上叫卖什么东西？周幽王究竟被谁所杀？他怎样得到了褒姒？天命变幻无常，保佑什么将什么惩罚？九合诸侯的齐桓公，竟然自身被人所杀。

彼王纣之躬，孰使乱惑①？何恶辅弼，谗谄是服②？比干何逆，而抑沉之③？雷开何顺，而赐封之④？何圣人之一德，卒其异方⑤？梅伯受醢，箕子详狂⑥？

注释

①乱惑：昏乱迷惑。史载，商纣王内宠妲己，好酒淫乐；外听谗臣飞廉、恶来，导致朝政昏乱。王纣：商纣王。

②恶：厌恶。辅弼：辅助的大臣，指贤臣。服：用。指信用谗人，听信谗言。

③比干：商纣王的叔父，强行劝谏纣王，遭剖心而死。逆：逆耳之言，指强谏。抑沉：压制，指被杀害。

④雷开：纣王的佞臣。何顺：怎样顺从纣王。赐封：赐爵封赏。

⑤一德：同样的美德。卒：终。异方：指结局不同。

⑥梅伯：纣王时的诸侯，因进谏而被杀。醢hǎi：古

代酷刑之一，将人剁为肉酱。又作“菹醢”。箕jī子：也是纣王叔父，进谏不听，披发佯狂。详狂：即佯狂，装疯。

译文

那位纣王自身，是谁使他失去理性？为什么厌恶正直的辅臣，唯谗谀之言是听？比干怎样触怒了纣王，终于被剖腹挖心？雷开怎样讨好纣王，得到大量的奖赏？圣人具有共同的美德，为什么结果却不一样？梅伯被剁成肉酱，箕子却披发佯狂？

稷维元子，帝何竺之①？投之于冰上，鸟何燠之②？何冯弓挟矢，殊能将之③？既惊帝切激，何逢长之④？

注释

①稷：后稷，一名弃，周人的始祖，古代的农神，教人种植五谷。维：是。元子：长子。帝：帝喾kù。竺zhú：通“毒”，厌恶。传说稷是帝喾的元妃姜嫄所生，姜嫄外出时，见有一巨大脚印，她因好奇而踩了大脚趾印而心有所动，因而怀孕生下后稷。

②燠yù：暖，作动词。《诗经·大雅·生民》记载了稷出生时的故事，他出生后被视为不祥，因而把他扔到冰上，但许多鸟飞过来用翅膀给他取暖，才得以不死，后来还被扔到胡同想让牛羊踩死及

扔到野地等，但他都受到保护而存活下来。

③冯弓挟矢：挽弓持箭。冯，通“凭”，满的意思，指力气大而能挽强弓。挟：夹持。将：统帅。

④惊帝：惊动上帝。切激：强烈。《诗经·大雅·生民》载，后稷的出生，使“上帝不宁”。

译文

后稷是帝喾的长子，帝喾为什么并不喜欢？将他弃置冰原之上，大鸟怎样为他取暖？他怎样善于挽弓射箭，具备了统帅的特殊才能？天帝因他的出生而震撼，为什么又让他子孙昌盛？

伯昌号衰，秉鞭作牧[①]。何令彻彼岐社，命有殷国[②]？迁藏就岐，何能依[③]？殷有惑妇，何所讥[④]？

注释

①伯昌：周文王姬昌。伯是姬昌爵号，商时姬昌受封为雍州伯，又称西伯。衰：指商朝衰落。秉：拿着鞭子。此指西伯指挥诸侯。牧：指掌管国家大事。

②彻：拆除。岐社：周人在岐山下的神社。社是土地神。古公亶父dǎnfǔ时，周人自邠bīn迁至岐山下，因建有神社，以示在此立国。后周人又迁于丰（在今陕西长安西北），所以要拆除原设在岐山的大社，另立丰社。

③迁藏：指百姓带着宝藏。就岐：来到岐山，岐代指周。

④惑妇：指妲己。讥：进谏。

译文

殷人衰败文王发出号令，统率西方赫赫显威名。他为何拆除岐社，奉天命取代商殷？众人带着宝物来到岐山，西伯何能使诸侯归依？纣王惑于宠妇妲己，大臣怎样劝谏忧虑？

受赐兹醢，西伯上告[①]。何亲就上帝罚，殷之命以不救[②]？师望在肆，昌何识[③]？鼓刀扬声，后何喜[④]？

注释

①受：纣王之名。兹醢：此人肉酱。史载，文王的长子伯邑考，曾作为质子而去殷都，当纣王的御者，纣王残酷地将其杀害后剁为肉酱，并以此赐给文王。

②不救：无法挽救。

③师望：即吕望，文王曾封为太师，所以又称师望。肆：店铺。指吕望在遇文王之前，曾经在店铺卖肉。昌：姬昌。

④鼓刀：敲打屠刀。后：西伯。

译文

接受了纣王赐予的人肉酱，西伯以此向上帝告状。纣王怎样身受天帝惩罚，殷商命运由此败亡？吕望隐身市井中卖肉，文王怎么能将他辨认？听到操刀的声音悠扬，西伯为什么心中喜欢？

武发杀殷，何所悒①？载尸集战，何所急②？伯林雉经，维其何故③？何感天抑地，夫谁畏惧④？皇天集命，惟何戒之⑤？受礼天下，又使至代之⑥？

注释

①武发：周武王，他姓姬名发。殷：指殷纣王。悒yì：恨。

②尸：木主。据载。文王死后，武王以兵车载着文王的灵牌讨伐纣王。集战：会战。

③伯林：地名，一名北林，在今河南新郑北。雉经：上吊自杀。旧注纷纭，多以为指晋太子申生自杀或纣王事，不确。唯徐文靖在《管城硕记》中认为：此指管叔之事。管叔和蔡叔、霍叔皆为武王之弟，周灭殷后，以三人为三监，封地在殷周围，用以监视殷太子武庚。武王死后，成王年幼，周公摄政。当时众人都猜疑周公旦，三叔也造谣周公要谋害成王，武庚乘机联合东方属国叛乱。周公带兵东征，击败并杀死武庚，废除三叔。管叔自缢而死，其地即在伯林。

④感天抑地：即感天动地。此两句承上而言。据《尚书·金縢》载，武王伐纣不久，得重病，周公旦向祖先神祭祀，请求以自身代武王死，并将祝词藏于金縢（金属装饰的匣子）中。周公摄政后，

周族上下皆怀疑周公有野心。结果天上雷电交加，大风拔树，摧毁庄稼，国人大恐。周成王和大臣共同打开金縢，得书，这才明白周公的忠诚。这应是感天撼地的解释。恐惧：当时恐惧者有三：一是“国人大恐”；二是周公恐惧于流言；三是管叔因恐惧而自缢。似以国人或管叔较合适。

⑤集命：降命。《诗经·大雅·大明》：“天鉴在下，有命既集。”戒：告诫。此指周公还政于成王后，曾作多篇诰词，告诫成王，谨慎治理国家之事。

⑥受礼天下：周公制礼作乐，以治理天下。代：指周公摄政，代成王治理天下七年。

译文

武王亲自戮尸纣王，他心中有何愤怒悲伤？他载着文王的木主作战，为什么这样焦急匆忙？管叔作乱自缢伯林，他这样做是何原因？周公的行为感天动地，谁为此而心中恐惧？上帝将天命转授周人，怎样让他们有戒惧之心？周公制礼以治天下，为什么又代成王执政抚民？

初汤臣挚，后兹承辅①。何卒官汤，尊食宗绪②？勋阖梦生，少离散亡③。何壮武厉，能流厥严④？彭铿斟雉，帝何飨⑤？受寿永多，夫何久长⑥？

注释

①汤：商汤。臣挚：以伊尹为臣，挚为伊尹的名字。

承辅：担任辅佐之臣。指伊尹接受汤的密令，进入夏朝，成为夏桀的辅臣。

②卒：最终。官汤：在汤那里为官。尊食：指在宗庙中享受祭祀。据载，伊尹在商人的宗庙中受祀规格很高，这应是“尊食”的意思。宗绪：世代祖传。

③勋阖hé：功业显赫的阖庐。勋作形容词。阖庐：吴国国君，任用伍子胥及孙武为将，使吴国崛起，多次战胜楚国，并曾攻入郢都。梦生：寿梦的孙子。阖庐是吴王寿梦的长子诸樊之子。生，通“姓”，孙子。少离散亡：指阖庐年轻时曾遭受各种痛苦，逃亡在外。离：通“罹”，遭受。

④壮：壮年。武厉：雄武猛厉。也即勇武过人之意。流：流传。严：应作“庄”，威武。

⑤彭铿kēng：即彭祖，本名篯jiān铿，因受封于彭城，故称彭铿。传说寿命很长，活到八百岁。斟雉：调和野鸡做的羹。帝：指天帝。

⑥永：长。传说彭铿善于调制雉羹，他以此进献上帝，上帝吃后很高兴，赐给他很长的寿命，使他能够从夏朝直到周朝而不衰。

译文

伊尹当初是汤的小臣，后来又成了夏桀的辅弼。为什么最终当汤的宰相，在汤庙共享子孙的供祭？阖庐是寿梦的子孙，他自幼受难逃亡他乡。为什么壮年后勇武过人，伟业昭著而声名远扬？彭祖善于烹制野鸡汤，天帝怎样喜欢品尝？得到那么多的年寿，他到底活了多长？

中央共牧，后何怒[①]？蜂蛾微命，力何固[②]？惊女采薇，鹿何祐[③]？北至回水，萃何喜[④]？兄有噬犬，弟何欲[⑤]？易之以百两，卒无禄[⑥]？

注释

①“中央共牧，后何怒”句，旧注纷纭，王逸：“中央之州有歧首之蛇，争共食牧草，自相啄啮niè，喻夷狄相与忿争，君上何故当怒之乎？”后人多不相信，如蒋之翘在《柳河东集辑注》中说：“王逸注，其说既无引据，殊为可笑。《楚辞赘说》所解颇为得之。盖以中央者，中国也。共牧者，共九州之牧也。若使中国共牧，无所战争，则使何怒而讨乎？……以喻上失其政，九州无牧，诸侯战争，不可禁止，以讥当时之事。”马其昶chǎng《屈赋微》认为，此指周厉王时事。厉王十三年，民众骚乱，流厉王于彘zhì，共伯和在众人推举下代行天子事十四年，天大旱，房屋起火，于是占卜。兆卦说，厉王为崇，于是立宣王，共伯归国。此处采马氏之说。

②蜂蛾：即蜂与蚂蚁，“蛾”古“蚁”字。“力何固”指力量坚强。这里当比喻民众虽然像蜂蚁那样微不足道，但团结起来力量就很坚强，以至于像厉王那样暴虐的国君也被赶跑。

③“惊女采薇”二句，一般认为指伯夷叔齐事。伯夷叔齐因周伐商而不食周粟，上首阳山采薇充饥，

有位女子提醒他，所采之薇也属周人，于是两人就不再吃东西，这时有白鹿前来喂乳。闻一多认为“惊”当作“警”，警示之意。

④回水：河曲，众河环绕之处。指首阳山周围环境。《庄子·让王篇》：“二子北至于首阳之山。”萃：聚集。

⑤兄：指秦景公伯车。噬shì犬：会咬人的狗。弟：指秦景公的弟弟鍼qián。

⑥无禄：失去爵禄。据王逸《楚辞章句》，秦景公养了一条猛犬，他的弟弟鍼很想要，景公不给。公子鍼便以金百两作为交换，景公仍不肯，并因此而剥夺了公子鍼的爵禄。《左传·昭公元年》载有公子鍼出奔晋之事。但不少注家对此持有疑问，或认为此指赵取中山之事。林庚《天问论笺》则认为指秦民族之先人非子和其异母弟成争夺犬丘之事。

译文

共伯代治中央之国，厉王为什么发怒？蜂蚁的生命如此弱小，聚合力为什么这样坚固？夷齐采薇为女子所讥，白鹿为什么前来喂养？他们北行抵达河曲，喜欢什么而留居这里？齐景公养了一条恶狗，弟弟为什么也想占有？他用百两黄金作为交换，竟然连爵禄也难以保留？

薄暮雷电，归何忧①？厥严不奉，帝何求②？伏匿穴处，爰何云③？荆勋作师，夫何长④？悟过改更，我又何言[⑤]？吴光争国，久余是胜[⑥]。

注释

①薄暮雷电，归何忧：一般认为这是屈原在本诗结束前的一种感慨：在黄昏和雷电交加的时候，他想要回到国都，心中又充满忧虑。因而以下都是有关楚国状况的问题。王逸注："言屈原书壁，所问略讫，日暮欲去，时天大雷电，思念复至，自解曰：归何忧乎？"

②厥严不奉：王逸注："言怀王惑信谗言，其威严当日堕，不可复奉成，虽从天帝求福，神无如之何。"这是指怀王而言，怀王反复无常，导致国家衰败，兵败地削，但他不求诸己，而是如史载，隆祭祀，欲以却秦军，实际上鬼神弗福。这个解释较合理。

③伏匿穴处：也当指屈原被放逐而不得不过着藏身洞穴的生活。

④荆师：荆即楚，荆师指楚军，勋指功业。这当是屈原对楚史的回顾，感慨于楚国的强大经过了多么长久和多少代人的努力。或认为荆勋作师指楚武王练兵布阵，使楚国强大，亦可参。

⑤这里当是屈原对怀王的一种愿望，希望他能改变过去的做法。悟：醒悟。悟过即明白了自己的过失。改更：改弦更张。

⑥吴光：即吴王阖庐，原名姬光，故称吴光。争国：指他与吴王僚争夺王位之事。久余是胜：指吴王阖庐五次兴师战胜楚国，并曾攻入楚都的惨重教训。

译文

黄昏时刻雷鸣电闪，将欲归去有何不安？自律不严招致灾难，祈求上帝又能怎样？藏身洞穴苟且度日，如此境地有何可讲？楚国兴盛兵强马壮，经历了多长的时间？知道过错而改弦更张，皆大欢喜又何必多言？吴光争到了吴王之位，早已多次战胜楚国。

何环闾穿社，以及丘陵①。是淫是荡，爰出子文②？吾告堵敖，以不长③。何试上自予，忠名弥彰④？

注释

①原文为“何环穿自闾社丘陵，爰出子文”，今据洪兴祖《楚辞考异》及朱熹《楚辞集注》引另一本改。以下四句问及楚国历史上著名人物令尹子文之事。子文之父斗伯比是楚王若敖和郧yún女所生的儿子，斗伯比自幼跟着母亲住在郧国，因而和郧国国君之女私通，生下子文。子文长大后成为楚成王的令尹（即丞相）。环闾穿社：闾社是古代祭社神的地方，也是男女幽会的场所。环为环绕，穿为穿越。丘陵：交合之所。

②子文：春秋初期楚成王的令尹，楚历史上有名的贤相。有关子文出生，曾有传奇故事：因子文是私生子，所以郧国国君的妻子将其弃之云梦泽中，想不到有只老虎给他哺乳，郧国国君外出打猎时见到这一情景，便将他抱回收养，取名斗穀gǔ於

菟 wū tú，轂在楚语中是乳的意思，於菟是老虎，字子文。

③以下四句较难解。堵敖：又作杜敖、庄敖，楚文王之子，名熊囏 jiān，文王死，堵敖继位，在位仅五年，欲杀其弟熊恽，熊恽奔随，与随袭杀堵敖而自立，即楚成王（见《史记·楚世家》），故此处说堵敖享国时间不长，而下文言其“试上自予”。

④试：通“弑 shì”，以下杀上称为“弑”。上指堵敖，此指成王杀兄自立之事。自予：自立为王。忠名弥彰：当指成王后来的事迹。史载，成王自立之后，布德施惠，结交诸侯，向周王进献贡品，他与子文被认为是楚史中的明君贤相，周王曾给予赏赐，并说：“镇尔南方夷越之乱！”使楚国成为名副其实的南方各国首领，在楚史上是值得大书特书之事。从“薄暮雷电”以下十馀句，跳跃性较大，或疑有错简，今仍其旧。文中多言楚事，当结合楚国现实，非空言。

译文

斗伯比为何绕行闾社，到达丘陵和郧女私通？他们纵欲放荡，怎么生下令尹子文？我将堵敖的故事告诉怀王，堵敖在位时间为何不久长。为什么成王杀兄自立，忠直之名却更加彰显？

评析

《天问》全诗长达三百七十馀句，是屈作中的第二长诗。按其内容，可划分为两大部分。

自"曰遂古之初，谁传道之"起至"羿焉彃日，乌焉解羽"为第一部分，共一百一十二句，主要是关于大自然的形成以及有关神话传说中的各种问题的提问。

从"禹之力献功"至结束，为全诗的第二部分，共二百六十四句。这一部分全是关于远古时期我国最早的国家政权——夏、商、周的兴亡史，而最后的一小部分又简短地对春秋时期的几个著名诸侯国的历史提出问题。历代研究者都认为在这部分中，有些地方显然是错简，因而文字的顺序未能按照时代的先后一气而下，发生了前后颠倒的情况。

《天问》诗中，以"曰"字开头，便接连不断地提出一个又一个问题，令人目不暇接。这些问题，是以大量丰富的神话故事、传说、历史以及古人关于自然界的形成等推测，作为背景材料的。经历代研究者的努力，目前大多数背景材料已经清楚，由此便可以比较清晰地理出其思绪。王夫之认为："篇内言虽旁薄，而要归之旨，则以有道而兴，无道则丧。黩武忌谏，耽乐淫色，疑贤信奸，为废兴存亡之本。原讽谏楚王之心，于此而至。……抑非徒泄愤舒愁已也。"（《楚辞通释》）今人林庚也认为这是"古代传说中的一部兴亡史诗"（《天问论笺》）。这种说法当然是有道理的，不过似乎仅从后半部分立论。《天问》一开头所涉及的都是天文、地理、自然界和神话传说中的种种稀奇古怪的说法，这似乎不能归入"兴亡"的范畴之中。郭沫若认为，关于天体的一些疑问，"问得非常现实。这可表明屈原并不是经常以诗人的幻想去对待自然现象，而有时是以科学家的态度进行真理的探索"（《伟大的爱国诗人——屈原》）。所以他在《屈原赋今译》中认为《天问》"是屈原把自己对于自然和历史的批判采用问难的方式提出"。

《天问》的产生，有其深刻的社会背景和鲜明的时代特色。众所周知，我国经历了夏、商、周数以千年的阶级社会发展过程之后，到春秋战国时期，随着科学技术的进步，生产力的提高，知识的积累，人们的视野扩大了，思维也有了很大的发展，他们开始对于传统的思想观念进行再认识，进行理性的思考。诸子蜂出，百家争鸣，形成学术思想空前活跃的局面。齐有稷下学官，燕建黄金之台，各国也纷纷招罗人才，这些学者，"各著书言治乱之事，以干世主"（《史记·孟子荀卿列传》）。这种风气自然也影响到楚国。据《庄子·天下》篇载："南方有倚人焉，曰黄缭，问天地所以不坠不陷，风雨雷霆之故。惠施不辞而应，不虑而对，遍为万物说。"《天问》开头，也是从天地之形成说起，而后问及万物。当然，作为政治家出身的屈原，他更注重于国家的兴亡更替，因此，《天问》的后半部，便以此为主线了，这也是职业习惯吧。其实，在他的《离骚》和《九章》作品中，作者也经常从事这方面的思考。从这方面考察，姜亮夫认为："《天问》这一篇文章，可以总括地说一句，是屈子的学术思想……是屈原对宇宙问题、人生问题、历史问题的学术性文章。"（《楚辞今绎讲录》）所以，我们确实不能沿袭旧说，把《天问》简单地视为"泄愤"之作。而是通过《天问》，更深层地了解屈原的宇宙观、自然观，看到他在那一个时代中所达到的思想认识的高度。

由于屈原"博闻强志"，所以，《天问》中提出的天体的、自然的、历史的、神话传说的种种事情，数量多而涉及范围广，是我们认识战国时期各种社会思潮的宝贵材料。其中所论及的问题，又有不少未见于其他先秦典籍，因而，它同样引起各学科研究者的重视，具有很高的价值。郑振铎认为："《天问》之非一篇有意写成的文艺作品，则是无可怀疑的。它在古时，或者是一种作者所用的历史、神话、传说的备忘录也难说。”(《插图本中国文学史》) 这一见解虽不正确，但他却是看见了此文的资料价值。

其实，从文学角度看，《天问》也是一篇极有特色的诗篇。以发问为主的诗篇，《诗经》中也有，但诗篇一般篇幅较短，只在句中间用而已。如大家所熟悉的《魏风·伐檀》，三节诗用了六个质问句式，也就算比较多的了。倒是在《庄子·天运》篇中，劈头便问道：

> **天其运乎？地其处乎？日月其争于所乎？孰主张是？孰纲维是？孰居无事，推而行事？……**

全段接连提出十几个问题，王夫之评论道：“此一问，直令以度数阴阳窥测天道者无可下语。”《天问》也许倒和《庄子·天运》篇有些血缘关系，它们都是同一时代人的作品。但《天问》提出的问题更多，“全篇以一‘曰’领头，通体用问语，一口气提出了一百七十二个问题。以那种主于以四字为句、四句为节的板滞的格调，而问得参差历落，奇矫活突，毫无板滞的神气，简直可以惊为神工”（郭沫若《屈原研究》）。“原作（指《天问》）的奇妙是中国文学作品中所绝无仅有的。”（郭沫若《屈原赋今译》）黄文焕专门对《天问》的句式作了论述，他说：“通篇一百七十一问，以何字、胡字、焉字、几字、谁字、孰字、安字，为字法之变；以一句两问、一句一问、三句一问、四句一问，为句法之变。以或于所已问者复问焉。或于正论本论中，忽然错综他语而杂问焉，或于已问之顺序者，复而逆问焉，以此为段法之变……”（《楚辞听直》）这些特点，读者自可体会。

其次，《天问》从某种意义上讲，可视为哲理诗，这种内容的诗篇，是极难写好的，但《天问》韵律和谐，诗句又适应内容变化而灵活变化，参差历落，圆转活脱，显示出作者杰出的艺术才能。诗篇自远及近，自古及今，自宏观而至细微，自天道而及人道，层层深入，连续不断，呈现出一种雄浑的气势。孙鑛曾评论说："(《天问》) 或长言或短言，或错综或对偶，或一事而累之反覆或联数事而熔成片语。其文或峭险或澹宕、或佶倔或流利，诸法备尽，可谓极文之变态。"(《七十二家注楚辞》)

九　章

题解

和《九歌》一样，《九章》是屈原的又一组重要作品。但是，《九章》与《九歌》在风格上截然相反，组成形式也完全不同。

《九章》的来源，据王逸《楚辞章句·序》说：“《九章》者，屈原之所作也。屈原放于江南之野，思君念国，忧心罔极，故复作《九章》。章者，著也，明也。言己所陈忠信之道甚著明也。卒不见纳，委命自沉。楚人惜而哀之，世论其词，以相传焉。”此后宋洪兴祖《楚辞补注》中也认为“《九章》之作，在顷襄时也”。朱熹在《楚辞集注》中以为：“屈原既放，思君念国。随事感触，辄形于声。后人辑之，得其九章，合为一卷，非必出于一时之言也。”从中可知，以上三家对《九章》创作时间看法一致，即认为是作于屈原被放以后。但对《九章》题名的来源，则所见不同。

以“九”名篇，在《楚辞》中先有《九歌》《九辩》《九章》，后有《九叹》《九怀》等。《九歌》与《九辩》之名也见于屈原的《离骚》等作品，见于古籍《山海经》，因而一致认为是来源于古乐章。后之《九怀》《九叹》，其“怀”与“叹”明白地表明题义，但与古乐无关。

《九章》中“九”是实数，它共有九篇作品，这和《九歌》有十一篇作品不同，也和《九辩》实际上只有一篇不同。

其次，《九章》中的九篇作品，各自独立成篇，不像《九歌》那样是联系十分紧密、内容与形式也都比较一致的完整的一组诗篇。根据这些情况，大多研究者认为，《九章》中的“章”，其实是“篇”的意思，《说文解字》：“章，乐竟为一章。”古代诗歌是合乐的，因此一首诗也称一章。

“九章”之名，最早见于西汉末年刘向所写的《九叹·忧苦》：“叹《离骚》以扬意兮，犹未殚于《九章》。”在此之前，司马迁的《史记·屈贾列传》中却只提到《哀郢》和《怀沙》两个单篇，据此可知，司马迁尚未见到“九章”之名。而我们从记载中又知道，刘向奉命编修古籍时，曾编集屈原的作品，又是他在作品中首次提到“九章”，所以，很可能是他把编集来的屈原九个单篇合订为一卷，并取名为“九章”。

《九章》作品的写作时代，今人看法也大多与古人不同，这是因为，根据作品中所描写的处所、反映的思想倾向与情绪等方面加以考察，便可知不全是流放江南后所写的。如《抽思》，分明写的是在汉北，而非江南之事。因此今人的看法以为，《九章》中的作品，既有作于怀王时，也有作于顷襄王时，况且不作于一地。这些问题留待具体作品分析中说明。目前《九章》中作品的排列顺序，是根据王逸《楚辞章句》里编排次序而来的，不反映作品创作的早迟。《九章》中的作品，除《橘颂》为咏物诗外，其馀八篇都是屈原在各个不同时期及不同地点的抒情之作，内容都比较真实地反映了他在彼时彼地的行踪及思想，因而这些作品的风格都比较一致，是作者生活与思想的实录，较少有《离骚》后半部分的那种大胆而神奇的想象。朱熹说："今考其词，大抵多直致无润色。而《惜往日》《悲回风》又其临绝之音，以故颠倒重复，倔强疏卤，尤愤懑而极悲哀，读之使人太息流涕而不能已。"（《楚辞集注》）这个说法是准确的。当然，这并不排除一些篇章仍表现出比较明显的浪漫主义创作倾向，如《悲回风》之后半部，诗人的想象依然十分奇特，《涉江》中的自我形象的刻画，《橘颂》中的象征手法的应用，等等，当然也是诗人创作风格的自然流露。因此，虽然前人都比较一致肯定《九章》作品主要采用现实主义创作方法进行创作，也仅指就整体倾向而言，这是我们在学习这组作品时必须注意的。

《九章》中有部分作品，曾被视作伪作。南宋的魏了翁在《鹤山渠阴经外杂抄》卷二的诗作中有："《回风》《惜往日》，音韵何凄其！追吊属后来，文类玉与差。愚窃怀此久，聊歌千载疑。"首先提出《悲回风》与《惜往日》是后人追吊屈原之作，且怀疑乃宋玉、景差之辈的作品。他并以《悲回风》诗中提及伍子胥，不当为屈子之词（因伍子胥领吴兵伐楚）。而《惜往日》则有"遂自忍而沉流"句，认为是"已然之词。原安得先沉流而后为文？此足明后人哀原而吊之之作无疑也"。此后，疑者日多。近代以来几乎众口一词，咸指《怀沙》之后四篇非屈子所作。但仔细考察，他们所提出的理由并不充分，因此不可为据。

由于《九章》作品写于屈原生活的不同时期，这对了解屈原的生平和思想提供了极其珍贵的资料，它们可分别作为《离骚》自传的成分。《九章》中的诗篇，感情十分真挚，文字铿锵有力，朗朗上口，其中多数作品，同样是屈作中的精华。

关于《九章》作品的排列顺序，至今仍有很大争论，大多数认为《橘颂》《惜诵》《思美人》《抽思》四篇作于怀王时期；其馀五篇作于被放江南之后，是顷襄时期的作品。下面仍以《楚辞章句》的排列次序分篇加以说明。

惜诵

题解

《惜诵》的题意，旧注颇多异词。王逸说：“惜，贪也。诵，论也。……言己贪忠信之道，可以安君，论之于心，诵之于口，至于身以疲病而不能忘。”洪兴祖便简单地解释：“惜诵者，惜其君而诵之也。”两说相比较，参照作品的实际内容，则以洪说简明而恰切。唯“诵”之义，可依王逸说，“诵，论也”。所以戴震又说：“诵者，言前事之称。惜诵，悼惜而诵言之也。”诵言，即作诗。

关于本篇的创作时间，一般人都不相信其为流放江南所作。明汪瑗说：“大抵此篇作于谗人交构，楚王造怒之际，故多危惧之词。然尚未放逐也，故末二章又有隐遁远去之志。”（《楚辞集解》）参照《屈原列传》，则应作于怀王之时，所以清人屈复在《楚辞新注·九章》中便说：“《九章》非一时作也。《惜诵》作于怀王既疏，又进言得罪之后。《思美人》《抽思》，作于怀王置汉北时。……馀六篇方是顷襄放江南作也。”蒋骥甚至于认为：“《惜诵》盖二十五篇之首也。”（《山带阁注楚辞》）蒋氏之说未必准确，因为有不少人认为《九歌》《橘颂》都是屈原年轻时代的作品，不过，说《惜诵》为《九章》作品中较早的一篇，却是得到一致承认的。

惜诵以致愍兮，发愤以抒情[①]。所非忠而言之兮，指苍天以为正[②]。令五帝以折中兮，戒六神与向服[③]。俾山川以备御兮，命咎繇使听直[④]。

注释

①惜诵：痛惜而诵言。致愍mǐn：表达内心忧愁。抒情：抒写真情。

②所非：如果不是。正：同“证”。

③五帝：五方大帝，东帝太昊，南为炎帝，西为少皋，北为颛顼，中央黄帝。折中：原作析中。从一本作折中，古代断狱常用之语，指公正判决。戒：告诫，告诉。六神：说法不一。王逸《楚辞章句》注“六宗之神”，即四时、寒暑、日、月、星、水旱等六神。与：以。向服：对证事实。

④俾bǐ：使。山川：山川之神。备御：陪伴办事。咎繇gāo yáo：即皋陶yáo，舜帝令他掌管刑法。听直：断案。

译文

以痛惜的心情陈述我的不幸，满怀愤怒抒写我的真情。如果我的陈述不是出于忠信，请求苍天来为我作证。让五帝作出公正的判决，请六神明辨是非曲直。由山川之神前来陪审，命公正的皋陶把真相断明。

竭忠诚以事君兮，反离群而赘肬[①]。忘儇媚以背众兮，待明君其知之[②]。言与行其可迹兮，情与貌其不变[③]。故相臣莫若君兮，所以证之不远[④]。

注释

①赘肬 zhuì yóu：多馀的肉瘤。

②忘：不知。儇 xuān 媚：巧于取媚。

③迹：原为足迹，引申为印证。

④相：观察。

译文

竭尽忠诚侍奉国君，反遭孤立被当成赘瘤。我与众不同不肯献媚取宠，等待明君体察此心。言论和行动可以验证，表里如一我从未变更。考察臣下只有国君最清楚，因为证据就在他的眼前。

吾谊先君而后身兮，羌众人之所仇也[①]。专惟君而无他兮，又众兆之所雠也[②]！壹心而不豫兮，羌不可保也[③]。疾亲君而无他兮，有招祸之道也[④]。

注释

①谊：同“义”，应当。

②惟：思。兆：百万为兆，众兆即众人。雠 chóu：同“仇”。

③不豫：不犹豫。

④疾：急。

译文

先君后己是我行为的准则，想不到却成为仇恨的原因。一心为君从无他想，想不到又引起众人怨恨！我一心一意从不犹豫，到头来竟然无法自保。急于亲近君主从无他心，想不到却是招祸之道。

思君其莫我忠兮，忽忘身之贱贫[①]。事君而不贰兮，迷不知宠之门。忠何罪以遇罚兮，亦非余心之所志[②]。行不群以巅越兮，又众兆之所咍[③]。

注释

①贱贫：地位低下为贱，贫即贫困。此处应是屈原对自己进谏可能产生的后果的估计。

②志：知，预料。

③巅越：巅，陨；越，坠。引申为跌跤。咍hāi：讥笑。

译文

没有人比我对君王更加忠心，从不想会因此而遭受贱贫。侍奉君王没有二意，沉迷不知邀宠的途径。尽忠有何罪要遭受惩罚？这实在出乎我的所料。不肯随俗就要摔跤，又要受到众人的取笑。

纷逢尤以离谤兮，謇不可释也[①]。情沉抑而不达兮，又蔽而莫之白也。心郁邑余侘傺兮，又莫察余之中情[②]。固烦言不可结诒兮，愿陈志而无路[③]。退静默而莫余知兮，进号呼又莫吾闻[④]！申侘傺之烦惑兮，中闷瞀之忳忳[⑤]。

注释

①纷：纷乱，众多。说明被指责的问题众多。尤：过失。謇 jiǎn：楚方言发语词。

②侘傺chàchì：失意怅然。楚方言词。

③烦言：言语烦多。结：结言，取信之言。诒：同“贻”，赠言。

④静默：静处无言。号呼：大呼大叫。

⑤烦惑：烦闷困惑。中：心中。闷瞀mào：心思烦乱。忳 tún忳：忧伤之状。

译文

众口一词肆意诽谤，我百口难辩如何解释得清？精神压抑难以表达，疏离阻隔无法自明。心中郁闷怅然不安，谁能体察我此刻的心情。反复诉说有谁愿听，想陈述志节无路可行。退而静处，谁知我心？进而呐喊，谁来倾听！烦闷不安，心中困惑，六神无主，昏昏沉沉。

昔余梦登天兮，魂中道而无杭[①]。吾使厉神占之兮，曰：“有志极而无旁[②]。”“终危独以离异兮？”曰：“君可思而不可恃[③]。故众口其铄金兮，初若是而逢殆[④]。惩于羹者而吹齑兮，何不变此志也[⑤]？欲释阶而登天兮，犹有曩之态也[⑥]。众骇遽以离心兮，又何以为此伴也[⑦]？同极而异路兮，又何以为此援也[⑧]？

晋申生之孝子兮，父信谗而不好[⑨]。行婞直而不豫兮，鲧功用而不就[⑩]。”

注释

①中道：中途。杭：同“航”。

②厉神：神话传说中主管杀罚之神祇。占：占梦。志极：长远目标。旁：辅佐。

③危独：孤独。危义同独。曰：前句为屈原问话，曰以下是厉神的回答。

④铄shuò金：熔化金属。逢殆dài：遭殃。

⑤惩：戒惧。羹gēng：热汤。齑：凉调的细切辣菜。志：态度，引申为志节。

⑥曩nǎng：往昔，从前。

⑦骇遽hàijù：惊恐不安。

⑧同极：极原指北极星，此处以众星向北极喻众臣同侍一位国君。

⑨申生：春秋时晋献公太子，以孝著称。他受献公宠妃骊姬谗毁，恐伤父之心，不愿自白，自杀身亡。不好：不喜欢他。

⑩婞xìng直：过于刚直。不豫：毫不犹豫，处世果断。鲧gǔn：大禹的父亲，屈作中多次写他性情过于刚直，因此而招致祸患，治水功业无成。

译文

以前我曾经梦到去登天，魂至途中却失去航向。我请厉神卜问吉凶，他说：“你志向大却无人帮。”“难道我要始终孤独而被疏离？”“国君可寄予希望却难于依靠。众人的谗言可以熔化真金，你还像先前行事定逢灾殃。被热汤烫过见凉菜也要吹一吹，你为什么不改变自己的行状？想丢开梯子去登天，这种做法和过去有什么两样？众人都害怕和你接近，你又怎样找到自己的同伴？同在朝廷却各自为政，又怎能指望别人的声援？晋国太子申生是有名的孝子，他父亲听信谗言说他不好。行为耿直刚正不阿，鲧就因此功业无成。”

吾闻作忠以造怨兮，忽谓之过言①。九折臂而成医兮，吾至今而知其信然②。矰弋机而在上兮，罻罗张而在下③。设张辟以娱君兮，愿侧身而无所④。欲儃佪以干傺兮，恐重患而离尤⑤。欲高飞而远集兮，君罔谓：汝何之⑥？

注释

①作忠：为忠。造怨：造成怨恨。忽：轻视。过言：言过其实，过分。

②九折臂而成医：应是古代俗语，如前之“众口铄金”，《左传·定公三年》：“三折肱gōng知为良医”，义与此同。九、三皆为虚数，言其多。信然：确实如此。

③矰弋zēng yì：系有丝线的短箭，以射飞鸟。机：原指射箭用的机栝，此作动词用，扣机待发之意。罻wèi罗：捕鸟用的网。张：张开，张设。

④张辟：弧张和机辟，均为藏于暗处捕捉鸟兽的器械。侧身：同“厕身”，置身。

⑤儃佪chán huái：徘徊。干傺chì：寻求机会。傺，

同“际”，机会。

⑥远集：远处他方。集，止息。罔：无，此处为揣测之词："得无"。

译文

我听说忠直之行必然招怨，我一直认为这是夸大之语。多次折臂也就成了良医，我现在明白这其中的真理。天上安置着强弓暗弩，地上到处有罗网密集。设下陷阱坑人以娱乐国君，想找块厕身地也无处寻觅。留恋徘徊想寻找机会，恐怕会招来更大的灾祸。想高飞而前往远方，国君将问：你要去做什么？

欲横奔而失路兮，盖坚志而不忍[①]。背膺胖以交痛兮，心郁结而纡轸[②]。捣木兰以矫蕙兮，糳申椒以为粮[③]。播江离与滋菊兮，愿春日以为糗芳[④]。恐情质之不信兮，故重著以自明[⑤]。矫兹媚以私处兮，愿曾思而远身[⑥]。

注释

①横奔：狂奔。

②膺 yīng：胸。胖 pàn：裂开。纡轸 yūzhěn：绞痛。

③矫：搓揉。糳 zuò：舂。

④糗 qiǔ：干粮。

⑤情质：实情。重著：反复申说。

⑥矫：通“挢”，举。兹：此。媚：美，指上述各种香草。曾思：反复思念。

译文

想狂奔而无路可走，因意志坚定不忍离去。身心交痛胸背如裂，心情郁郁痛苦不已。捣碎木兰搓揉蕙草，舂好申椒作为食粮。播下江离栽培菊花，希望到春天有香美的干粮。我担心真情无人相信，因此反复申说表明真心。带上芳洁的干粮离居独处，反复深思我将避世而洁身。

评析

从《惜诵》的内容看，本篇与《离骚》前半部分描写确有重叠之处。作品描写诗人遭谗被疏，进退不得的心情。诗一开头就说明了创作的动机："惜诵以致愍兮，发愤以抒情。"接着便对天发誓："所非忠而言之兮，指苍天以为正。"他想象着由众神组成天地间最公正的法庭来审理自己的冤案："令五帝以折中兮，戒六神与向服；俾山川以备御兮，命咎繇使听直。"诗人的想象是丰富的，感情却又十分激动。这一点，和《离骚》开头从自家身世说起，一步步进入主题的情况大不相同。诗篇的结尾又说："恐情质之不信兮，故重著以自明。"这前后相呼应，看出其创作动机似乎是为了对遭谗受屈作一番自我辩护，他当然希望国君读后能体察自己的忠心，幡然悔悟。从诗中愤慨而强烈的语言以及一次次发誓看，当是作者刚受委屈，气愤不已时写就的。因此，蒋骥认为本篇创作时间早于《离骚》，是正确的。《离骚》创作时，作者当已经历了较长时间的委屈，冷静地加以反思，痛定思痛后写成的。此篇则义愤填膺，可知其为急就之章，如朱熹所说的："今考其词，大抵多直致无润色。"(《楚辞集注》) 蒋之翘也说："其词意激烈慨慷。”《七十二家评楚辞》卷四）以上两家虽都是评论《九章》作品整体风格的，然这种特色最明显的却是表现于《惜诵》篇中。

《惜诵》诗中，一开头就写明自己的创作动机：“惜诵以致愍兮，发愤以抒情。”这在我国创作史上，是具有重要意义的宣言，也是诗人创作自觉的体现。在《诗经》作品中，除了个别篇，如《小雅·节南山》，讽刺太师尹氏，篇末点明创作的目的：“家父作诵，以究王汹。”又《小雅·巷伯》中，叙述了谗人得势，陷害无辜的黑暗现实，诗篇末尾也有“寺人孟子，作为此诗。凡百君子，敬而听之”句。屈原的这首诗，从内容看，也是反映楚王昏庸，谗人得势，忠贞之士遭受陷害的社会现实的，它和上述《诗经》作品在内容上有密切联系。因此，也有人认为，《惜诵》的“诵”，也即“家父作诵”的“诵”，表示讽谏之意，这种看法是有一定道理的。有人将屈原的“发愤抒情”说和罗马时期诗人尤维纳利斯的第一首讽刺诗中提出的“愤怒出诗人”说作了比较，认为两者有其相似之处，具有一定的进步性。而“发愤抒情”说体现了屈原对诗歌抒情特点的认识和自觉性，其中包含着深刻而丰富的美学思想（见黄中模《论屈原“发愤以抒情”的美学思想》，长江文艺出版社版《屈原研究论集》）。事实上，以《惜诵》为起点的屈原反映楚国现实的一系列作品，确也都体现了屈原的这一创作思想。这一思想，对我国几千年的文学艺术创作乃至作家的思想行为产生巨大而深刻的影响。

涉　江

题解

《涉江》题名明确，是作者记叙自己渡江（长江）南行途中的抒情之作。据《史记·屈原列传》，屈原在顷襄之世又进一步遭到陷害，昏庸的顷襄王听信谗言，对屈原“怒而迁之”，其所迁地点，王逸《楚辞章句·离骚叙》说：“迁屈原于江南。”

楚之江南，开发时间较晚，是楚国的边远地区。饶宗颐在《楚辞地理考》中说：“楚江南，自悼王时吴起平蛮越，遂有洞庭、苍梧，然仍属南蛮，号称难治。惟其在楚为遐壤，于是以为黜臣窜逐之所。”春秋战国时期，各国都有把罪人迁移至边远或新开辟地区的惯例。据《史记·秦本纪》载，秦国往往是占领一处地方，便出其民，迁罪人居住，如昭襄王二十八年（前279），“大良造白起攻楚，取鄢、邓，赦罪人迁之。”（《史记·秦本纪》）楚亦如是。早在《左传·宣公十二年》中已记载，楚庄王攻入郑国，郑襄公“肉袒牵羊以逆，曰：‘孤不天，不能事君，使君怀怒以及敝邑，孤之罪也，敢不唯命是听？其俘诸江南，以实海滨，亦唯命。’”《史记·张仪列传》中有：“郑袖日夜言怀王曰：‘王未有礼而杀张仪，秦必大怒攻楚。妾请子母俱迁江南，毋为秦所鱼肉也！’”由是可知，江南历来为楚放逐罪犯之所。

但楚国所称的江南，有广义的，指的是长江以南大片地方。也有狭义的，《楚辞章句》称："江南，在湘鄂之间。"依屈原作品所涉及的地方，则以"湘鄂之间"为当，其地在荆州以南至今湖南的常德、辰州及湘阴、长沙、岳州一带。

《涉江》的创作时间较晚，是顷襄时期屈原被流放后的作品，这是无可怀疑的。但是，具体指出《涉江》作于顷襄朝的什么时候，各家看法也大不相同。

比较普遍的看法认为此篇作于顷襄初年，为屈原初被放时的作品。清林云铭在《楚辞灯》中说："《涉江》以下六篇，方是顷襄放之江南所作。初放起行，水陆所历，步步生哀，则《涉江》也。"陈子展先生也同意是屈原初被放时的作品，但他认为屈原的被放，是"在顷襄王七年，或迟到十二三年之间"(《楚辞九章之全面观察及其篇义分析》，《复旦学报增刊》)，这已近顷襄中期。郭沫若和游国恩则认为本篇当作于顷襄二十一年白起破郢之后，是屈原临终前写的几篇作品之一（见郭沫若《屈原研究》、游国恩《楚辞论文集·屈原作品介绍》)。

上述诸说中，当以陈子展先生的说法比较合乎实际。具体说，可能作于顷襄十二三年间。据《哀郢》篇作年，一般都认为写于顷襄二十一年的白起破郢时，诗中有"至今九年而不复"，那么，屈原的被放时间即在顷襄十二三年间。从诗篇内容看，写了离开国都南行，但并无国破家亡那种悲惨气氛，因此似与白起拔郢事件无关。诗中仍然斥责朝廷的黑暗，忠贤受排斥，小人受重用，并抒发了南行的孤独与悲哀，显系受放逐时的情绪。但此诗也不可能作于顷襄初年，因为当时屈原年纪应在四十馀岁，诗篇不应一开头就写“年既老而不衰”。到顷襄十二三年时，则他已过半百，“知天命”之年了，难免要多一些嗟老叹卑的语句。当然，这些只能属推测的看法。郭沫若曾认为：“屈原在长期窜逐中，南下湘沅流域应不止一次。”（《屈原赋今译》）如果是这样的话，此篇作于哪一次，也就很难考知了。

余幼好此奇服兮，年既老而不衰①。带长铗之陆离兮，冠切云之崔嵬②。被明月兮珮宝璐③。世溷浊而莫余知兮，吾方高驰而不顾④。驾青虬兮骖白螭，吾与重华游兮瑶之圃⑤。登昆仑兮食玉英⑥。与天地兮同寿，与日月兮齐光⑦。哀南夷之莫吾知兮，旦余济乎江湘⑧。

注释

①奇服：奇特的服饰，异于他人的装饰。屈原在《离骚》及其他多篇作品中，曾多次提到他与众不同的装饰（包括衣着、佩饰、喜好等），带有明显的象征意义，表示他的特立独行的性格和不肯随波逐流的高尚人格。

②铗 jiá：长剑。陆离：《文选》五臣注：“陆离，剑低昂貌。”指行走时，所佩带的长剑来回高低摆动。冠：戴，名词作动词用。切云：帽子的名称，因

其高而称切云冠。湖南长沙出土之人物御龙帛画，画上有一男子乘龙升天，所戴之帽甚高，即为切云冠。崔嵬：高耸。

③被：同“披”，也是佩戴之意。明月：宝珠，因其夜间发光故称明月之珠。珮：通“佩”。宝璐：宝玉。璐为玉的一种。

④溷hùn浊：浑浊。不顾：不回首。

⑤虬 qiú、螭 chī：龙的名称，均无角。骖cān：驾于车两旁的马为“骖”，中间的马称为“服”。此处名词作动词。重华：古帝虞舜名重华。瑶之圃：即瑶圃，神话传说瑶圃在崑崙山上，是上帝的花园。

⑥玉英：玉树所开的花。神话传说中，崑崙山为神山，神仙所居，其瑶圃中有玉树，所开之花即为玉英，服之长生不老，故下文云“与天地兮同寿，与日月兮齐光”。

⑦同寿：一作“比寿”。齐光：同放光芒。

⑧南夷：指居住于楚南部的少数民族，这里指屈原流放之地。江湘：指长江与湘江。

译文

我自幼喜爱这奇特的服装，虽到年老而兴趣依然。让长长的宝剑在腰间耸动，头上戴顶高高的切云冠。明月珠和宝玉佩明光闪闪。举世浑浊而无人知我，我昂首阔步勇往直前。驾上青龙啊白龙为骖，我要和舜帝遨游帝都。登上崑崙啊服食玉英。和天地啊比寿，和日月啊同光。可悲这南夷无人知我，清晨时分我就渡过江湘。

乘鄂渚而反顾兮，欸秋冬之绪风[1]。步余马兮山皋，邸余车兮方林[2]。乘舲船余上沅兮，齐吴榜以击汰[3]。船容与而不进兮，淹回水而凝滞[4]。朝发枉陼兮，夕宿辰阳[5]。苟余心其端直兮，虽僻远之何伤[6]！

注释

①乘：登。鄂渚：地名，在今湖北武昌长江之中。欸 āi：通“唉”，哀叹。绪风：馀风，指连续不断吹来的秋冬之寒风。

②步：慢走。山皋 gāo：山丘。邸 dǐ：同“抵”，停留。方林：旧注说是地名，但此处非实指。方林指大树林。

③舲 líng 船：有窗户之船。沅：水名，即沅水，在湖南西部。吴榜：大桨。汰：水波。

④容与：逆水之船行进迟缓之状。淹：滞留。回水：回旋之流水。凝滞：或作“疑滞”，指停滞不前。

⑤枉陼 zhǔ：地名，在今湖南常德附近沅水旁。辰阳：地名，在今湖南辰溪西。

⑥端直：正直。

译文

登上鄂渚我回首远望，秋冬的寒风多么凄凉。让我的乘马啊漫步山岗，让我的车驾啊停在林边。乘坐篷船上溯沅水，齐举大桨劈波斩浪。船儿摇摇难以前进，漩涡团团阻滞行船。清早从枉陼出发，晚上留宿于辰阳。

只要我此心正直，虽处偏远有何悲伤！

入溆浦余儃佪兮，迷不知吾所如[①]。深林杳以冥冥兮，乃猿狖之所居[②]。山峻高以蔽日兮，下幽晦以多雨[③]。霰雪纷其无垠兮，云霏霏而承宇[④]。哀吾生之无乐兮，幽独处乎山中[⑤]。吾不能变心而从俗兮，固将愁苦而终穷！

注释

①溆浦：地名。在今湖南，因处溆水之滨，故名。如：往。

②杳 yǎo：幽深。冥冥：阴暗。狖 yòu：黑色长尾猿。

③幽晦：幽深黑暗。

④霰 xiàn雪：以小雪珠降下之雪。无垠 yín：无边无际。霏 fēi霏：盛大而弥漫。宇：天宇，天空。

⑤幽独：偏僻而孤独。

译文

进入溆浦我犹豫徘徊，心中迷惘我该往何去。林木幽深无边无际，分明是猿猴栖息之地。高山险峻遮天蔽日，四野阴森潮湿多雨。霰雪纷纷无穷无尽，乌云沉沉连接天宇。悲伤我此生没有欢乐，将要寂寞孤独居留山中。我不能改变心志以从俗，当然只能愁苦终生而困穷！

接舆髡首兮，桑扈裸行[①]。忠不必用兮，贤不必以[②]。伍子逢殃兮，比干菹醢[③]。与前世而皆然兮，吾又何怨乎今之人！余将董道而不豫兮，固将重昏而终身[④]！

注释

①接舆：人名，春秋时楚国一位隐士。《论语·微子》载孔子之楚，曾遇到“楚狂接舆”，他唱了一首讥讽孔子的歌。髡kūn首：剃光头发。原是古代一种刑罚，接舆以此表示与众不同。桑扈hù：人名，传说为古代的一位有名的隐士。《庄子·大宗师》中称“子桑户”。

②以：也是用的意思。

③伍子：伍子胥，名员，原为楚人。其父兄因进谏楚平王而被杀，他逃往吴国，发誓报仇雪恨。后在吴立下奇功，使吴强盛，并领吴军攻陷楚都，掘平王之墓，鞭尸三百。因屡进忠言，遭谗而被迫自杀。比干：商纣王的叔父，纣王无道，比干屡次进谏，被纣王所杀。菹醢jūhǎi：将人杀死剁成肉酱。史书记载比干被纣王剖心，此云菹醢，或传闻不尽相同。

④董道：正道。豫：犹豫，改变。重chóng昏：昏，王逸释为“乱”，汤炳正认为“重昏”即“重闵”，昏与闵同音，古代多通用。闵：忧患。重闵即忧患众多（见《楚辞今注》）。

译文

接舆削发假装疯癫，桑扈赤身裸体出行。忠直之士不受重用，贤良之才不被信任。伍子胥遭杀身之祸，比干又被剖腹挖心。既然前代都是如此，我又何必埋怨今人？我将恪守正道决不改变，当然要准备愁苦终身！

乱曰：鸾鸟凤皇，日以远兮。燕雀乌鹊，巢堂坛兮[①]。露申、辛夷，死林薄兮[②]。腥臊并御，芳不得薄兮[③]。阴阳易位，时不当兮[④]。怀信侘傺，忽乎吾将行兮[⑤]。

注释

①堂坛：殿堂和祭坛，指位居朝廷高位。

②露申、辛夷：皆芳香草木名，以喻贤者。林薄：草木丛生之地。

③腥臊：难闻的气味，以喻奸佞。御：用。薄：靠近。

④易位：颠倒。不当：不逢其时。

⑤怀信：满怀诚信。侘傺chàchì：失意怅然之状。

译文

尾声：鸾鸟和凤凰，越飞越远。燕雀和乌鸦，筑巢堂间。露申和辛夷，死在林边。腥臭并用，芳草怎能近前。阴阳颠倒，时辰反常。满怀忠信而失意，我将远走他乡。

评析

本篇结构严谨，始终围绕“涉江”这一中心事件展开描写与抒情，从起因、行程、景观以及自己所持的坚定的信念，层层深入，环环紧扣主题，结语又呼应首章，有一气呵成、天然巧就之感，因此历来被视为《九章》中的代表作。

本诗比较具体地记叙了屈原前往放逐地途中经行的路线，放逐地的生活环境以及屈原的思想、情绪，对于了解屈原的生平和思想的发展具有重要的价值。

和《离骚》一样，本诗对诗人自我形象的塑造是非常成功的。诗篇一开头就描写了一位不同凡响的人物：“余幼好此奇服兮，年既老而不衰。带长铗之陆离兮，冠切云之崔嵬。被明月兮珮宝璐。世溷浊而莫余知兮，吾方高驰而不顾。”诗篇中仅用几行诗即把诗人异乎常人的性格、形象活写出来，令人过目不忘。后代画家创作的许多屈原人物画像，大都来自此篇的这段具体描写。虽然屈原是被坏人谗害，被放逐于南方，但他并不以此身份出现，而是“驾青虬兮骖白螭”，准备与古帝重华“游兮瑶之圃。登昆仑兮食玉英。与天地兮同寿，与日月兮齐光”。他以乐观的态度，光明磊落地对待这种不公平的待遇。在现实斗争中他虽是失败者，然而，他的人格得到了升华，在理想的品格法庭上，他是无可争议的胜利者。确实，和《惜诵》相比，《涉江》篇中的语气较为平缓，看不出那种压抑不住、喷薄欲出的怒火，更多的是自我宽慰之词，如：“苟余心其端直兮，虽僻远之何伤！”“吾不能变心而从俗兮，固将愁苦而终穷！”“余将董道而不豫兮，固将重昏而终身！”这些在各段结尾时所发出的感慨，体现了诗人敢于直面惨淡的人生与黑暗的现世，为其形象增添了夺目的光彩。《涉江》中的诗人形象和《离骚》中的诗人形象相互映衬，愈加鲜明、丰满。

作品中的景物描写，虽然不长，但向来为人们所称赞。尤其是诗人到达流放地之后，见到“深林杳以冥冥兮，乃猿狖之所居。山峻高以蔽日兮，下幽晦以多雨。霰雪纷其无垠兮，云霏霏而承宇”这段景物描写，正与诗人此刻忧愁的心情相互烘托，令人想起《九歌·山鬼》篇中山中雨景的描写，确实达到情景交融的绝妙处，难怪有些人由此引发联想，以为山鬼的形象，乃是诗人屈原的自况。

篇中抒情和叙事有机地结合，每段叙事之后用并不多的一两句诗准确地表达内心情感，可谓恰到好处。从全诗讲，是纪实之作，然而作品中仍渗透强烈的浪漫主义精神，尤其从作品一开头自我形象的刻画，想象丰富，又体现诗人积极向上的精神。

诗篇结语的“乱辞”中，连用排比句，以生动而又形象的比喻，揭露楚国社会中是非颠倒、黑白混淆的丑恶现实。诗篇前三部分用较长的六七言句式，感情比较平缓，第四部分便缩短为以四五言句式为主，至“乱辞”便全变成节奏急促的四言句式，这种句式随作者感情变化而转换徐疾，运用自如，令人赞叹。

哀郢

题解

《哀郢》和《涉江》一样,从篇题看,是极为明白的,然而,由于背景材料的缺乏,这篇的问题却也最多。

郢,楚国国都之名。楚国历史上有数次迁都,都称为郢,有纪郢(湖北江陵纪南城)、鄢郢(在今湖北宜阳)、陈郢(今河南淮阳)和楚最后一个国都,位于今安徽寿春的寿郢。但建都时间最长,对楚国历史最具影响力的是纪郢,它始建于春秋时代的楚文王时期,直至顷襄二十一年沦于秦止,一直为楚国国都,历时四百馀年。这个时期,也是楚国历史上最强大、最鼎盛的时期。本篇所哀的便是这个郢。

对本篇的分歧,主要集中在作品的创作时间上。

王逸在《楚辞章句》"方仲春而东迁"一句诗下注曰:"言怀王不明,信用谗言而放逐己,正以仲春阴阳会时,徙我东行,遂与室家相失也。"而在"忽若去不信兮,至今九年而不复"句下注曰:"放且九岁,君不觉也。"联系起来看即是说,这首诗是屈原被怀王流放了九年以后,回忆当初放逐时离开郢都的情况。

洪兴祖在《楚辞补注》中作了补正,认为屈原在怀王时虽曾被放,但"被绌复用。至顷襄即位,遂放于江南耳。其云既放三年(指《卜居》中语),谓被放之初。又云九年而不复，盖作此时放已九年也”。可知他不同意《哀郢》是写怀王时被放逐的事。后人似都赞同《哀郢》为顷襄王时屈原被放离郢之作。朱熹则在“至今九年而不复”下注中，引用了洪兴祖的说法，却加上一句：“此云九年不复，不知的在何时也？”不置可否。

明汪瑗则首先提出此篇作于顷襄二十一年。他说：“此郢乃指江陵之郢，顷襄王时事也。又按《秦世家》，秦昭王时，比年攻伐列国，赦罪人而迁之。二十七、八年间，连攻三楚，拔黔中，取鄢邓，赦楚罪人迁之南阳。二十九年，当顷襄王之二十一年，又攻楚而拔之，遂取郢，更东至竟陵，以为南郡，烧墓夷陵。襄王兵散败走，遂不复战，东北退保于陈城。而江陵之郢不复为楚所有矣。秦又赦楚罪人而迁之东方，屈原亦在罪人赦迁之中。悲故都之云亡，伤主上之败辱，而感己去终古之所居，遭谗妒之永废，此《哀郢》之所由作也。”（《楚辞集解》）

其后王夫之更明确指出：“《哀郢》，哀故都之弃捐，宗社之丘墟，人民之离散，顷襄之不能效死以拒秦，而亡可待也。原之被谗，盖以不欲迁都而见憎益甚。然且不自哀，而为楚之社稷人民哀。怨悱而不伤，忠臣之极致也。曰东迁，曰楫齐扬，曰下浮，曰来东，曰江介，曰陵阳，曰夏为丘，曰两东门可芜，曰九年不复，其非迁原于沅溆，而为楚之迁陈也明甚。王逸不恤纪事之实，谓迁为原之被放，于《哀郢》之义奚取焉！”（《楚辞通释》）近之郭沫若、游国恩以及陈子展均赞同此说，从之者较多。

此外，清人戴震曾提出是顷襄元年秦兵出武关大败楚军事（《屈原赋注》），马其昶提出是写怀王三十年“陷秦时事，故有天命靡常之感”（《屈赋微》），近人谭戒甫和姜亮夫则认为是写“庄蹻暴郢”（怀王二十八年事，见《屈赋新编》，《楚辞今绎讲录》）。后面这种说法也有些人信从。

如何解决上述问题，我们认为，结合作品内容的实际加以分析，可能会得出比较准确的结论。

皇天之不纯命兮，何百姓之震愆①？民离散而相失兮，方仲春而东迁②。去故乡而就远兮，遵江、夏以流亡③。出国门而轸怀兮，甲之鼂吾以行④。发郢都而去闾兮，怊荒忽其焉极⑤？楫齐扬以容与兮，哀见君而不再得⑥。

注释

①皇天：天之尊称。纯：始终如一。命：天命。百姓：百官。震愆 qiān：震惊。

②民：指民众。仲春：二月。东迁：向东逃亡。

③江、夏：长江和夏水。夏水为长江之分流，自郢都东南之夏首分江水东流，会沔 miǎn水（今汉水）后入江。因其河夏天才有水，故称夏水。

④国门：国都之门。轸 zhěn怀：痛心。甲之鼂：甲日的早晨。古人以干支记日，故此处指天干的甲日。

鼌，通“朝”。

⑤发：出发。闾：乡里。怊 chāo：惆怅。荒忽：同“恍惚”，失意迷茫。极：至。

⑥容与：船行进迟缓。

译文

皇天为什么变幻无常，使百姓惊恐不安？民众妻离而子散，正仲春时节向东逃难。离开故乡奔向远方，沿着江、夏四处流亡。走出国门我心中悲苦，甲日的清晨我被迫起航。从郢都出发离别家园，愁思恍惚，将往何方？高举船桨却慢慢下划，哀伤国君将难以重见。

望长楸而太息兮，涕淫淫其若霰①。过夏首而西浮兮，顾龙门而不见②。心婵媛而伤怀兮，眇不知其所蹠③。顺风波以从流兮，焉洋洋而为客④。凌阳侯之氾滥兮，忽翱翔之焉薄⑤？心絓结而不解兮，思蹇产而不释⑥。

注释

①长楸 qiū：高大的楸树，楸即梓树。古人常在村落中种植桑树与梓树，故“桑梓”代称故乡。淫淫：长流不息。霰 xiàn：小雪珠。

②夏首：夏水自长江分流之处，在今江陵东南。龙门：郢都的东城门为龙门。

③婵媛 chán yuán：即“啴咺”，楚方言，意为喘息之声，这里指心中牵挂伤心之状。眇：通“渺”，远。

蹠 zhì：原为足踩之处，引申为落脚之处。

④洋洋：茫茫然无所依归。

⑤凌：乘。阳侯：大波浪。传说古代陵阳国诸侯溺水而死，成为波涛之神。氾滥：波涛汹涌浩大。忽：飘忽。薄：止息。

⑥絓 guà 结：牵挂纠缠。蹇 jiǎn 产：本指山形曲折，此处指内心诘屈难伸。

译文

回望大楸我长长叹息，眼泪汪汪如雪珠飘散。船过夏首还以为向西漂浮，回顾龙门却一无所见。心中眷恋满怀忧伤，何处归宿道路邈远？随从风波顺流东去，四顾茫茫客居何方？浩浩大江波涛汹涌，孤舟如飞何处停帆？愁肠百结难以舒解，心烦意乱如何释放？

将运舟而下浮兮，上洞庭而下江①。去终古之所居兮，今逍遥而来东②。羌灵魂之欲归兮，何须臾而忘反③！背夏浦而西思兮，哀故都之日远④。登大坟以远望兮，聊以舒吾忧心⑤。哀州土之平乐兮，悲江介之遗风⑥。当陵阳之焉至兮，淼南渡之焉如⑦？曾不知夏之为丘兮，孰两东门之可芜⑧？心不怡之长久兮，忧与愁其相接⑨。惟郢路之辽远兮，江与夏之不可涉⑩。

注释

①运舟：回舟，让船头转向。上洞庭而下江：此句

中的上、下，指船行时船头所行方向为上，船尾离开处为下。上洞庭即上溯洞庭湖而行，下江为离开长江。

②终古：长久。终古所居指祖先长期居住的地方。这里作者指自己离开故都，前面所写的“发郢都而去闾”。逍遥：漂泊流荡。

③羌：楚方言发语词，可释为“乃”。反：返回。

④夏浦：夏水之滨，船上洞庭，自然是背对夏浦。西思：思念西方的故乡。

⑤大坟：高地或高堤。

⑥州土：乡土。江介：沿江一带。介，释“间”。遗风：祖先流传下来的风尚习俗。

⑦陵阳：一本作“凌阳”，即前所写到的“凌阳侯之氾滥”中之水波之神。这里代指波涛。淼：水面浩大无边无际。如：往。

⑧夏：通“厦”，大屋，代指楚王宫殿。丘：废墟。东门：郢都的东城门。芜：荒芜。

⑨不怡：不乐。

⑩辽远：遥远。涉：跋涉。

译文

拨动船头浮流而下，转向洞庭离开大江。告别祖先安居的家园，飘然东下前往他乡。梦魂萦绕总想归去，无时无刻念念不忘！船离夏浦而心怀西方，故都日远心中哀伤。登上大堤回首远望，姑且缓解我心中忧烦。我哀怜这和平安乐的国土，我感伤这淳朴善良的风范！波涛滚滚载我前去何方？烟波浩渺南行将往何处？想不到高大的宫殿竟化为丘墟，是谁使两东门变得一片荒芜？满怀悲伤长久不乐，新忧旧愁前后相接。郢都的归路愈来愈远，长江和夏水难再跋涉。

忽若去不信兮，至今九年而不复[①]。惨郁郁而不通兮，蹇侘傺而含感[②]。外承欢之汋约兮，谌荏弱而难持[③]。忠湛湛而愿进兮，妒被离而鄣之[④]。尧舜之抗行兮，瞭杳杳而薄天[⑤]。众谗人之嫉妒兮，被以不慈之伪名[⑥]。憎愠惀之修美兮，好夫人之忼慨[⑦]。众踥蹀而日进兮，美超远而逾迈[⑧]。

注释

①忽：迅疾。去：时光流逝。九年：应指作者被流放的时间。以顷襄二十一年白起拔郢算，则作者被流放时间应在顷襄十二年。复：返回。不复，谓不能回到朝中任职。

②惨郁郁：悲伤郁结。郁郁即不通。感qì：通“戚”，悲伤。

③外：外表。承欢：献媚取宠。汋zhuó约：即绰约，美好貌。谌chén：实际上。荏rěn弱：软弱。难持：难以维持。汤炳正认为此指朝中佞臣在外交与内政方面均无作为，可参《楚辞今注》。

④湛湛：忠厚。愿进：希望被进用。妒：谗妒之奸佞。被离：同“披离”，纷乱无绪。鄣：阻挡、拦阻。

⑤尧舜：唐尧虞舜，古圣王。抗行：即“亢行”，高尚的品行。瞭：光明。杳杳：高远。薄天：接近天际。

⑥不慈之伪名：不仁慈的伪造的罪名。尧舜两人皆认为其子不肖，难继大业，因而尧传位于舜，舜传位于禹。那些以血统观点来看待这一史实的人便认为尧舜不慈爱自己的子女。

⑦愠惀 wěnlún：谦恭而好学。愠，蓄积内藏。惀，求知欲强。忼 kāng 慨：即慷慨。

⑧踥蹀 qièdié：小步行走，喻谗人之媚相。超：远。逾迈：越来越远。

译文

岁月如飞令人难以置信，至今九年还未返回故都。愁积心头难以疏解，忧伤失意永无息止。装出一副媚态以求爱宠，实际软弱无能难以成事。忠贞之士寻求机会为国效力，妒忌者千方百计加以拦阻。唐尧虞舜品行高尚，光辉万丈直上云天。群小妒忌大造谣言，硬说他们不孝不慈。痛恨谦恭好学的美德，喜爱故作慷慨的谗奸。奔走钻营的日日高升，美德贤能者越离越远。

乱曰：曼余目以流观兮，冀壹反之何时[①]？鸟飞反故乡兮，狐死必首丘[②]。信非吾罪而弃逐兮，何日夜而忘之[③]？

注释

①曼：长。“曼余目”是倒装，即“余目曼”，意即我久久地盼望。屈作中多有这种写法，如《抽思》中“曼遭夜之方长”同此。流观：观望四方。冀：

希望。壹反：回去一趟。反，同“返”。

②首丘：以头向着山丘。“狐死首丘”与“鸟飞反乡”皆当时俗语，比喻人不忘其本。

③信：坚信。

译文

尾声：我久久盼望啊天地茫茫，返乡的希望啊何时实现？候鸟春天就要返回旧巢，狐狸临死也把山丘回望。我坚信无罪而遭受弃逐，怎能不日夜把故乡思念？

评析

本篇中有几个问题需加注意，否则影响着对本诗意义的认识。

首先即是对诗篇创作背景的认识。谁都承认《哀郢》是一篇充满强烈的爱国主义感情的作品，然而没有特定的社会背景，就不会有特定的表达方式。本诗开头如晴空惊雷一般发出撕心裂肺的哀号：“皇天之不纯命兮，何百姓之震愆？民离散而相失兮，方仲春而东迁。”作者由此而定下全诗的基调。对这四句的理解，是本诗创作背景的关键。我们认为，王逸以屈原个人命运的悲剧来解释是难以解释得通这四句诗的，这一点王夫之已作了有力的驳斥。朱熹大约也觉得王逸的解释不可靠，因而注称“屈原放弃时，适会凶荒，人民离散，而原亦在行中，闵其流离，因以自伤”云云，这一解释显然是一种主观想象，缺乏根据。戴震认为写的是顷襄初年，楚败于秦的史实，但秦取析十五城，与郢都相去甚远，何以会有“夏之为丘”和“两东门之可芜”的悲惨景况？至于“庄蹻暴郢”的史事，至今仍是一个含混不清的谜，史书中也无因庄蹻暴郢而郢都破败不堪的记载。相反，近年来湖北省博物馆在《楚都纪南城的勘查与发掘》(《考古学报》1982年第3期）中明确地提出，纪南城城址废弃的年代当在白起拔郢时。所以,“庄蹻暴郢”说是靠不住的。姜亮夫说“《哀郢》中，一句话也不提国破家亡，只是说乱得不得了”，这种说法，似对本诗中的意思体会不足，否则，像开头这种呼天抢地地描写悲惨的景象，在我国古代诗作中能找到几篇呢？此外他还说，假若屈原亲身经历白起破郢事，“他一定会在自己的作品里大加描写和发挥的”(《楚辞今绎讲录》)，这个说法倒还提得有些道理。不过，秦人破郢，其罪责完全在于楚君臣的无能。白起总结这次战胜楚国的经验时就明确说过，“是时楚王恃其国大，不恤其政，而群臣相妒以功，谄谀用事，良臣斥疏，百姓心离，城池不修”(《战国策·中山策》)，所以他才轻而易举长驱直入而拔郢。后人在评论六国之败亡时，也曾指出，灭六国者，非秦也，乃六国之腐败所致，是有道理的。屈原在《哀郢》中，不斥强秦而斥责国内的党人，他同样是意识到这一点的。诗篇在记述流亡经过的同时，用整整一段来斥责党人，说他们“外承欢之汋约兮，谌荏弱而难持”，明白不过地勾画出这批人只知道讨好国君，其实软弱得难以把国家政事维持住。这不就把楚在与秦作战中的软弱无能节节败退的惨景勾画出来了吗？所以洪兴祖在《楚辞补注》中专门引用“《语》曰：色厉而内荏”，很能说明问题。

不过，需要说明的是，汪瑗认为屈原也是秦人赦迁东方的罪人，则是毫无根据的。秦人当时的策略是，每占领其他国家一块重要地方，就把当地人民赶走，然后用秦国的罪人来充实该地，而不是被占领国的罪人，汪瑗的说法不合史实。王夫之认为屈原因为劝谏顷襄王不要迁陈，所以再次“见憎益甚”，也是缺乏根据的，因为当时屈原仍为罪人，无权参与国事。

从本诗所写的情况看，当白起拔郢时，屈原确在郢都，因此他才能写出这样反映当时悲惨景况的诗篇，诗中关于流亡路线的描写，也是他和百姓一起逃离郢都路线的纪实。至于他怎么能遭放逐以后又回郢都，因史实缺载，只能付诸阙如了。

本诗极易解，全篇始终扣紧“哀郢”这一篇题，将国家的命运、个人的悲剧紧密地结合在一起。在《离骚》诗中，诗人虽曾有去国之思，然而故乡的眷恋终于使他放弃了这种想法。而今，当国破家亡之时，他被迫离开了故都，其悲哀的情绪是不难体会的，第一段诗中连用“出国门而轸怀”“望长楸而太息”“顾龙门而不见”“心婵媛而伤怀”“心絓结而不解，思蹇产而不释”等许多表示感伤的诗句。而第二段，则“悲”“哀”“忧”“愁”一类词语连续而来，如“哀故都之日远”“聊以舒吾忧心”“哀州土之平乐兮，悲江介之遗风”“心不怡之长久兮，忧与愁其相接”“惨郁郁而不通兮，蹇侘傺而含感”等，由于这种种悲愁不是自我遭遇的悲愁，是出于对故都、对州土、对国家的一切曾经是美好的往事的回忆与留恋，因而具有强烈的感人的力量。

其次，怎样理解“至今九年而不复”一句，这句诗是许多人确定作品写作时间的关键。有的认为作于顷襄八九年间，是对顷襄初年被流放经过的回忆。有的认为作于顷襄二十一年，回忆了顷襄十二三年时被放逐情景。还有人根据王夫之的注释，“赋作于九年之后，则前云仲春，甲之朝者，皆追忆始迁而言之”，断定此“赋作于九年之后”，也即顷襄三十年。其实这些推断都无可靠根据。本篇的“九年”，自然是指流放时间，但有人认为是实指九年，从而推断屈原于顷襄十二年时被流放。也有人认为“九”不是实指，而是说明流放时间已经很长了，但据此句推断作诗时间是不可靠的。我认为本诗作于顷襄二十一年，诗中这一句，仅说明作者已被流放九年之久，并不能说明此诗即对往事的回忆。因为他即便因故回到郢都，只要未被楚王赦免，就依然是被放九年而不复的罪人。这里的“不复”，是指不复在位。

本诗也是考察作者卒年的重要材料。关于屈原的卒年，历来说法颇多，郭沫若等人据《哀郢》和白起拔郢联系分析，认为屈原是在郢都失陷后对国事感到绝望，因而决心自沉殉国的。联系这首诗乱辞中那种回故乡无望的悲观绝望的情绪，这种判断是可信的。

由于诗篇感情真挚动人，纪事和抒情融合为一体，诗句凄婉真切，又善于使用质问、反问的句式，将内心愤慨、悲伤、绝望的感情表达得异常充分，所以司马迁有“余读《离骚》《天问》《招魂》《哀郢》，悲其志”的感慨！

抽　思

题解

《抽思》的篇题，朱熹注称："以篇内少歌首句二字为名。"(《楚辞集注》)《少歌》中的首句是："与美人之抽思兮。"

据王逸解释，"与美人抽思"的意思是："为君陈道，拔恨意也。"朱熹更直接说："抽，拔也；思，意也。"(《楚辞集注》)王夫之可能嫌这种说法不够明白，解为："抽，绎也；思，情也。"结合篇中的内容，实际上即是把郁结于内心的愁绪抒写出来的意思。本诗结尾的乱辞中有"道思作颂，聊以自救兮"，这里的"道思"也即"抽思"的意思，可知《抽思》的篇名含义和《惜诵》有相近之处。

关于《抽思》的创作时间，今人多不同意王逸所说的襄王时流放江南的说法。朱熹说："《抽思》以下，死期渐迫(指屈原)，至《惜往日》、《悲回风》，则其身已临沅、湘之渊，而命在晷刻矣。"(《楚辞辩证》)这一说法把本篇创作时间推得更加靠后，也是不确的。至于创作的地点，诗篇中明明写着："有鸟自南兮，来集汉北。"而他思念郢都时，"曾不知路之曲直兮，南指月与列星"，也可知此时作者身在郢都之北。那么，作者什么时候到汉北的呢？史书记载中，屈原顷襄时被弃逐于江南，而怀王时被疏情况记载不清。蒋骥在《山带阁注楚辞》中说："此篇盖原怀王时斥居汉北所作也。史载原至江滨，在顷襄之世，而怀王之放流，其地不详。今观此篇曰来集汉北，又其逝郢曰：南指月与列星，则汉北为所迁地无疑。黄昏为期之语，与《骚》经相应，明指左徒时言，其非顷襄时作，又可知矣。原于怀王，受知有素。其来汉北，或亦谪宦于斯，非顷襄弃逐江南比。故前欲陈辞以遗美人，终以无媒而忧谁告。盖君恩未远，犹有拳拳自媚之意，而于所陈耿著之词，不惮亹亹述之，则犹幸其念旧而一悟也。视《涉江》《哀郢》《惜往日》《悲回风》诸篇，立言大有径庭矣。《集注》多误解。林西仲辨之颇当。”他同意林云铭《楚辞灯》所说的《惜诵》《思美人》《抽思》三篇为怀王时作，其中后两篇，“乃进言得罪后，怀王置之于外。其称造都为南行，称朝臣为南人，置在汉北无疑”。上述两家都从作品中找出内证，加以论述，是令人信服的。

关于屈原是否曾放于汉北，今人仍有争议。有人认为他到汉北未必是被放逐，而是自疏于怀王。此外有人认为汉北为楚族发祥之地，故屈原到汉北，有了解祖先发祥地的意图，更有人把他这次来汉北与当时秦楚之争联系起来。我们认为这些联系都有一定的道理。目前考古界比较一致的看法认为楚国原来自北方。对其始封地丹阳，不少人认为即在今丹江口水库附近的淅川一带，始封地所以称丹阳，因其在丹水之阳。1978 年至 1979 年在淅川下寺发现了一处楚国王室的墓地，其中有不少贵族墓葬，最著名的是楚春秋中期的令尹子庚（又名公子午），因此有人怀疑这是楚人归葬其祖居的风俗影响所致，否则，何以千里迢迢将死者从南方的纪郢送到北方来安葬？这一发现，使更多人相信楚始都丹阳不是秭归，而是在丹淅之会的淅川一带。

又河南豫西的西峡县，有一处山岗名为“屈原岗”，传说屈原曾在这里拦阻怀王，不使入秦，故名。这个地方也与淅川相邻，又是古代从楚去秦必经之路，武关即在此处的西面陕西省内。所谓汉北，指汉水流域北部大片地区，淅川这一带也属汉北。淅川楚墓出土铜器上刻有铭文：“……以乐君子，江汉之阴阳，百岁之外，以之大行。”上述这些资料，也许可作为屈原曾被放于汉北的佐证。

关于本篇具体创作年份，有怀王十八年（蒋骥说）、怀王二十四年（见夏大霖《屈骚心印》）、怀王二十六年（林云铭《楚辞灯》）以及顷襄时期屈原晚年所作诸种说法。结合作品实际和作者当时心态的分析，似以怀王晚年时所作较为合理。

（一）

心郁郁之忧思兮，独永叹乎增伤[①]。思蹇产之不释兮，曼遭夜之方长[②]。悲秋风之动容兮，何回极之浮浮[③]！数惟荪之多怒兮，伤余心之懮懮[④]。愿摇起而横奔兮，览民尤以自镇[⑤]。结微情以陈辞兮，矫以遗夫美人[⑥]。昔君与我成言兮，曰：“黄昏以为期[⑦]。”羌中道而回畔兮，反既有此他志[⑧]。

注释

①永叹：长叹。

②蹇jiǎn产：心中思绪纷乱。曼：漫漫，长。

③动容：摇动而改变面貌。宋玉《九辩》“草木摇落而变衰”意同此。回极：北极星，古人以为北极为天轴，天体以此为中心转动。浮浮：流动。

④数shuò：多次。惟：思。荪sūn：香草名，喻怀王。慢yōu慢：通“忧忧”，忧愁之状。

⑤摇起：疾起。横奔：不顾一切远奔。尤：灾难。自镇：强自镇定。

⑥结微情以陈辞：王逸注：“结续妙思，作辞赋也。”微在屈作中往往有美、妙之意，故微情释为妙思是合适的。陈辞：撰写辞赋。本句与《惜诵》之“发愤以抒情”类似，作者用以自明其创作动机。矫：同“挢jiǎo”，举。美人：指怀王。

⑦成言：约好的承诺。一作“诚言”。曰：指楚王的话。黄昏以为期：古人在黄昏时举行婚礼，这里以夫妇男女喻君臣关系，当指治国之约。期，时间。

⑧羌：楚方言之发语词。回畔：背叛，翻悔。畔为“叛”之借字。既：已。他志：另外的想法。

译文

心情郁结愁满怀，独自长叹更忧伤。思绪纷乱难以排解，更遇秋夜长又长。悲叹秋风摧草木，连北极也回旋振荡！君王信谗频频发怒，使我忧愁又心伤。想要离国走四方，人民受难心怎安？结续妙思献辞赋，将此呈送给君王。当初和我曾约定：“黄昏时候来迎娶。”谁知中途改主意，反和别人去调戏。

憍吾以其美好兮，览余以其修姱①。与余言而不信兮，盖为余而造怒②。愿承间而自察兮，心震悼而不敢③。悲夷犹而冀进兮，心怛伤之憺憺④。兹历情以陈辞兮，荪详聋而不闻⑤。固切人之不媚兮，众果以我为患⑥。初吾所陈之耿著兮，岂至今其庸亡⑦？何独乐斯之謇謇兮？愿荪美之可完⑧。

注释

①憍 jiāo：同“骄”，夸示。览：炫耀。

②盖：同“盍 hé”，何。造怒：生怒，无端造作之意。

③承间：寻找机会。自察：自我解说。震悼：惊恐颤抖。

④夷犹：犹豫。冀进：希望被晋用。怛 dá 伤：悲伤。憺 dàn 憺：因惊恐而肝肠断。

⑤兹历情：应作“历兹情”，意为列举情形。详聋：详即“佯”，假装。“佯聋”谓装听不见。

⑥切人：刚直诚实之人。

⑦耿著：清楚明白。庸：通“用”，就。亡：通“忘”，遗忘。

⑧謇 jiǎn 謇：忠言恳切。可完：一作“可光”，指完美无缺。

译文

夸示自己更美好，炫耀自己多窈窕。对我不能守诺言，反倒发怒说短长。本想寻机作解释，心里害怕又不敢。要想进见心犹豫，忧伤不宁肝肠断。将此真情来诉说，你装聋作哑听不见。刚直的人不会献媚，众人果然视我为祸患。当初我陈述得多清楚，难道您现在都已遗忘？我何尝喜欢忠言直谏？希望你完美毫无缺陷。

望三五以为像兮，指彭咸以为仪①。夫何极而不至兮，故远闻而难亏②。善不由外来兮，名不可以虚作③。孰无施而有报兮，孰不实而有获？少歌曰：与美人抽怨兮，并日夜而无正④。憍吾以其美好兮，敖朕辞而不听⑤。

注释

①三五：三皇五帝。一说三王五伯，五伯即春秋时期的五个霸主。像：榜样。仪：标准。

②极：目的。故：确实。远闻：指声名远扬。难亏：不会缺损。

③虚作：用虚假手段造作。

④少歌：一本少作“小”。《荀子·佹诗》中也有小歌，朱熹认为是“乐章音节之名”，用以小结前文的内容（《楚辞集注》）。抽怨：应从朱熹《楚辞集注》作“抽思”，意即将郁结的情思抽绎而出。正：同“证”，证明。

⑤敖 ào：同“傲”，傲慢。

译文

以三皇五帝作为您的榜样，我将忠直的彭咸来效仿。

我不相信有做不到的事情，我要让你的美名传遍四方。善不能自外而来，名不能虚假造作。怎能不施惠就想得回报，怎能不播种就想要收获？短歌：我将情思向美人倾诉，日日夜夜无人为我作证。你只知向我炫耀自己的美好，却不肯听我把委屈说清。

（二）

倡曰：有鸟自南兮，来集汉北[①]。好姱佳丽兮，牉独处此异域[②]？既惸独而不群兮，又无良媒在其侧[③]。道卓远而日忘兮，愿自申而不得[④]。望北山而流涕兮，临流水而太息[⑤]。望孟夏之短夜兮，何晦明之若岁[⑥]！惟郢路之辽远兮，魂一夕而九逝[⑦]。曾不知路之曲直兮，南指月与列星[⑧]。愿径逝而不得兮，魂识路之营营[⑨]。何灵魂之信直兮，人之心不与吾心同[⑩]！理弱而媒不通兮，尚不知余之从容[⑪]。

注释

①倡：同“唱”，王逸《楚辞章句》注：“起倡发声，造新曲也。”屈作中此篇结构较为独特，前有“少歌”小结，继以“倡”引起回忆，结束时又有“乱辞”总括。洪兴祖在《楚辞补注》中说：“此章有少歌，有倡，有乱。少歌之不足，则又发其意为倡。独倡而无与和也，则总理一赋之终，以为乱辞云尔。”倡为下半篇开端。有鸟自南：屈原以鸟比喻自己。南，身在汉北，郢都则为南。集：止宿，停留。汉北：

汉水之北，今豫西南与鄂西北一带。

②好姱kuā佳丽：四字皆意为美，屈作中多有这种“同义联迭”的修辞手法（见汤炳正《楚辞今注》）。胖pàn：分离。

③惸qióng：同“茕”，孤独。

④卓：一作“逴chuò”，遥远。

⑤北山：楚都纪南城北十里之纪山。代指故乡。一说“北山”应作“南山”，从汉北望郢都，其山为南山。

⑥孟夏：夏天的首月四月。晦huì明：从夜黑到天亮，指一夜。岁：年。

⑦九逝：九回，九为虚数，以言其多。

⑧曾：竟然。

⑨径逝：最近的道路直行。营营：频繁往来。

⑩信直：忠诚刚直。

⑪理：使者，媒人。从cōng容：举止言行。

译文

又唱：有鸟从南方飞来，停留在汉水的北域。毛羽多么美丽啊，为什么独居异地？孤单无依却不肯合群，又无良媒待在身边。道路遥远日久将淡忘，想自我申诉却怎能实现。望北山而涕流满面，临流水而悲哀长叹。分明是初夏的短夜，为什么觉得像一年那么长！去郢都的道路是那样遥远，梦魂在一夜里却走了九趟。梦魂竟然不知路之曲直，以明月和列星指路南进。寻求捷径却难以获得，只能让梦魂繁忙穿行。我的灵魂是这样忠诚刚直，不知道隔着肚皮岂能同心！媒人无能说合无望，他们怎知我的举止言行。

乱曰：长濑湍流，泝江潭兮[①]。狂顾南行，聊以娱心兮[②]。轸石崴嵬，蹇吾愿兮[③]。超回志度，行隐进兮[④]。

注释

①濑lài：浅滩上之流水。湍tuān流：急流。泝sù：同“溯”，逆流而上。江：汉水，长江支流。潭：深水为潭，楚方言。

②狂顾：频频回望。娱心：慰藉。

③轸zhěn石：方石。崴嵬wēiwéi：高耸之状。蹇jiǎn：阻碍。

④超回志度：汤炳正在《楚辞今注》中说：“超回：或即‘迟回’。志度：或即‘踟蹰chìduó’，犹‘踯躅’，彷徨不进。”隐进：进度迟缓。

译文

尾声：长滩急流，逆水把江潭上。频频回顾南方，聊慰心灵的创伤。乱石高耸路崎岖，阻挡我返乡的心愿。徘徊踟蹰，举步迟缓艰难。

低徊夷犹，宿北姑兮[①]。烦冤瞀容，实沛徂兮[②]。愁叹苦神，灵遥思兮[③]。路远处幽，又无行媒兮[④]。道思作颂，聊以自救兮[⑤]。忧心不遂，斯言谁告兮[⑥]！

注释

①低徊：即徘徊。夷犹：犹豫。北姑：即北岵hù。无草之山为岵。

②烦冤：愁闷。瞀mào容：神态迷乱。沛：颠沛。徂：通“沮”，沮丧。

③苦神：劳神，伤神。灵：神，指心灵，心神。

④幽：偏僻，幽远。行媒：做媒。

⑤道思：述写心情。颂：同“诵”，吟咏。

⑥不遂：不顺。

译文

彷徨犹豫，权且在北山止息。心中烦乱不安，遭此颠沛流离。愁思劳神，心灵又飞向远方。道路幽远，哪里找媒人帮忙？作诗咏怀，聊解心中忧伤。忧思难解，向谁倾诉衷肠！

评析

本篇结构比较奇特，全诗明显地分为前后两个部分，这前后两个部分，写的是跨越两个年度的事情，前半部分写去年秋天的事，后半部分写当年夏天的事。陈子展先生认为是“明为两年相续之作”（《楚辞直解》），当然可通，不过，以当年创作时回忆上年发生的事写入第一部分，似也未尝不可。

《九章》中的大多数作品（除《橘颂》外），其内容着重表现几个方面：一是对楚国黑暗现实的不满并由此引起的忧国忧民的情绪；二是描写放逐过程中的生活经历；三是抒写内心的痛苦；四是强烈的思乡之情。但这些作品，由于其创作的时期不同，作品在这几个方面的表述也很不相同。大抵作于怀王时期的作品，虽则痛斥奸党，责数怀王，然而总体说来在抱怨中仍存有一定的希望，这些作品也都是作者试图能传到怀王耳中，使他能幡然悔悟，一改前非，重新任用贤良，重振国威。如本篇和《离骚》《思美人》《惜诵》，都表现作者还抱有一线希望，以实现自己孜孜以求的美政理想。而作于顷襄时期的作品，则都表现出一种绝望的情绪，如《哀郢》《涉江》《惜往日》《怀沙》等。对国君的称呼，在怀王时期的作品中还是比较客气的，大都用美称“荃”“荪”“美人”“灵修”等。至顷襄时期的作品，仅用“君”一类的中性词语，后来干脆直斥为“壅君”（《惜往日》）了。这是应当仔细体会的。

其次，怀王时期的作品，都喜欢以夫妇之情喻君臣之间的关系，当其合作共事时，则有“昔君与我成言兮，曰黄昏以为期”一类的亲密描写，当其遭弃逐时，则念念不忘寻找“良媒”以修复嫌隙。而顷襄时期的作品则不同，除《惜往日》前面回顾屈原与怀王关系时有这种比喻外，其他篇中毫无这类描写。而同样写怀念故乡，《抽思》中“魂一夕而九逝”，但《哀郢》就绝望地发出“惟郢路之辽远兮，江与夏之不可涉”的哀叹。

屈原的作品，还有许多关于梦境的描写，《惜诵》中有“梦登天”，《哀郢》中有“灵魂欲归”，《远游》中有“魂营营而至曙”，本篇中则因作者思归而“魂一夕而九逝”，此外《悲回风》中从“上高岩之峭岸兮”以下，蒋骥认为是“皆预设魂游之境”（《山带阁注楚辞》）。《离骚》中的后半部，也有人认为是梦幻境界。清人吴世尚在《楚辞疏》中说：“‘耿吾既得此中正’，乃入梦之始，其入也，何其明白而从容。‘焉能忍与此终古'，乃出梦之终，其出也，何其瞀乱而迫蹙。”他还进而具体分析说：

> 自此以下（指驷玉虬以乘鷖句），至忍与此终古，皆屈原跪而陈辞，重华冥冥相告，而原遂若梦非梦，似醒不醒。此一刻之间之事也。故其词忽朝忽暮，倏东倏西，如断如续，无绪无踪，惝恍迷离，不可方物。此正是白日梦境，尘世仙乡，片晷千年，尺宅万里，实情虚景，意外心中，无限忧悲，一时都尽，而遂成天地奇观，古今绝调矣。……然屈原明明说梦，又不说出梦来（元是白日事，故说不出梦字）。两千年来，亦竟无有人知此段之文为梦境者。

他的这一看法，曾遭后人讥讽，斥为不经之谈。其实，从文艺心理学的角度看，吴氏正触及创作心理中的敏感问题。郭沫若在《屈原研究》中有一些地方从楚族的文化心理、传统和屈原本人的生理、心理状况结合进行分析，是很有道理的，可惜他未能专门就此问题更深入地探讨。

怀 沙

题解

《怀沙》题名及全文，均见于《史记·屈贾列传》，可知司马迁是颇重视此文的，事实上，它也正是研究屈原晚年思想的极其重要的材料。

《怀沙》题义，朱熹《楚辞集注》称："怀沙，言怀抱沙石以自沉也。"汉东方朔在《七谏·沉江》中有："怀沙砾以自沉兮，不忍见君之蔽塞。"可知，自汉至宋，一般都用"怀沙砾"以自沉来释《怀沙》。至明，汪瑗在《楚辞集解》中说："按世传屈原自投汨罗而死，汨罗在今长沙府。此云怀沙者，盖原迁至长沙，因土地之沮洳，草木之幽蔽，有感于怀，而作此篇，故题之曰《怀沙》。怀者，感也。沙，指长沙。题《怀沙》之者，犹《哀郢》之类也。……观此篇之首四句，则因长沙卑湿，恐伤寿命而作也无疑矣。"其后，不少人认定《怀沙》题意为"怀长沙"，并说"长沙"是楚始封之地，故怀念之。但此说有几个问题无法解答。其一是，屈原何以"怀长沙"？长沙在战国中期才为楚国开辟，《后汉书·南蛮传》载："吴起相悼王，南平蛮越，遂有洞庭苍梧。"可知长沙原为南夷居住之地。屈原在作品中把江南之地描写得十分险恶，他有何可怀之处？虽然《方舆胜览》称长沙为楚先祖"熊绎始封之地"，然此说于史无征。试想，汉北是先楚时的故地，但屈原在作品中尚且把它称为“异域”，则长沙更属“异域”(注意，此“异域”是相对于故乡而言的)，有何可怀？其次，从作品内容看，也明显看不出有怀长沙之意。有人常拿《涉江》和《哀郢》作比，说明《怀沙》中的“沙”也是地名。然而《哀郢》一诗，篇中几乎无处不扣紧题意，其“哀郢”之情表现得淋漓尽致。《涉江》则详细记叙流放途中“涉江”之情景，也是内容和诗题紧扣的。而《怀沙》诗中并无一处点明他何以要怀念这个长沙，可知是不能类比的。此诗首章称“滔滔孟夏兮，草木莽莽，伤怀永哀兮，汩徂南土”，倘若要解“沙”为长沙，则此处之“怀”便只能解为“伤怀”之意，“怀沙”即“伤怀于长沙”。而绝不能解为“怀念”，这样方与本诗合。当然，屈原所伤怀的依然是忠不见信，国运日衰以及自己“限之以大故”，“知死不可让”，而非如汪瑗所说的因“长沙卑湿，恐伤寿命”。且长沙在楚国时称“青阳”，因此，“长沙”说恐难解通。《史记·屈贾列传》在录引《怀沙》之赋后写道：“于是怀石，遂自投汨罗以死。”参照诗中有“知死不可让，愿勿爱兮”，“舒忧娱哀兮，限之以大故”等，均为屈原准备殉难前的语言，因此，虽然有人认为“怀沙”与“怀石”意义不全一致，但许多人仍认为“怀沙砾”却还是可通的。笔者 1985 年参加在江陵召开的屈原学术讨论会上，曾听到一位湖南籍学者介绍其家乡民俗时说，有人认为，屈原自投汨罗时“怀石”是可信的，但不可能怀沙，沙很松散。其实，这是不了解湖南地方民俗。

他们家乡人投河自杀时，都是先用绳子把裤脚管双双扎紧，然后在裤管内灌满沙子，这样投江时就不会浮出水面。以此来解释，谁能保证屈原自投时不会用袋子装满沙砾，怀抱以自沉呢？我想这还是可供读者参考的。

《怀沙》的创作时间，当离屈原沉江的时间较近。过去许多人认为本篇即为屈原的绝命辞。可是《惜往日》诗中有“不毕辞而赴渊兮，惜壅君之不识”，则后者当为屈原临终之作。

滔滔孟夏兮，草木莽莽[①]。伤怀永哀兮，汩徂南土[②]。眴兮杳杳，孔静幽默[③]。郁结纡轸兮，离慜而长鞠[④]。抚情效志兮，冤屈而自抑[⑤]。

注释

①滔滔：《史记·屈贾列传》中作“陶陶”，阳气充盛。莽莽：草木兴盛之状。

②汩 yù：水流疾速，楚方言词。徂 cú：前往。南土：楚南部国土。

③眴 shùn：注视。杳杳：深远迷茫。孔：甚、很。幽默：寂静无声。

④纡轸 yūzhěn：心痛。离慜 mǐn：遭痛苦。慜，通“愍”，忧患、伤痛。鞠：困穷。

⑤抚情：回顾情状。效志：考察心志。

译文

阳气充盛的初夏，草木蓬勃繁茂。满怀悲伤难以止息，孤独地前往南方。放眼望去一片苍茫，原野寂静毫无声响。愁肠百结啊，长受困穷与灾难。扪心自问心无愧，虽遭冤屈又何妨？

刓方以为圜兮，常度未替[①]。易初本迪兮，君子所鄙[②]。章画志墨兮，前图未改[③]。内厚质正兮，大人所盛[④]。巧倕不斲兮，孰察其拨正[⑤]。玄文处幽兮，矇瞍谓之不章[⑥]。离娄微睇兮，瞽以为无明[⑦]。

注释

①刓 wán：削。圜：同“圆”。常度：正常的规则。替：改、废。

②易：改变。初：本来、原来。本：常。迪：道。则本迪为常道。指高尚的节操。

③章：明。画：谋划。志：记。墨：文字。前图：先前的法度。

④内厚：人的内质敦厚。质正：品行正直。大人：圣人君子。盛：赞美。

⑤巧倕 chuí：倕，人名，相传为尧帝时的能工巧匠，故称巧倕。斲 zhuó：砍削。拨正：拨，弯曲，拨正即扶拨以为正，将弯曲的东西纠正为直的。

⑥玄文：黑红色的花纹。处幽：置于暗处。矇瞍 méng sǒu：瞎子。不章：没有文采。

⑦离娄 lóu：人名，又称离朱。传为黄帝时人，视力

超常，“能见百步之外秋毫之末”（《淮南子》）。微睇dì：稍微睁眼看。瞽gǔ：盲人。无明：看不见。

译文

想将方的削成圆的，正常的规矩不可废弃。轻率地改变自己的志节，君子们认为是卑鄙。明法昭昭墨迹犹在，先前的法度不可变易。内质敦厚行为正直，正是圣人君子所赞誉。巧倕不用斧头砍削，谁知他能纠正弯曲？五彩花纹被藏于暗处，瞎子说它不漂亮。离娄微微眯着眼，盲公认为他也看不见。

变白以为黑兮，倒上以为下。凤皇在笯兮，鸡鹜翔舞[①]。同糅玉石兮，一概而相量[②]。夫惟党人鄙固兮，羌不知余之所臧[③]。

注释

①笯nú：鸟笼，楚方言词。鹜wù：鸭。

②糅róu：混合。概：古代用以刮平斗斛hù的丁字形木器。一概相量指用同一个标准衡量。

③鄙固：鄙劣。臧zāng：美、善。

译文

把白的硬说成黑的，在上的却说成在下面。凤凰紧关在笼子里，鸡鸭四处狂舞翩翩。美玉和碎石混成堆，竟然将它们等量齐观。那些党人是这样卑劣，怎能知我的才干？

任重载盛兮，陷滞而不济[①]。怀瑾握瑜兮，穷不知所示[②]。邑犬群吠兮，吠所怪也[③]。非俊疑杰兮，固庸态也[④]。

注释

①载盛：载得过多。陷滞：陷没而停滞。不济：不能渡过。

②瑾、瑜：均为美玉名，喻美德。穷：困穷，喻处境窘困。示：出示。

③邑犬：村中的狗。

④非：同"诽"，诽谤。庸态：庸人的行为。

译文

我曾以天下为己任，想不到却陷入泥潭。我怀揣珍宝和美玉，却不知该拿给谁看。群犬一起狂吠啊，是它们遇见怪诞。对俊杰怀疑诽谤，庸人们习以为常。

文质疏内兮，众不知余之异采[①]；材朴委积兮，莫知余之所有[②]。重仁袭义兮，谨厚以为丰[③]。重华不可遌兮，孰知余之从容[④]！古固有不并兮，岂知其何故[⑤]！汤禹久远兮，邈而不可慕[⑥]。

注释

①文质：外表的花纹和内在的品质。疏内：即内外

之美兼于一体，相互交融。疏，通。

②材：良木。朴：未加工的木材。

③重chóng、袭：均有增加，累积之意。谨厚：谨慎忠厚。丰：充实。

④重华：舜。遌è：遇，逢。从容：指气度娴静。

⑤不并：难以并生并世。指明君与贤臣难以并世。

⑥邈：久远。

译文

我文质彬彬，表里如一，众人怎知我的风采；良材和朴木混杂，谁知道我的内才？我注重仁义的品德修养，时时刻刻不忘博取补充。舜帝已逝明君难逢，谁能欣赏我气度之从容！自古来圣君贤臣难以并生，我不知是什么缘故！汤禹的时代那么久远，渺渺茫茫难以追慕。

惩连改忿兮，抑心而自强[①]。离慜而不迁兮，愿志之有像[②]。进路北次兮，日昧昧其将暮[③]。舒忧娱哀兮，限之以大故[④]！

注释

①惩：戒惧。连：《史记》中作“违”。违与“愇”同，愤恨。惩连改忿：即压抑自己的愤怒。

②离慜mǐn：遭受忧患。志：志向，行为。像：榜样。

③北次：北上投宿。昧昧：昏黑不明。

④限：限制。大故：死亡。

译文

抑制内心强烈愤怒，克制自己发愤图强。遭受灾祸也不改初志，愿以前贤作为榜样。多想北上重返郢都，可惜日暮途穷行路难。聊作辞赋舒展忧思，只因生命已到终点！

乱曰：浩浩沅湘，分流汩兮①。修路幽蔽，道远忽兮②。怀质抱情，独无匹兮③。伯乐既没，骥焉程兮④！

注释

①汩 gǔ：水流之声。

②修路：道路漫长。幽蔽：阴暗，偏僻。

③质：品质。情：忠信之情。匹：双。独无匹即孤独没有可交之人。

④伯乐：我国春秋时期一位善于相马的人。程：衡量，评价。

译文

尾声：浩浩荡荡的沅湘，汩汩流向远方。道路漫长而险阻，遥望渺渺茫茫。品质正直而情志真诚，却难以找到朋友知音。相马的伯乐早已逝去，千里马有谁加以认定！

民生禀命，各有所错兮①。定心广志，余何畏惧兮②！曾伤爰哀，永叹喟兮③。世溷浊莫吾知，人心不可谓兮④。知死不可让，愿勿爱兮⑤。明告君子，吾将以为类兮⑥。

注释

①民生：应即人生。禀命：禀受天命。一作“万民之生”。错：通“措”，安排。

②广志：拓展心志。清蒋骥在《山带阁注楚辞》中说：“定心，则不为患难所摇；广志，则不以穷蹙cù自阻。”

③曾：同“增”。爰：楚方言“咺”之同音借字。“咺”意为哀痛。叹喟kuì：叹息。

④谓：解说。不可谓：说不清楚。

⑤让：推辞，回避。爱：爱惜。

⑥类：榜样。

译文

人生禀赋各有不同，是好是坏各由其命。决心已定，放宽胸怀，我直面这惨淡的人生！难以止息的哀思，无穷无尽的悲叹。举世浑浊无人知，人心叵测处世难。明知死亡难以回避，我决不吝惜我的生命。我明白地告诉君子们，我将以彭咸作为榜样。

评析

一位历尽沧桑、长期遭受迫害的老人，当他行将走完人生的道路的时候，他会有什么样的心理状态？《怀沙》诗中作者以开门见山的直抒方式回答了这个问题。作此篇时，诗人已是到了“日昧昧其将暮”的时辰了。对于终身能在政治舞台上发挥重大影响的人物，也许他依然感觉“夕阳无限好”，“满目青山夕照明”。然而，我们的诗人虽在年轻时也曾在政治舞台上昙花一现，但此后却长期不得重用，从被贬职、被疏远到被放流弃逐，每况愈下。而今国破家亡，自己也已到了霭霭黄昏。覆巢之下无完卵，这时的他，已经不会再有“周流观乎四方”的宏伟想象了。在这种情形下，诗人对一生的回顾与反思，自己更多的是委屈和不满，这首诗中反映的正是这种心情。于自己，是“伤怀永哀”“永慨叹”；于社会，他抱怨的是“羌不知余之所臧”，“不知余之异采”，“莫知余之所有”，“孰知余之从容”。作品中，表现出来的不是一般抒情诗那种和缓的感慨，更多的是长久被压抑的感情被强烈冲击之后产生的雷鸣电闪般的强烈回响。因而全诗格调悲壮。由于诗篇用了较多四字句式，音节急促，更把这种感情表露得非常充分。

其次，作者从诗篇开头到结语，抒写了思想的变化过程。在开篇南行时，他感到委屈和压抑；在回顾自我与社会的矛盾冲突中，他为自己未改初衷而自豪；在扪心自问后，他感觉自己心灵是纯洁的，精神上是充实的，因此应当收起悲哀，更加坚强地面对现实（“惩连改忿兮，抑心而自强”），而最后，他冷静地选择了自己的道路：“知死不可让，愿勿爱兮！”无所畏惧地对待死亡的到来。作者这种发自内心的真挚感情，坦荡无私的胸怀，对理想人格的追求和不惜以死来殉道义的精神，都使诗篇中主人公的形象更加崇高和伟大。如果说，《离骚》是作者对自己前半生道路的总结的话，《怀沙》便是着重于对后半生坎坷生活道路的反思。正是在这两篇作品中，塑造了同一位高大丰满的理想人物形象，激励和教育了无数历代中华民族的仁人志士为实现理想而舍生取义。难怪司马迁在《屈原列传》中全文引录了本诗,并为之感慨而悲叹了!

作品通篇直抒胸怀，纪行、即景、抒情交融合一，真实而自然。语言朴素明朗，多用对比鲜明的词语，如“凤皇”和“鸡鹜”，“玉”与“石”，“黑”与“白”，“上”与“下”，“方”与“圆”等，大都是人们日常生活中易见易识的事情，使作品平实而易解。

思美人

题解

《思美人》的题名与《九章》中的《惜往日》《悲回风》一样，均取自诗篇首句，同于《诗经》三百篇中的大多数篇名，它是屈原所定，或是后代人所加？我们不可得而知。“美人”，在屈作中，往往是作为国君的代名词。“思美人”的题意，如朱熹所说：“寄意于君也。”洪兴祖也认为：“此章言己思念其君，不能自达，然反观初志，不可变易，益自修饰，死而后已也。”不过，诗中“美人”所指何人，则有“怀王”及“襄王”两说。

《思美人》的创作时间及地点，争论颇大，一种认为创作于怀王时期，是屈原被疏后在汉北时所作，另一种认为作于顷襄王时期，是屈原被流放江南之野的作品。主张创作于汉北的以诗中有“指嶓冢之西隈兮，与纁黄以为期”之句为据，主张作于江南的则以“吾将荡志而愉乐兮，遵江夏以娱忧”为据。确实较难判定。但从诗意分析，可以看出，这首诗描写的内容与《离骚》《抽思》大有关系。首先是诗中反复陈述致意于“美人”，与《抽思》“结微情以陈辞兮，矫以遗夫美人”，“与美人抽思”等，这美人应是相同的。其次，《思美人》诗中写到了“媒绝路阻”，《抽思》中也写到“理弱而媒不通”。尤其是两首诗所流露的情绪，对“美人”是抱怨，但还不是强烈的怨恨，这种情绪，屈原只有对曾经信用过他的怀王才可能有。至于襄王，屈原很少寄予希望，因此后期的《怀沙》《哀郢》等诗流露的情绪就强烈得多，怒多于“怨”。可见，《思美人》应和《离骚》《抽思》同属于怀王时期的作品，其创作地点应在汉北一带。

但是，《思美人》与《抽思》在情调上还是有所区别的。《抽思》诗中流露出来的是对怀王尚有一线希望，他“结微情以陈辞兮，矫以遗夫美人”，是写心中的委屈，是向怀王倾诉的。但是《思美人》中，则明显表示出对怀王更加不可指望了，而自己还想象了“娱忧”的一些情节，是作者作为自我解愁的。蒋骥在《山带阁注楚辞》中曾详细地说明了这种感情上的区别，他说：“此篇大旨承《抽思》立说，然《抽思》始欲‘陈词美人’，终曰‘斯言谁告’。此篇始言‘舒情莫达’，终欲以死谏君。夫乍困者气雄而渐沮，久淹者心郁而逾激，势固然也。两篇皆作于怀王时，与《骚》经皆以彭咸自命。”此说可谓得其本心。尤其诗中有“指嶓冢之西隈兮，与纁黄以为期”句，嶓冢乃汉水发源之山名，为楚极西地，由此更可证明屈原居汉北时所作，倘于沅湘，则多以沅湘、苍梧、九嶷入诗，这也是存在决定意识了。至于其具体创作年月，由于各注家对流放汉北时间说法不同．因而创作的时间也不同。蒋骥以为屈原于怀王十六年被放于汉北，所以认定此诗作于怀王十九年；林云铭认为此诗早于《抽思》而作，成于怀王二十五年。似以怀王晚期所作为当。也有人怀疑此诗为顷襄时所作，关键在于顷襄初立时，屈原是否仍在汉北？倘若他依然在汉北，得不到赦免的话，也是有可能写这一诗篇的，希望顷襄能接受教训，改弦易辙。鉴于史料无征，只能作上述推测了。

有人怀疑此诗为伪作，理由是无标题和结尾无乱辞，如陆侃如和冯沅君的《中国诗史》、刘永济的《屈赋通笺》、林庚的《诗人屈原及其作品研究》均持这种观点，同时涉及的作品还有《惜诵》《惜往日》《悲回风》诸篇。鉴于此问题前几篇中已作说明，此处从略。

思美人兮，揽涕而伫眙①。媒绝路阻兮，言不可结而诒②。蹇蹇之烦冤兮，陷滞而不发③。申旦以舒中情兮，志沉菀而莫达④。愿寄言于浮云兮，遇丰隆而不将⑤。因归鸟而致辞兮，羌迅高而难当⑥。

注释

①美人：代称楚王（怀王）。揽：收。揽涕指擦干泪水。眙 chì：直视，盼望。

②媒绝：没有媒人，比喻无人去和国君沟通。结：束结、约结。诒：同“贻”，馈赠。

③蹇 jiǎn蹇：即“謇謇”，正言直谏。烦冤：气愤填胸，委屈。陷滞不发：即《怀沙》中之“陷滞而不济”，车轮陷没难以行动。

④申旦：每天。申，反复。沉菀 yù：沉郁、郁结。菀，

通“郁”。

⑤丰隆：传说中云神名字。不将：不肯带。

⑥因：凭借。归鸟：指鸿雁，为候鸟，秋去春归。羌：楚方言发语词。迅高：又快又高。当：遇见。

译文

思念那位佳人啊，擦干泪水我睁眼伫立。媒绝而路险阻啊，真心的话怎样告诉你？正直的劝谏却被人冤枉，就像陷入泥潭难以奋起。天天想陈述我的真情，内心郁结如何言语？想让浮云为我带信，云神丰隆不肯帮忙。想托鸿雁为我传书，鸿雁高飞难以遇上。

高辛之灵盛兮，遭玄鸟而致诒[①]。欲变节以从俗兮，媿易初而屈志[②]。独历年而离愍兮，羌冯心犹未化[③]。宁隐闵而寿考兮，何变易之可为[④]！知前辙之不遂兮，未改此度[⑤]。车既覆而马颠兮，蹇独怀此异路[⑥]。勒骐骥而更驾兮，造父为我操之[⑦]。迁逡次而勿驱兮，聊假日以须时[⑧]。指嶓冢之西隈兮，与纁黄以为期[⑨]。

注释

①高辛：帝喾即位后称高辛氏。灵盛：神气充盛。玄鸟：燕子。致诒：送去礼品。传说简狄吞食玄鸟送去的蛋而怀孕，生下商人始祖契。

②媿kuì：同“愧”。易初：改变初衷。屈志：改变志向。

③冯：即“凭”，楚方言，愤懑。未化：未改变。

④隐闵mǐn：隐忍忧患。寿考：终老百年。
⑤前辙zhé：前车走过的印迹。不遂：不通。
⑥颠：倒。异路：与众不同的道路。
⑦勒：马勒，马笼头的衔口，此处作动词，套之义。骐骥：骏马。造父：古代传说中善驾马的人，他曾为周穆王驾车，巡行天下。操：驾驭。
⑧迁逡qūn次：迁，移动，前进。逡次，逡巡，徘徊不前。勿驱：不要驰骋，也是缓行之义。假日：用些时间。须时：等候时机。
⑨嶓冢bōzhǒng：山名，在今甘肃天水、礼县间，漾水所出。为秦人始封地。隈wēi：弯曲的山坳。与：以。纁xūn黄：黄昏。日落时赤黄色，称为曛，曛通“纁”。期：时间。

译文

高辛氏神气充盛，玄鸟为他将媒人当。想改变志节顺从流俗，有违初志心中愧惭。多年来一直遭灾受难，我心中无比愤懑。我宁可忍耐直至年迈，怎能轻易将志节改变！明知以前的道路走不通，我还是坚持我的志度。车虽倾覆马也颠仆，我依然走我认定的道路。套好骏马我继续前进，请造父替我执辔操持。从从容容不急不躁，姑且逍遥等候时机。径直指向嶓冢山之西，黄昏时刻将到达那里。

开春发岁兮，白日出之悠悠[①]。吾将荡志而愉乐兮，遵江夏以娱忧[②]。揽大薄之芳茝兮，搴长洲之宿莽[3]。惜吾不及古人兮，吾谁与玩此芳草[4]。解萹薄与杂菜兮，备以为交佩[5]。佩缤纷以缭转兮，遂萎绝而离异[6]。吾且儃佪以娱忧兮，观南人之变态[7]。窃快在其中心兮，扬厥凭而不竢[8]。

注释

①开：开始。发：发端。均指起始。悠悠：犹迟迟，形容春天日长。《诗经·豳风·七月》："春日迟迟，采蘩fán祁祁。"迟迟，同"悠悠"。

②荡志：放纵自己的心志。遵：沿着。娱忧：排遣忧愁，使心志得到快乐。

③揽：采摘。大薄：大片丛林。茝chǎi：即白芷，香草。搴qiān：拔取，楚方言词。宿莽：又名卷葹、不死草。宿莽为楚方言词，楚人把冬生草称为宿莽。

④不及：赶不上。古人：指古代的圣贤。"吾谁与玩"即"吾与谁玩"，倒装。玩：鉴赏。

⑤解：折取。萹薄：成丛的萹蓄，喜生道旁，可入药。交佩：左右佩戴。

⑥缤纷：繁多。萎绝：枯死。缭转：缭乱。离异：抛弃。

⑦南人：南夷之人。变态：即异态，南方的苗蛮，装束举止与汉人不同，故称为"变态"。

⑧扬：扬弃，抛弃。厥：其。凭：愤懑。不竢：同"不俟"，不等候之义。

译文

新年新春新气象，阳光明媚暖洋洋。我将纵情去游乐，沿着江夏排遣忧伤。在原野上采撷芳芷，在水洲中摘取宿莽。可惜和前贤生不同时，谁能和我共赏群芳？折取萹蓄和杂菜，做成花环两边佩戴。左缠右绕色彩缤纷，可惜枯萎只得抛开。我姑且逍遥把忧愁舒解，观赏南人们特殊的体态。我暗自在心中快快乐乐，把愤懑从心底立刻抛开。

芳与泽其杂糅兮，羌芳华自中出①。纷郁郁其远蒸兮，满内而外扬②。情与质信可保兮，羌居蔽而闻章③。令薜荔以为理兮，惮举趾而缘木④。因芙蓉而为媒兮，惮蹇裳而濡足⑤。登高吾不说兮，入下吾不能⑥。固朕形之不服兮，然容与而狐疑⑦。广遂前画兮，未改此度也⑧。命则处幽吾将罢兮，愿及白日之未暮也⑨。独茕茕而南行兮，思彭咸之故也⑩。

注释

①芳与泽：芳指芳香之物。泽，污垢。杂糅：混杂。糅，同“揉”。芳华：香气。

②纷郁郁：指香气浓郁。远蒸：远播、远扬。

③情与质：真情，品质都是内在的东西。居蔽：居于偏僻之处。闻章：名声彰显。

④薜荔 bìlì：香草名，即木莲。理：媒人。举趾：抬脚。缘木：爬树。薜荔附于树木而生，故令其为理需爬树以求之。

⑤因：用。蹇：通“褰 qiān”，提起。蹇裳即提起衣裳。濡足：湿脚。芙蓉长于水中，求之必濡足。

⑥不说：即不悦，不喜欢。不能：做不到。

⑦朕形：我的身体。形：形体。不服：不习惯。容与：徘徊。狐疑：疑惑。

⑧广遂：普遍实现。前画：以前确定的规划。此度：意见、态度。

⑨处幽：居于幽僻之处，指流放汉北。罢：同“疲”，疲惫。未暮：天未黑，此喻人尚未老迈。

⑩茕qióng茕：孤独。彭咸：传为殷代贤人，进谏不听，投水而死。故：故事。

译文

香物和污垢总是混合一块，花的芳香从中挥发出来。香气浓郁自然向外散发，积淀深厚就会名扬四海。只要表里如一长保诚信，虽居偏远而声名播开。想让薜荔为信使，又害怕抬腿去爬树。想请荷花去做媒，又担心下水把脚泡湿。登高我并不喜欢，下水我更不情愿。我生来就不习惯这样做，因此徘徊不定困惑不安。努力实现既定的目标，保持自尊不卑不亢。命运摆布使我疲惫不堪，只希望在黄昏前还会改变。孤独无依向南行走，只因心中有彭咸作为榜样。

评析

明汪瑗在《楚辞集解》中以为：“此篇作于《哀郢》之后无疑也。虽不可考其所作之年，要之在襄王之时而非怀王之时则可必也。”郭沫若也将此篇定于顷襄二十年时作(《屈原研究》)，似皆未能仔细体会诗意所致。本篇题义已明，作者虽遭受“历年离愍”，自以为“命则处幽吾将罢兮”，但还怀一线希望“愿及白日之未暮”，能够重新和所思美人“广遂前画”，共图国事。可知还未及暮年。“白日之未暮”正是尚未及至暮年之明证。况且作品中在劝诫楚王应当吸取“前辙之不遂”和“车既覆而马颠”的教训之后，他还设想要与王共图大事：“勒骐骥而更驾兮，造父为我操之。迁逡次而勿驱兮，聊假日以须时。指嶓冢之西隈兮，与纁黄以为期。”关于这一段，王夫之解释说：“怀王听张仪之邪说，为秦所诱执，如纵辔驰驱以致倾覆。愿顷襄惩前败而改辙，已将授以固本保邦待时而动之策，如操辔徐行，审端正术，则可以自强而待强秦之敝。……深谋定虑以西捣其穴，至于嶓冢。虽未可卒图，而黄昏不为迟暮，此与岳鹏举直捣黄龙之志同。”将此段中谓劝顷襄王改为劝怀王，也是合适的。怀王后期，秦楚交战中，楚已多次兵败地削，险象迭现，因此，屈原这时劝告怀王改弦易辙，共图大业，尚不为迟。

本诗中，和《离骚》《抽思》等篇相同，采用以男女喻君臣的比喻象征手法，也一再叹息自己“媒绝路阻”，他“寄言浮云”“致辞归鸟”“令薜荔以为理”“因芙蓉而为媒”，采用的艺术手法，确和《离骚》颇相似，连他自己“揽大薄之芳茝”“搴长洲之宿莽”等以香草、美人为喻，都可以看出和《离骚》的密切联系。有人据此否定本诗是屈原的作品，以为后人摘袭《离骚》诗句敷衍成篇，实在毫无说服力。

姜亮夫认为：“这篇文章的主要思想倾向并不是消沉想死，而是奋发向上的。”(《楚辞今绎讲录》）这个看法是正确的。屈原被放，心中忧郁愁苦，但他一再地向“美人”传送信息，以求彼幡然悔悟，去旧图新，这是他作诗的目的。当然,长期得不到重新任用的消息,他未免焦躁不安,但这种情绪,与晚年的作品大相径庭,读者可细细加以体会。

惜往日

题解

《惜往日》的命题同于《思美人》,取自首句中的前三字。从题名可以比较清楚地知道诗篇的内容，那就是追述与回忆往日之事。全诗主要写自己与楚王之间往日的关系，从信任至被疏以及自己最后不得不以死殉国的经过，痛惜楚王不能识别忠奸，误信谗言，而使国家未能走上健康发展的轨道。

对这首诗争论的问题较多。首先是关于此诗是否为屈原所作问题。南宋的魏了翁即已怀疑《惜往日》和《悲回风》两首为伪作，理由是诗中提到并称赞了伍子胥，而伍子胥是领着吴兵攻楚,破郢都,以报家仇的,因此是楚之“国贼”,屈原为楚宗室，不应称赞伍子胥。因此怀疑是宋玉、景差之徒为吊屈原而作的。这是道学家的见解。此后清代曾国藩、吴汝纶等也提出怀疑，认为从文辞上看“不类”屈作。吴汝纶说：屈原作品“他篇皆奇奥，此则平衍而寡蕴，其隶字不能深醇”等。近人则认为诗中的称呼（如“贞臣”等）不似屈原口吻。这些怀疑理由不足，未能令人信服。其次，作家在创作中所写的文字很难衡量其是或非。蒋骥认为，“《九章》唯此篇最简易。非徒垂死之言，不暇雕饰，亦欲庸君入目而易晓也”(《山带阁注楚辞》)，是有道理的。

从诗篇的具体内容看，《惜往日》不可能是一篇伪作，相反，它是一篇对认识与了解屈原生平、思想的十分重要的诗篇。诗中比较详细地写出了他与楚王之间发生的各种复杂关系，这些在屈原的其他诗中虽也有写及，但都不及此诗之详细与明确。尤其诗中写到了为外人所不知的“秘密事”，与《史记》所载的怀王要屈原“造为宪令”之事也可互相参证，这些情况，非外人可以任意编造出来的。因此轻易断此篇为伪作显然不妥。

此诗的创作地点争议不大，为屈原放于江南时的作品。在创作时间上则颇有争议，有的认为作于《涉江》《哀郢》之前，有的则认为是屈原的绝笔之作。今人持后一种观点的较多，原因是诗中写到了“临沅湘之玄渊兮，遂自忍而沉流”“不毕辞而赴渊兮，惜壅君之不识”等，显然，这是作者临死前写下的诗篇，因此把它定为继《怀沙》之后写下的绝笔诗，理由是比较充分的。尤其是许多人注意到诗中对楚王的态度与过去不同，称之为“壅君”，从这里看出屈原临死前“忠君”思想发生很大的转变，并以死表示了与昏庸的楚王的最后决裂。当然，这时的楚王已是顷襄王，他大概从来就没有和屈原有什么交情，只是将屈原一迁再迁，让他终于走上绝路，所以屈原在其后半生的创作中，已不再以“荪”“美人”这类美称来指顷襄。

惜往日之曾信兮，受命诏以昭诗[①]。奉先功以照下兮，明法度之嫌疑[②]。国富强而法立兮，属贞臣而日娭[③]。秘密事之载心兮，虽过失犹弗治[④]。心纯庬而不泄兮，遭谗人而嫉之[⑤]。君含怒而待臣兮，不清澈其然否[⑥]。蔽晦君之聪明兮，虚惑误又以欺[⑦]。弗参验以考实兮，远迁臣而弗思[⑧]。信谗谀之溷浊兮，盛气志而过之[⑨]。

注释

①曾信：曾受信任。命诏：君王的诏令。昭诗：据洪兴祖之《楚辞考异》，今皆作“昭时”，昭告于世，此指屈原曾起草宪令之事。一说仍应作“昭诗”，指屈原曾受怀王之命，创作祭祀鬼神的《九歌》诗篇（游国恩《楚辞讲录》）。

②先功：前代功业。照下：照临下民。此句王逸《楚辞章句》注：“承宣祖业，以示民也。”

③属zhǔ：通“嘱”，托付。贞臣：忠臣。娭xī：同“嬉”，游乐，嬉戏。

④秘密事：当指怀王初时以国家变革重任委托屈原之事。载心：牢记于心。

⑤纯庬dūnmáng：又作“敦庬”，淳朴，厚道。

⑥然否pǐ：是非。

⑦蔽晦：遮蔽而使之昏暗不明。

⑧参验：比较考察，验证真相。

⑨盛气志：怒气兴盛。过之：责备。

译文

我痛惜往日曾受信任，亲受诏令让世道光明。承宣祖业以昭示民众，明定法度将是非分清。国家富强应依法治理，委政忠良便天下太平。秘密要事心中牢记，虽有过失并不严惩。我秉性敦厚不泄机密，遇到谗人嫉妒在心。君王含怒以待臣下，不将是非曲直分清。谗言蒙蔽了君王的耳目，谎言掩盖了事件的真情。没有审核事实的真相，将我流放远方不加思忖。相信谗言混淆是非，大发雷霆毫不留情。

何贞臣之无罪兮，被离谤而见尤①！惭光景之诚信兮，身幽隐而备之②。临沅湘之玄渊兮，遂自忍而沉流③。卒没身而绝名兮，惜壅君之不昭④。君无度而弗察兮，使芳草为薮幽⑤。焉舒情而抽信兮，恬死亡而不聊⑥。独鄣壅而蔽隐兮，使贞臣为无由⑦。

注释

①见尤：见罪。

②光景yǐng：日光月影，以日月运行喻时间。诚信：此指日月运行准确无误。

③玄：深。自忍：忍心。

④卒：终于。没身绝名：身名俱灭。壅君：受到壅塞不通之国君，即昏君，此指顷襄王。不昭：不明白。

⑤无度：心中无数。薮sǒu：草泽，薮幽为草泽深处。

⑥焉：安，如何。抽信：抒写诚信。恬：安静，恬然。不聊：不苟且偷生。

⑦鄣zhàng壅：障碍、阻塞。无由：无路。

译文

为什么明明无罪的忠臣，却遭受诽谤而无处容身！那些怕见日光月影的小人，我虽居荒野还得多加小心。对着沅湘中的深渊，我甘愿跳江流自沉。从此后身死而名灭，只可惜昏君难以觉醒。君王心中无数又不作细察，使香草在荒泽中掩埋腐朽。还有哪里能把衷情倾诉？我宁可安然死去不愿偷生。障碍重重我又僻居荒野，想忠贞报国怎么可能？

闻百里之为虏兮，伊尹烹于庖厨①。吕望屠于朝歌兮，宁戚歌而饭牛②。不逢汤武与桓缪兮，世孰云而知之③！吴信谗而弗味兮，子胥死而后忧④。介子忠而立枯兮，文君寤而追求⑤。

注释

①百里：百里奚，原为春秋时虞国贤大夫。晋灭虞而被俘。晋献公将他作为女儿陪嫁的小臣送往秦，他出逃时为楚人捉获。秦穆公知其贤，以五张羊皮将他赎回，委以国政，故有“百里奚，五羊皮”之说。伊尹：商汤的辅臣。奴隶出身，曾做过厨子。为有莘氏女儿陪嫁的小臣，商汤用为辅臣，助汤灭桀。

②吕望：吕尚，姓姜，名望，字子牙。他曾在殷都朝歌当过屠夫，鼓刀而歌，后钓于渭水之滨而遇文王，拜为太师，佐周文、武王兴周灭商，封地于齐，俗称姜太公。朝歌：在今河南淇县。宁戚：

春秋卫人，曾为商贩往齐，宿于都门外，边喂牛边叩牛角而歌，为齐桓公所闻，载而归，拜为客卿。

③汤武：商汤王、周武王。桓缪：齐桓公和秦缪（即穆）公。孰云：谁说。

④吴信谗：指吴王夫差听信谗言。弗味：不加体察。子胥：伍子胥，曾帮助吴国兴盛，击败楚国和越国，为太宰伯嚭pǐ所谗，被迫自刎而死。后忧：吴后为越所灭，故言后忧。忧，亡国之忧。

⑤介子：即介子推。春秋时晋人，曾随晋公子重耳出亡十九年，忠心耿耿护卫。重耳归国后立为晋文公，赏从者，未及介子推，介子推也不肯自言其功受赏，与其母隐居绵山。晋文公令人烧山以求之，介子推抱树而死。立枯：指抱树被烧死。文君：晋文公。寤：醒悟。

译文

听说百里奚当过俘虏，伊尹也曾当过司厨。姜太公在朝歌做过屠夫，宁戚边喂牛边感慨而歌。假如不遇汤武和桓缪，世上谁知他们的才智？吴王听信谗言不加思量，逼死伍子胥国家遭殃。介子推尽忠却烧死荒山，晋文公醒悟后急忙寻访。

封介山而为之禁兮，报大德之优游[1]。思久故之亲身兮，因缟素而哭之[2]。或忠信而死节兮，或訑谩而不疑[3]。弗省察而按实兮，听谗人之虚辞[4]。芳与泽其杂糅兮，孰申旦而别之[5]？何芳草之早殀兮，微霜降而下戒[6]。谅聪不明而蔽壅兮，使谗谀而日得[7]。

注释

①封介山：介子推被烧死后，晋文公十分伤心，为纪念介子推，将绵山改名介山，禁人采樵。大德：大的恩德。介子推忠心耿耿，在随重耳逃亡国外时，因途中缺粮，介子推割股肉献给晋文公食用，故有大德于晋文公。优游：德行隆盛。

②久故：往昔。亲身：贴身、亲近的人。缟素：指晋文公身穿白色丧服悼念介子推。

③訑谩dànmán：欺诈。

④省xǐng察：考察。按实：循名考实。

⑤申旦：天天，反复。

⑥殀：同“夭”，早殀即早死。戒：警戒。

⑦谅：确实、实在。聪不明：不聪明。

译文

封赐介山禁人采樵，以示报德不忘旧好。想起当年患难与共，披麻戴孝泪流滔滔。有的人忠信守节而死去，有的人说谎欺诈受重用。不据实考察把真相搞清，听谗人胡说混淆视听。芳香和腐臭总是混作一团，哪里找慧眼区别分明？为什么芳草总过早衰败？寒霜已降还不知警醒。君王两耳不聪受蒙蔽，让谗佞日益得到信任。

自前世之嫉贤兮，谓蕙若其不可佩[1]。妒佳冶之芬芳兮，嫫母姣而自好[2]。虽有西施之美容兮，谗妒入以自代[3]。愿陈情以白行兮，得罪过之不意[4]。情冤见之日明兮，如列宿之错置[5]。乘骐骥而驰骋兮，无辔衔而自载[6]。乘氾泭以下流兮，无舟楫而自备[7]。背法度而心治兮，辟与此其无异[8]。宁溘死而流亡兮，恐祸殃之有再[9]。不毕辞而赴渊兮，惜壅君之不识[10]。

注释

①前世：往世，自古以来。

②佳冶：美好艳丽，此指美女。嫫mó母：丑女，传为黄帝之妃，相貌丑陋。此为丑女之代称。姣：妖媚。

③西施：春秋时越国有名的美女，能歌善舞。越王勾践将她献给吴王夫差为妃，使之不理国政，导致吴国对越丧失警惕。

④白行：说明真相。

⑤情冤：即冤情。见xiàn：通“现”，明显。列宿xiù：星宿。错置：错落有序地排列。

⑥自载：指不配齐马缰和马嚼让它随意奔驰。

⑦氾泭fànfú：同“泛桴”，楚方言。以竹木编成的筏子称为“泭”，因浮于水，故称“氾泭”。自备：同“自载”之意，指泛筏于水中，不备篙桨而让它随意漂流。

⑧心治：即今所称之“人治”，与“法治”相对立。辟：通“譬”，比喻。

⑨溘kè：忽然，迅速。

⑩毕辞：将话说完。赴渊：投入深渊。

译文

自古贤人总遭受嫉妒，他们说兰蕙和杜若不可佩身。嫉妒美人的芳香和风采，嫫母搔首弄姿忸怩作态。纵然有西施的美貌绝伦，谗妒者千方百计谋求自代。我要将真相一一陈述，我获罪实在是意外之至。这冤情一天比一天清楚，就像天上的星宿错落有致。想驾起骏马纵横驰骋，却不肯事先配好缰绳。想乘木筏下行险滩，却不准备划船的桨。违背法度随心所欲，和上面情形有什么两样？我宁可速死随水漂去，只恐怕再次遭遇祸殃。言辞未尽我投身深渊，只可惜昏君不明真相。

评析

本篇为研究屈原生平的重要史料。据《史记·屈原列传》载，屈原为怀王左徒时，怀王曾对他十分信任，“入则与王图议国事，以出号令；出则接遇宾客，应对诸侯”。其后，又“使屈原造为宪令”，以图在政治上革故鼎新。然而他因此而遭到谗言，“王怒而疏屈平”。这段历史史实，在屈原的其他作品中仅有带比喻象征性质的暗示，而无明确的叙写。此诗则开门见山，用明晰的语言将他当日与怀王之间的一段隐情和盘托出：

> 惜往日之曾信兮，受命诏以昭时（一作诗）。奉先功以照下兮，明法度之嫌疑。国富强而法立兮，属贞臣而日娭。秘密事之载心兮，虽过失犹弗治。

这段描写，形象地把当初屈原在政治舞台上发挥重要作用的内容——“明法度”这一事实加以披露，这和《列传》中所言“造为宪令”“图议国事，以出号令”相互印证。同时，他以愉快的心情回忆了当初受信任时的程度之深。如果没有读过《惜往日》这首诗，我们将对屈原其他作品中对怀王的态度感到不易理解，既然那么昏庸的国王，为什么还一再向他“致辞”，用“美人”“荪”等美称来称呼他，况且受到那么大的委屈还时时不忘欲反。

其次，便是屈原的政绩了。这首诗开头就写到“明法度”的问题。在战国时期，各国为了富国强兵，相继进行变法，楚国在楚悼王时，曾任用著名法家吴起进行变法，在很短的时间内国富兵强，然而，由于楚悼王过早去世，使变法中断。从吴起变法失败到怀王执政，屈原用事，不过四十馀年时间，这时各国变法之风更盛，因此，他们所计议中的立法问题，其内容可想而知。本诗开头提到立法则国强，结尾指出背法度则遭殃：“乘骐骥而驰骋兮，无辔衔而自载；乘氾泭以下流兮，无舟楫而自备。背法度而心治兮，辟与此其无异。”钱澄之在《屈诂》中说：“《惜往日》者，思往日王之见任而使造为宪令也。始曰‘明法度之嫌疑’，终曰‘背法度而心治’，原一生学术在此矣。楚能卒用之，必且大治；而为上官所谗，中废其事，为可惜也。原之惜，非惜己身不见用，惜己功之不成也。”这一见解是十分精辟的。

《惜往日》中写到的内容，点破了屈作中的许多难解的问题，为了解屈原的生平和楚国当时的政治环境等提供了可靠的第一手材料。这些问题，应该说，都属非他人所能知、所能道出的秘密。

《惜往日》全诗结构谨严。林云铭在《楚辞灯》中说：“以明法度起头，以背法度结尾，中间以‘无度’两字作前后针线，此屈子将赴渊，合怀王顷襄而痛叙被放之非辜，谗谀之得志，全在法度上决人才之进退，国势之安危。”作品以痛惜的心情描写这一变革的失败，读者也以惋惜的心情看待这一历史悲剧。因此，本诗不仅在当时有警醒世人的作用，即使到现在，也依然有其深刻的借鉴意义。

橘　颂

题解

《橘颂》即是对橘树的颂歌。洪兴祖在《楚辞补注》中说："美橘有是德，故曰颂。"朱熹在《楚辞集注》中释"受命不迁"时说："《记》（即《考工记》）所谓'橘逾淮而北为枳'也。旧说（即王逸说），屈原自比志节如橘，不可移徙是也。"这两段话将篇意、题义均说得十分明白。

南方楚地，是盛产柑橘的地方，先秦典籍多有记载楚国柑橘之美盛。《吕氏春秋·本味篇》："橘之美者，江浦之橘，云梦之柚。"《汉书·货殖列传》也记载："江陵千树橘，与千户侯等。"江陵即楚故都纪南城所在处。

关于《橘颂》的创作时间，王逸以来的注家均认为作于顷襄时，在流放地"触目所见，借以自写"（林云铭《楚辞灯》），蒋骥甚至认为诗中"殆亦近死之音矣"（《山带阁注楚辞》）。近之游国恩则以篇中有"生南国兮"句，说："似乎这橘树就是屈原在江南途中所见，所以《橘颂》这篇短短的咏物诗也很可能是再放时所作。"（《楚辞论文集》）其实，南国即楚，相对中原各国而言。自明代的汪瑗开始对此说提出怀疑，他说："此篇乃平日所作，未必放逐之后之所作者也。"（《楚辞集解》）清之学者姚鼐更具体地说："鼐疑此篇尚在怀王朝初被谗时所作，故首言'后皇'，末言'年岁虽少'，与《涉江》'年既老'之时异矣，而闭心自慎之语，又若以辨释上官所云'每一令出，平伐其功'之为诬也。"(《古文辞类纂》卷六十二《辞赋类》)今人大都认为此篇为屈原早年之作。其理由一是作品的内容充满奋发的精神和生气勃勃的景象，无明显的悲愤感情；二是诗用四言句式，说明作者早年创作明显地受到《诗经》的影响；三是诗中有"年岁虽少，可师长兮"等句，因本篇也是作者的自我写照，故创作时年纪不会很大。

但是，《橘颂》与屈原在政治上的失意并非毫无关系。古人赋诗，如同今人的创作一样，都是有感而发。屈原之所以反复赞美橘树"受命不迁，生南国兮"，可能是受到一定的刺激，使他感到楚国政治环境险恶，所以，才巧妙地通过颂橘来表达自己"深固难徙，更壹志兮"的坚定信念。

而根据此诗较轻松的情调，又不像是作者长期受打击在悲愤交集感情的支配下创作的作品。陈子展先生指出：《橘颂》最后一句话说，"行比伯夷，置以为像兮"，是"作者透漏了他辩诬自白的严正的态度，可知这时他……已经遇到了谗言诬蔑，也就颇有'发愤'的一点念头了"(《九章解题》)。这种看法是很有道理的。从以上分析看，说明《橘颂》的创作时间，应是在诗人任怀王左徒时所作。

后皇嘉树，橘徕服兮[①]。受命不迁，生南国兮[②]。深固难徙，更壹志兮[③]。绿叶素荣，纷其可喜兮[④]。

曾枝剡棘，圆果抟兮[5]。青黄杂糅，文章烂兮[6]。精色内白，类任道兮[7]。纷缊宜修，姱而不丑兮[8]。

注释

①后皇：后指后土，皇为皇天，这是对天地的尊称。嘉：同“佳”，美之意。徕：同“来”。服：习惯。

②不迁：不能迁移。古有橘在淮南则为橘，淮北则为枳zhǐ的说法。南国：指当时的楚国。

③深固：指根深蒂固。壹志：志向专一。

④素荣：白色花朵。纷：纷然茂盛。

⑤曾：通“层”。剡yǎn棘：锐利的刺。抟tuán：同“团”，圆圆的形状。

⑥文章：文采。烂：灿烂。

⑦精色：色泽纯粹。内白：橘肉之色清白。类：类似，像。任道：担当道义。这是以橘喻人，王逸《楚辞章句》注：“言橘实赤黄，其色精明，内怀洁白。以言贤者亦然，外有精明之貌，内有洁白之志，故可任以道，而事用之矣。”

⑧纷缊yūn：茂盛。宜修：修饰合体。宜，合适。姱kuā：美好。丑：丑恶，这里指没有缺点。

译文

皇天后土的嘉美之树，橘降临到了这里。禀受天意不可迁离，生长于南方之地。根深蒂固，难以移徙，志向坚定，一心一意。片片绿叶，朵朵白花，纷繁茂盛，令人欣喜。繁枝层层，布满棘刺，圆果团团，挂满树枝。绿色与黄色杂糅，多么绚丽多姿！皮色精纯，果肉洁美，有如君子，表里如一。郁郁葱葱，修饰合宜，出类拔萃，美妙无比。

嗟尔幼志，有以异兮[①]。独立不迁，岂不可喜兮[②]。深固难徙，廓其无求兮[③]。苏世独立，横而不流兮[④]。闭心自慎，不终失过兮[⑤]。秉德无私，参天地兮[⑥]。

注释

①嗟 jiē：赞叹词。幼志：自幼就有的天性。有以异：与众不同。

②独立：傲然独立。

③廓 kuò：旷达。

④苏世：醒世，即众人皆醉我独醒之意。横：横断，横绝，喻特立独行。不流：不顺从流俗。

⑤闭心：固守内心，不受外界干扰。自慎：自我约束。不终：一作“终不”，即始终。失过：过失。

⑥秉：持。参天地：与天地相合。参：合，配。

译文

幼立奇志，令人赞誉，与众不同，品质优异。超然独立，不改志趣，情真意切，使人爱喜。根深本固，不可变易，胸怀宽阔，无求无欲。远离浊世，独立不倚，横立自重，不随波流徙。闭心去欲，谨慎自持，善始善终，毫无过失。保持美德，大公无私，品行高尚，参配天地。

愿岁并谢，与长友兮[①]。淑离不淫，梗其有理兮[②]。年岁虽少，可师长兮[③]。行比伯夷，置以为像兮[④]。

注释

①岁：岁月。谢：逝。

②淑离：淑，善。离，通“丽”。均训美好。不淫：没有受淫惑。梗：主干。理：纹理。

③可师长：可以当师长，供学习。

④行：品行。伯夷：商末孤竹君之长子，与弟叔齐推让国君之位，双双出逃。武王伐纣，兄弟俩以为不当以臣伐君，耻食周粟，饿死。后人认为他们是品行高洁的贤士。像：榜样。

译文

同心并志，一起成长，此心不改，长保友谊。既善且美，不受淫惑，主干正直，纹理明晰。年岁虽少，行有法则，可为师长，事之不渝。品行过人，可比伯夷，树为榜样，终生学习。

评析

本诗虽短，却是我国古代的咏物诗之祖，在我国诗歌史上具有重要的地位。刘勰在《文心雕龙·颂赞》中说：“及三闾《橘颂》，情采芬芳，比类寓意，又覃及细物矣。”高度评价了本诗的美学价值和在创作方面的贡献，指出正是屈原把专用以歌功颂德的“颂”诗发展到咏物之作，开了后代咏物诗、赋之先河。

作为最早出现的咏物诗,《橘颂》在艺术上所达到的成就是惊人的。作者在诗中一开头就揭示出橘之所以值得赞颂的最主要原因。“受命不迁,生南国兮;深固难徙,更壹志兮。”正是这种特质,使橘树获得“后皇嘉树”这样崇高的不同于凡树的美名,当然,也是这种特性和屈原抱定的宗旨——永远留在祖国,为实现美政理想而至死不渝的决心产生了某种共鸣,因此他要写这样一首颂诗。然而,作者又不将这种深层的意义直叙出来,而是用艺术的手法,从“绿叶素荣”,到“姱而不丑兮”,先对橘树的各个方面作了细致的描绘。他的这段描写,令后人拍案叫绝。洪亮吉在《北江诗话》中就说:“体物之工,后人有未及前人者。即如咏橘诗亦多矣,《橘颂》以十六字括之曰:‘曾枝剡棘,圆果抟兮。青黄杂糅,文章烂兮。’只四语,而枝叶蒂干花实形状彩色并出,后人从何处著笔耶?”

在写完橘树外表之后,作者又着重描写橘树的丰富的内涵,挖掘其超乎凡树的品性:独立不迁、深固难徙、苏世独立、闭心自慎、秉德无私。这种品德,作者赞之曰“参天地兮”,小小的橘树,居然可与天地相配,确实高到无以复加的地步!

《橘颂》具有很高的审美价值。在先秦时期,普遍流行着“比德”的美学思想,它是这一时期人的自然美的审美观。它的基本内涵是:自然美之所以美,在于它对人的品德具有象征的意义,孔子说:“岁寒,而后知松柏之后凋也。”荀子即由此而联系解释为“君子”的诸种美德。诸子作品中,也有不少这类比喻,如《老子》中,多次以水的品行喻以柔克刚等。屈原作品中,大大发展了这种“比德”的美学思想,扩大了其范畴,从《九歌》《离骚》《九章》的大量作品中，都可以看到他用各种香洁的花草树木比喻品格之高尚和不受尘俗的污垢，用美玉比喻品格之坚贞。而《橘颂》则通篇以橘树作比，可说是达到了“比德”审美思想的高峰。从这一角度看，我们也可以说，屈原正是继承了我国古代传统美学思想的精华并加以发展、提高，使之达到自觉的成熟的新阶段。

这首诗的字句并不艰深，但古来理解不一。有的认为诗前半段写橘树，后半段写人，即是屈原写自己。此等看法似乎不妥。因为在诗的后半段，虽然是写了“廓其无求”“横而不流”“闭心自慎”“秉德无私”等品格，仿佛应是写人。其实，这主要是作者采用拟人化的艺术手法，他把橘树看成一个完整的美好的人物形象，可作为学习的榜样。认为它“可师长”和“与长友”，所以在语言使用上，使人产生下半段是写人的误解。实际上，全诗自始至终未脱离橘树的特点。其幼志与众不同，无非分之求，它那横而不流的品德，都是从“受命不迁，生南国兮”这一橘树特性引申出来的。“闭心自慎，不终失过”，是从橘树果实的特点：橘皮紧包，“精色内白”的内质这一点引申出来的。“秉德无私，参天地兮”，是从橘树的经济价值，对人类的贡献引申出来的。“淑离不淫，梗其有理兮”，是从橘树的形态、色彩引申而来的。因此可以说这首诗通篇写橘。然而，由于这种写橘采用的是拟人的手法，必然寄寓作者深厚的感情。尤其是作者把橘树描写成完美的艺术形象，这就寄托了作者对高尚人格美、艺术美的追求，寄托作者的理想。此作把物我融为一体，鬼斧神工，毫无痕迹，所以林云铭《楚辞灯》中说：“看来两段中，句句是颂橘，句句不是颂橘，但见原与橘分不得是一是二，彼此互映，有镜花水月之妙。”此论颇有见地。

悲回风

题解

在《九章》中，《悲回风》是一篇风格奇特的作品。《九章》一组作品中，除《橘颂》是咏物诗外，大多数诗中都是描写作者一定时期的行踪、事迹和感情的，抒情中夹杂较多叙事的成分，从而成为我们了解屈原生平事迹的可贵的材料。而《悲回风》则与他篇不同，诗中没有叙事的成分，全为作者内心感情的独白。诗的后半部分，作者“思接千载，视通万里”，展示了一幅浩渺无际的意境，而作者的全部身心皆融入这大自然的广漠境界之中，从而使全诗如同《离骚》那样，充满着强烈的浪漫主义气氛。

《悲回风》的篇名也是取自诗篇首句，作者见“回风之摇蕙”，由物及人，联想到美好事物因遭受暴力摧残而毁灭，内心感伤，所以写诗以抒情。《悲回风》三字虽取于篇首，却也能概括诗的内容。

由于诗篇没有写明时间地点，因此，人们颇有争议，但一致认为是屈原晚年的作品。其争论点主要在于此诗是否为屈原的绝笔之作。王夫之、王闿运认为此诗作于后期，是作者绝笔之作。王夫之在《楚辞通释》中说，《悲回风》“盖原自沉时永诀之辞也，无所复怨于谗人；无所兴嗟于国事，既悠然以安死，抑恋君而不忘，述己志之孤清，想不亡之灵爽，合幽明于一致，韬哀怨于独知……”这是从体会诗中感情推导出来的。目前多数人同意此诗为屈原后期的作品，但非绝笔，可能作于他投江前一年的秋天。这种看法比较合理。因为此诗中充满了悲伤的气氛与绝望的情绪，诗的后一部分中的想象之词，可说是作者情绪的一种自我解脱，可知已离作者自沉时间不远了。

悲回风之摇蕙兮，心冤结而内伤①。物有微而陨性兮，声有隐而先倡②。夫何彭咸之造思兮，暨志介而不忘③！万变其情岂可盖兮，孰虚伪之可长④！

注释

①回风：旋风。王逸称为“飘风”（《楚辞章句》），朱熹注为“旋转之风”（《楚辞集注》）。

②物有微：本句解释众说纷纭。物当指蕙草。有为语助词，无意义。微：通“徽”，善、美，《尔雅》：“徽：善也。”姜亮夫以为微为“嫐”之假借，嫐训为美（《重订屈原赋校注》）。陨yǔn性：失去生命。声：指回风。隐而先倡：指狂风由隐微而起。宋玉的《风赋》正写了风起于青萍之末而后渐渐增大，直至拔树伐木的过程。

③彭咸：传说为殷贤臣，谏君不听，投水而死。造思：追思。暨：及。志介：志节，志向节操。

④盖：掩盖，遮盖。

译文

可恶的旋风摇动柔弱的香蕙，我的内心充满郁结和悲伤。美好的事物遭摧残而失去本性，隐微的声音预示狂飙震撼。我为什么如此把彭咸思念，因为他高尚的志节令人难忘！纵然是千变万化，真情岂能遮盖，虚伪的言行，又怎能长久掩藏！

鸟兽鸣以号群兮，草苴比而不芳①。鱼葺鳞以自别兮，蛟龙隐其文章②。故荼荠不同亩兮，兰茝幽而独芳③。惟佳人之永都兮，更统世而自贶④。眇远志之所及兮，怜浮云之相羊⑤。介眇志之所惑兮，窃赋诗之所明⑥。

注释

①号群：呼叫同类结群。草苴chá：生草叫草，枯草叫苴。比：合并。

②葺qì：整洁、修饰。自别：显示自异于众。文章：文采，花纹。

③荼tú：苦菜。荠jì：香菜。

④惟：只有。佳人：美人，当为屈原自喻。都：美好，永都即永保其美。更：经历。统世：历代，世世代代。贶kuàng：通“皇”，美大，光明。

⑤眇远志：高远的志向。眇，通“渺”，遥远。相羊：徘徊。

⑥介眇志：即眇志介，高远的志向。所惑：迷惑不解。窃：私下。

译文

鸟兽鸣叫，是要聚集同伴，鲜草与枯草掺和，怎能有芳香。众鱼修饰其鳞自我炫耀，蛟龙深潜水底将文采隐藏。苦荼和香荠不在同块土地生长，兰芷独在幽僻的山野散放芬芳。只有佳人始终保其姣好，虽世代更替而更加漂亮。我志趣高远，可以上及云天，无人知我，有如天际浮云可怜。高远的志向世人不知，赋诗言志表明我的心愿。

惟佳人之独怀兮，折若椒以自处①。曾歔欷之嗟嗟兮，独隐伏而思虑②。涕泣交而凄凄兮，思不眠以至曙③。终长夜之曼曼兮，掩此哀而不去④。寤从容以周流兮，聊逍遥以自恃⑤。伤太息之愍怜兮，气於邑而不可止⑥。糺思心以为纕兮，编愁苦以为膺⑦。折若木以蔽光兮，随飘风之所仍⑧。

注释

①若椒：杜若和花椒，皆为芳香草木。

②曾：同“增”，增添。歔欷xū xī：哽咽，抽泣。嗟jiē嗟：叹息不止。

③凄凄：凄凉愁苦之状。

④终：整个。曼曼：通“漫漫”，喻夜之长。

⑤寤：醒来。周流：周游。自恃：自持，自娱。

⑥愍mǐn怜：怜悯。於邑：同“郁悒”，郁结，内心苦闷。

⑦糺jiū：同“纠”，纠结，缠绕。纕xiāng：腰间佩带。膺yīng：本义为胸，引申为护胸的紧身衣、背心。

⑧若木：神话传说中在日落处生长的神木。《离骚》中有"折若木以拂日兮"意同此。所仍：所之，所至。

译文

唯有美人独自愁思，采折香木以宽慰自己。长吁短叹抽泣不停，孤独隐处心中焦虑。泣涕交流愁苦凄凄，忧思难眠通宵至曙。长夜漫漫备受熬煎，哀思满怀难以止息。醒来姑且徘徊游荡，聊作逍遥自制自娱。感伤长叹自怨自怜，气郁结胸排除不去。将忧思缠绕成佩带捆在腰间，把愁绪结成紧身衣罩在胸前。折下若木枝把阳光遮挡，让狂风把我吹到地角天边。

存仿佛而不见兮，心踊跃其若汤[1]。抚珮衽以案志兮，超惘惘而遂行[2]。岁曶曶其若颓兮，时亦冉冉而将至[3]。薠蘅槁而节离兮，芳以歇而不比[4]。怜思心之不可惩兮，证此言之不可聊[5]。宁溘死而流亡兮，不忍此心之常愁[6]。孤子唫而抆泪兮，放子出而不还[7]。孰能思而不隐兮，昭彭咸之所闻[8]。

注释

①存：存在，即现实。踊跃：热水沸腾之状。

②珮衽 rèn：玉佩和衣襟。案志：即抑志，抑制自我的情绪。超惘 wǎng惘：超，通"怊"，怅恨。惘惘，迷茫。三字合为状语。

③曶 hū曶：同"忽忽"，迅走。颓：汤炳正认为通"隤 tuí"，原指山崩裂下坠之速，喻时光流逝之疾。一

说颓指衰败，指人将衰老。时：时限，即生命的终结。冉冉：渐渐。

④薠蘅 fánhéng：薠草和杜蘅，皆香草名。槁：枯槁。以：同“已”。歇：消，尽。不比：不同往昔。

⑤思心：思君之心。惩：受警戒而改变。不可聊：不可信赖。

⑥溘 kè死：速死，忽然死去。

⑦孤子：孤儿。唫 yín：即“吟”，叹息。抆 wěn：擦拭。放子：为父母弃逐而出亡的孩子。孤子、放子皆屈原自喻。

⑧隐：隐痛。昭：明白，知晓。一作“照”。

译文

眼前的一切仿佛一无所见，整颗心像沸水跳动不安。紧攥衣佩我强自镇定，神情恍惚我独自向前。岁月匆匆即将逝去，生命的时限也即将来临。薠蘅枯萎已枝节分离，花朵枯干香气将散尽。自怜痴心难以更改，现实已给我的话作了明证。我宁可速死随清流漂去，不堪忍受无尽的悲愁。孤儿擦着热泪在呻吟，弃儿四处流浪无家可归。想到这些谁能承受这隐忧，只因要遵从彭咸的作为。

登石峦以远望兮，路眇眇之默默[①]。入景响之无应兮，闻省想而不可得[②]。愁郁郁之无快兮，居戚戚而不可解[③]。心鞿羁而不开兮，气缭转而自缔[④]。穆眇眇之无垠兮，莽芒芒之无仪[⑤]。声有隐而相感兮，物有纯而不可为。邈漫漫之不可量兮，缥绵绵之不可纡⑥。愁悄悄之常悲兮，翩冥冥之不可娱⑦。凌大波而流风兮，托彭咸之所居⑧。

注释

①石峦：高山。眇眇：遥远。默默：静寂。

②景：景物。响：声音。无应：没有回应。景响无应意谓进入景物、声响都无反应的寂静。一说，景通“影”。闻省想：指听、看、思想。省：省察、审视。这两句诗，陈第在《屈宋古音义》中解释为：“山高路远，故影响俱无，而听视寂灭。”

③居：日常。戚戚：忧伤。

④鞿羁 jī jī：马缰与马笼头，用以约束马匹。这里用为心鞿羁，指心像被捆绑套紧一样难受。缭转：缭绕纠结。缔：结。

⑤穆眇眇：穆，深远，幽深。眇眇，同“渺渺”，辽阔。莽芒芒：莽，广阔。芒芒，同“茫茫”，混茫之状。无仪：无形。

⑥邈漫漫：道路悠长。原作“藐蔓蔓”，从洪兴祖《楚辞补注》一本改。缥绵绵：缥，缥缈，远。绵绵，长远。谓思绪连绵不断。纡 yū：意为萦绕，连接，但置于此句义不通。于省吾《泽螺居楚辞新证》认为：纡，通“虞”，意为度。则“不可度”与“不可量”相对成文。汤炳正在《楚辞今注》中则认为，“纡”，“当为‘扜 wū’之同音借字”，“扜”义为“引”，此处指“引而理之”，句义为“思绪纷繁难理”，二说均可通。

⑦愁悄 qiǎo悄：忧愁深重。《诗经》中有“忧心悄悄”，同此。翾：飞翔。冥冥：高远。

⑧凌：乘。流风：随风漂流。托：依。

译文

登上高山远望郢都，道路迢迢四野寂寞。无踪无影，也听不到回声，记忆中断，思绪一片茫然。愁闷积郁心中不快，忧思戚戚难以化解。心扉闭锁无法开启，气郁不畅缭绕纠结。举目渺渺无边无际，天地茫茫不见踪迹。秋声隐微而万物感应，物虽纯美却难施其力。路途遥遥不可计量，思绪绵绵难以数计。忧心惨惨无日无夜，魂游青冥也毫无乐趣。乘着波浪随风漂流，我将寻找彭咸的居地。

上高岩之峭岸兮，处雌蜺之标颠[①]。据青冥而摅虹兮，遂倏忽而扪天[②]。吸湛露之浮源兮，漱凝霜之雰雰[③]。依风穴以自息兮，忽倾寤以婵媛[④]。

注释

①雌蜺：又称副虹。雨后彩虹有两重，外层颜色鲜艳为雄虹，内层颜色稍淡者称雌蜺。标颠：顶端。

②据：依靠。青冥：青天。摅 shū：舒展，舒散。王夫之《楚辞通释》说：“摅虹，发气成虹也。”译文采王说。倏忽：急速，忽然。扪 mén：摸。

③湛：浓厚。浮源：露水又称“浮源”或“飞泉”。《楚辞·九怀·通路》：“北饮飞泉”。王逸《楚辞章句》：“吮

嗽天液之浮源也。”可证(参见汤炳正《楚辞今注》)。凝霜：凝结的霜。雰fēn雰：同“纷纷”，霜雪降落之状。

④风穴：风生之处。宋玉《风赋》中有“空穴来风”。穴，洞穴。倾寤：即“惊寤”，惊醒过来。婵媛：通“啴咺chánxuán”。楚方言词，惊恐喘息称为啴咺。

译文

登上峻峭的高岩之上，再飞向雌蜺的顶端。背靠青冥，气化长虹，忽然反身，抚摩着青天。吸饮甘露的精华，含漱清凉的凝霜。靠着风穴山我安然休息，猛然惊醒又喘息心慌。

冯昆仑以瞰雾兮，隐岷山以清江[①]。惮涌湍之礚礚兮，听波声之汹汹[②]。纷容容之无经兮，罔芒芒之无纪[③]。轧洋洋之无从兮，驰委移之焉止[④]。漂翻翻其上下兮，翼遥遥其左右[⑤]。氾潏潏其前后兮，伴张弛之信期[⑥]。

注释

①冯píng：通“凭”，凭借，依靠。岷mín山：即岷山，为岷江发源地，在今四川松潘北，延伸至甘肃边境。《尚书》中有“岷山导江”的记载，古人以为长江发源于岷山。岷山又是长江与黄河的分水岭。

②惮dàn：恐惧。涌湍：急流奔涌。礚kē礚：同“磕磕”，象声词，急流击石发出的声音。汹汹：象声词，

波涛翻滚之声响。

③容容：通“溶溶”，水流宽广。无经：无经纬的省文。无经纬即辨不清东西南北（东西向为经，南北向为纬）。罔：通“惘”，迷茫。芒芒：通“茫茫”。无纪：无纲纪之省称，无纲纪即无条理，无头绪。

④轧：波浪前后推压。洋洋：水势浩大。无从：不知所从。驰：奔驰、驰骋，指水流疾速。委移：河流蜿蜒曲折。

⑤漂翻翻：波涛翻滚起伏。翼：两翼，两侧。遥遥：即摇摇，摇动之状。

⑥氾 fàn：通“泛”。潏 jué 潏：水涌出之状。伴：伴随。张弛：潮涨潮落。信期：固定的时间。

译文

倚昆仑以俯视云雾，云遮雾障岷山和清江。激流磕磕惊心动魄，波声汹汹声震四方。江水纷纷无边无际，渺渺茫茫无纲无纪。浩浩洋洋不知所从，蜿蜒奔腾何处止息？波涛起伏忽上忽下，摇摇荡荡忽东忽西。泛滥喷涌忽前忽后，时涨时退遵守汛期。

观炎气之相仍兮，窥烟液之所积①。悲霜雪之俱下兮，听潮水之相击。借光景以往来兮，施黄棘之枉策②。求介子之所存兮，见伯夷之放迹③。心调度而弗去兮，刻著志之无适④。

注释

①炎气：热气。相仍：相伴。指炎气带着蒸发的水汽上升，称相仍。暑天在潮湿南方山地常可看到上升的水汽。所积：积聚，指烟云上升到空中凝结为云雨。

②光景：日光月影。施：使用。黄棘：《山海经·中山经》载，苦山有木名为黄棘，黄花圆叶，其实如兰。枉策：弯弯的马鞭。旧注或以为此指怀王二十五年与秦昭王会盟黄棘，实行错误的政策，此说与上下文意不协。

③介子：即介子推。春秋晋人，晋公子重耳之随从，回国后重耳即位，为晋文公。介子推不受爵禄，逃亡绵山上，文公火烧绵山逼其出山，介子推坚决不出，抱树而被烧死。所存：遗存。伯夷：商末孤竹君之长子，与其弟叔齐互让君位，奔依周文王。周伐商，伯夷叔齐耻食周粟，饿死首阳山。放迹：隐居的地方。一说“放迹”当作“故迹”，与“所存”相对。以上写屈原急于寻访先贤的遗迹。

④调度：计划，考虑。弗去：不能去怀，此指自己的信念。刻著：铭刻。志：志向，心志。

译文

观察火炎与蒸气相伴而生，窥视升腾的烟云在空中凝聚，悲叹霜雪同时降临，倾听潮声隆隆相击。我凭借日光月影往来天地，弯弯的马鞭用的是神木黄棘。我寻访了介子推的遗存，我发现了伯夷的足迹。细细思索难以忘怀，我已将决心铭刻心底。

曰：吾怨往昔之所冀兮，悼来者之悐悐[①]。浮江淮而入海兮，从子胥而自适[②]。望大河之洲渚兮，悲申徒之抗迹[③]。骤谏君而不听兮，重任石之何益[④]！心絓结而不解兮，思蹇产而不释[⑤]。

注释

①曰：即“乱曰”。悼：恐惧。悐tì悐：同“愓愓”，忧惧。

②江淮：长江与淮河。从：跟从。子胥：即伍子胥，伍子胥受谗被吴王夫差赐死后，尸首被抛入大江，漂流东海，灵魂化为波神。自适：顺从自己的意愿。

③大河：黄河。洲渚zhǔ：水中小块陆地，大者称洲，小者称渚。此当指申徒狄投河之处。申徒：申徒狄，殷末纣王之贤臣，屡次进谏，不为采纳，自投河而死。抗：通“亢”，高。亢迹即高尚的行为。

④骤：屡次。重任石：应从一本作“任重石”，即抱着石头自沉。指申徒狄抱石投河之事。《庄子·盗跖》篇载：“申徒狄谏而不听，负石自投于河。”《韩诗外传》也有同类记载。

⑤絓guà结：牵挂。蹇jiǎn产：曲折不伸。

译文

尾声：我抱怨昔日的期望落空，我对国家未来心怀忧惧。从江淮漂流而入东海，追随伍子胥顺我心意。遥望河中的小沙洲，悲悼高尚的申徒狄。屡次进谏不被采纳，抱石投河又有何益！心中牵挂难以解脱，愁思郁结如何消释！

评析

洪兴祖在《楚辞补注》中说："此章（指《悲回风》）言小人之盛，君子所忧，故托游天地之间，以泄愤懑，终沉汨罗从子胥、申徒，以毕其志。"这里所作的概括大体是不错的。

但是，为什么作者这时特别对季节产生敏感，一开头就大写悲秋情绪呢？历来注家都未说明。我们认为，应当联系当时大的社会背景和屈原个人经历两方面加以考察。从个人而言，作者遭受流放已久，身心受到严重摧残，因而悲愤欲绝，诗中对此作了具体而形象的描写。从国家而言，如果我们前面关于此诗创作时间的推测可以成立的话，那么，这时也正是楚国危在旦夕的时候。虽然郢都尚未陷落，但败局已定。顷襄十九年，秦将司马错攻楚，拔黔中郡（今湘西及黔东北），楚割汉北、上庸地和秦。顷襄二十年，白起攻楚，破鄢、邓、西陵。在鄢城，白起开长渠引水灌城，百姓被淹死者达数十万之多。这些情况，屈原不可能不知道。大兵压境，国势岌岌可危，在这种情况下，屈原怎能不悲恨相续呢？因此，这里屈原之悲，不独悲己，也是悲国家之命运。

在创作上，作品开头便很自然地以秋风摇蕙的凄凉景色起兴，触动内心的愁思，引起一连串的联想，从而把郁积于心中的悲哀真实而细腻地抒写出来，产生强烈的艺术感染力。这篇作品开了后代悲秋作品的先河，宋玉《九辩》开头的大段景色描写，不能不说是受本篇影响并加以发展的。

吴汝纶说得不错，本篇在描写上确实"文字奇纵"，尤其第四段魂游天地的描写，景色奇丽，想象是那样的奇特，尤其是观涛的一段描写，那样形象，那样逼真，在屈作中确独具异彩，宋玉之《高唐赋》、枚乘之《七发》中的有关段落描写，能说没有受到本篇的影响吗？陈本礼在《屈辞精义》中说："自'寤从容'以下，皆托言梦境。'登石峦'以下，心不忘郢，仍属魂游。自'倾寤'以下，尽言死后魂在波中漂荡之苦。"可谓独具慧眼之论。

本篇中大量运用双声叠韵的联绵词，又多用叠字，据刘永济说："《悲回风》篇，用联绵词至二十五句，正后世文人有心雕饰之证。"（《屈赋通笺》）联绵词和叠字使用得多，确为本篇突出的语言特色，然而，刘氏未能深究造成这种特色的原因。其实，屈原在其他作品也常使用这一语言艺术表现手法，以抒写其心情，但这些都主要用于抒情的句式之中。屈原的其他作品，往往是叙事和抒情相结合，在叙事中抒情，因而显得不那么集中，而本篇则全以抒情为主，联绵词与叠字的使用，更能表达他内心缠绵凄切的感情。如《山鬼》一诗中，也是哀怨凄绝的感情，所以诗中也多用联绵词，尤其多用叠字，短短二十七句诗，却用了如"云容容""杳冥冥""石磊磊""葛蔓蔓"等九个叠字。宋词人李清照之《声声慢》，用"寻寻觅觅，冷冷清清，凄凄惨惨戚戚"，也是用叠字表达愁苦之情，确有异曲同工之妙。如以此为怪，更疑及作品真伪问题，则难以令人信服。更有疑此诗受宋玉《九辩》影响的，那就是颠倒了时间的顺序了。马茂元认为，本篇中，大量运用"富有音乐美的双声叠韵联绵词，传达出一种低回往复的情思，增强了诗歌的感染力"（《楚辞选》）。这是很有道理的。

卜居

题解

《卜居》和《渔父》在屈原作品中有其特殊之处，这就是两文虽然也有韵律可寻，但它们毕竟不是诗，而是散文，最多可以说它们是散文诗，许多人都认为它们是从楚辞到赋体作品转变的过渡性作品。

《卜居》和《渔父》二篇，其作者至今还是争论的问题。据王逸说："《卜居》者，屈原之所作也。屈原履忠贞之性，而见嫉妒。念谗佞之臣，承君顺非，而蒙富贵。己执忠直，而身放弃，心迷意惑，不知所为。乃往至太卜之家，稽问神明，决之蓍龟，卜己居世何所宜行，冀闻异策，以定嫌疑。故曰《卜居》也。"这段话对《卜居》的作者、题义都作了简要的说明。

对《卜居》作者的怀疑，起自清代崔述，崔述在《考古续说》中说："周庾信为《枯树赋》，称殷仲文为东阳太守，其篇末云：'桓大司马闻而叹曰'云云。仲文为东阳时，桓温之死久矣，然则是作赋者托古人以畅其言，固不计其年世之符否也。谢惠连之赋雪也，托之相如；谢庄之赋月也，托之曹植；是知假托成文，乃词人之常事。然则《卜居》《渔父》亦必非屈原之所自作；《神女》《登徒》亦必非宋玉之所自作明矣。"至近代，楚辞研究家大多力言《卜居》与《渔父》非屈原自作，而是后人所作。郭沫若认为"可能是深知屈原生活和思想的楚人的作品”，这一观点较有代表性，但从提出的论据看，却还尚不足以服人。

其一是关于作品的人称。这两篇作品，都是以“屈原既放”开头，《卜居》写屈原与太卜郑詹尹的对答，《渔父》写屈原与渔父的对答，因此怀疑者认为既是第三者的口吻写的，就不是屈原的作品。然而先秦典籍中，以第三人称写的作品不乏其例。《庄子·逍遥游》是公认的庄子的作品，其中便有惠子和庄子的对话，也是用第三人称。其二是文章体例问题，即认为《卜居》《渔父》与楚辞作品风格不同，是散文诗，句式参差，用韵随便，是楚辞到汉赋的过渡时期作品，不能产生于战国时期。这一论点也是站不住脚的，因为在战国中后期，我国文学发展已经达到了较高阶段。从《左传》《庄子》《孟子》等书中可以清楚地看到散文的成熟。其描物叙情与记言问答，均已达到极高的水平。屈原与孟、庄均为同一时期人，怎么能否认此时可能出现《渔父》《卜居》一类作品？这两篇作品在艺术上和《庄子》散文处于同一水平而无超越时代之感。因此难以说明两篇作品是后出之作。其三是这两篇文中的句式参差问题，这其实也是不成问题的。《卜居》中用了一连串的提问，不用说在全是提问形式的《天问》里，就是在《离骚》里也有一些片段（如女嬃、灵氛的答话中都采用问答形式），是以这种形式写的。在屈原以前的《老子》一书中，也有这样的段落，如：“载营魄合一，能无离乎？专气致柔，能婴儿乎？涤除玄览，能无疵乎？爱国治民，能无为乎？天门开阖，能为雌乎？明白四达，能无知乎？”因此把《卜居》和《渔父》说成高于屈原的其他作品，以为在屈原时代不能产生这样作品的说法，显然是站不住脚的。况且大多数论者一致承认这两篇文章用的是先秦古韵，为先秦著作无疑。鉴于上述原因，我们仍应维持屈原对《卜居》与《渔父》的著作权。

《卜居》的创作时间，应在怀王时期。作品中表现出积极进取的精神，不像后期作品那样沉郁与绝望。这篇大致作于被流放汉北时，和《惜诵》《思美人》《抽思》为同一时期的作品。

屈原既放，三年不得复见[①]，竭知尽忠，而蔽障于谗，心烦虑乱，不知所从。乃往见太卜郑詹尹曰[②]：“余有所疑，愿因先生决之。”

詹尹乃端策拂龟曰[③]：“君将何以教之？”

屈原曰：“吾宁悃悃款款，朴以忠乎[④]？将送往劳来，斯无穷乎[⑤]？宁诛锄草茅，以力耕乎？将游大人，以成名乎？宁正言不讳，以危身乎？将从俗富贵，以婾生乎[⑥]？宁超然高举，以保真乎[⑦]？将呢訾栗斯，喔咿嚅儿，以事妇人乎[⑧]？宁廉洁正直，以自清乎？将突梯滑稽，如脂如韦，以洁楹乎[⑨]？宁昂昂若千里之驹乎？将泛泛若水中之凫乎，与波上下，偷以全吾躯乎[⑩]？宁与骐骥亢轭乎？将随驽马之迹乎[⑪]？宁与黄鹄比翼乎？将与鸡鹜争食乎[⑫]？此孰吉孰凶？何去何从？世溷浊而不清！蝉翼为重，千钧为轻；黄钟毁弃，瓦釜雷鸣[13]；谗人高张，贤士无名[14]。吁嗟默默兮，谁知吾之廉贞[15]？

詹尹乃释策而谢曰："夫尺有所短，寸有所长；物有所不足，智有所不明，数有所不逮，神有所不通。用君之心，行君之意。龟策诚不能知事。"

注释

①三年：依照传说，古代大臣因罪而被流放后，要在郊外等待三年，以候君命还朝，不得君命不得复还。故屈原被放三年后仍不得君命，乃求占卜以决疑。一说三年为虚数，言年数已多。

②太卜郑詹尹：太卜为官职，掌管占卜之事。郑詹尹，太卜的姓名。一说詹尹即楚国掌卜占之官"占尹"，太卜二字为后人所加。

③端策：摆正占卜用的蓍shī草。拂龟：拂去龟甲上的灰尘。"策""龟"均占卜所用工具。

④宁：应该。悃kǔn悃款款：诚恳朴实之状。朴以忠：质朴而忠厚。

⑤送往劳来：送往迎来。劳，忙碌。

⑥媮tōu生：偷生。

⑦超然高举：超然于物外。保真：保持纯真的本性。

⑧哫訾zúzǐ栗斯、喔咿嚅儿：皆以形容谗人献媚取宠，阿谀奉承的丑态。汤炳正认为原是四种传说的禽兽，即"足訾"（兽，"见人则呼"）、"竦斯"（鸟，"见人则跃"）、"幽鴳"（兽，"善笑"）、"山獋huī"（兽，"见人则笑"），四者与此用字皆一声之转，或同音异形，

它们并见于《山海经·北山经》。于此作形容词（可参见《楚辞今注》）。

⑨突梯、滑gǔ稽：世故圆滑，花言巧语。原为两种酒器，“突梯”即“鸱夷”，为装酒的皮囊。滑稽，亦酒器，腹大如壶。二者皆可装许多酒，随时不停往外倒，比喻俳优之类出口成章，言辞无穷无尽往外说，像酒器往外倒酒一样。脂：油脂。韦：熟软的皮革。二者比喻油滑。洁楹yíng：楹为支撑房屋的圆柱。一作絜jié楹，絜指用绳丈量圆柱体的圆周之长，需兜圆圈，比喻处世圆滑。汤炳正认为絜楹疑当作絜盈，絜是提东西，盈是装满水的容器。絜盈时必须小心谨慎，以免溢洒而出，形容谀事贵人须小心恐惧之态。可参。

⑩泛泛：在水中浮游不定的样子。凫：野鸭。

⑪亢轭kàng' è：并驾齐驱。驽马：劣马。

⑫黄鹄hú：如鸿雁、天鹅类的大鸟，因其羽黄色，故称黄鹄。鸡鹜wù：鸡鸭。

⑬黄钟：原为曲调名，在十二声律中，黄钟声调最为洪亮。此谓能演奏出黄钟声调的高档钟类乐器。瓦釜：瓦锅，或作瓦缶，以泥土烧制而成，为最平常随手可得之物。民间用以击节。

⑭高张：趾高气扬。

⑮吁嗟xūjiē：深深的感慨声。默默：无言之状。

译文

屈原被流放以后，三年依旧不能复见君王。他竭尽智力，忠诚报国，却被谗人所阻碍，心烦意乱，不知何去何从。于是前去拜见太卜郑詹尹，对他说：“我心中感到困惑，想请教先生代为决疑。”

郑詹尹便端端正正地摆好蓍草，拂去龟甲上的灰尘，问道：“请问大夫有何见教？”

屈原说：“我是应当勤勤恳恳，忠厚朴实呢？还是终日送往迎来，无穷无尽呢？我应当除草垦荒，尽力耕耘呢？还是去游说王侯将相，以猎取功名呢？是直言不讳，不顾身危以进谏呢？还是随从世俗寻求富贵，苟且偷生呢？是超然物外，以保本真呢？还是进退趑趄，奴颜婢膝，侍奉妇人呢？应当廉洁正直，一尘不染呢？还是世故圆滑，自吹自擂，邀宠求荣呢？应当气宇轩昂，如同千里良驹呢？还是有如漂游水中之野鸭，随波逐流，以求保全身躯呢？应当与骏马并驾齐驱呢？还是随同劣马步其后尘呢？应当与黄鹄为伴一飞千里呢？还是与鸡鸭同伙，争夺糠食呢？上述种种，何为吉何为凶？应当抛弃什么选择什么？世道浑浊而不清！蝉翼人们以为很重，千钧却被认为很轻；精美的黄钟被人毁弃，粗劣的瓦釜敲得雷鸣；谗谀之辈趾高气扬，贤能之士无声无名。啊！这样的世道还有什么可说的呢？谁能知道我的廉正和忠贞？”

郑詹尹便放下手中的蓍草，辞谢道：“一尺为长，而用之，时觉其短；一寸为短，而用之，时显其长。事物总难以十全十美；智慧也难以洞察一切；术数总难免有所不及；神明也难于通晓万物。依照您的心愿，实行您的意志。龟卜和蓍占实在难以推知其结果。”

评析

《卜居》可分为两段。

从开头到“君将何以教之”为第一段。陈述屈原卜居的原因。“三年不得复见”的“三年”，一以为在怀王时，一以为在顷襄时，以前者为当。下面的“竭知尽忠，而蔽障于谗，心烦虑乱，不知所从”的描写，与《抽思》《思美人》中表现情绪相似。“余有所疑，愿因先生决之”的说法，反映了当时的楚俗。楚人信巫卜，在春秋早期便有“卜以决疑”的记载。至战国虽已数百年，但依然不改此俗。在江陵天星观一号楚墓和江陵望山一号楚墓出土的竹简中，都有一部分祭祀竹简，记录了当时专门进行占卜的“贞人”为墓主人占卜的情况。贞问的内容很广泛，从侍王是否顺利，能否得到职务到是否会有疾病、居处的安危等，这两墓主人和屈原大致为同一时期人。由此可知屈原的问卜是一种当时人常用的“决疑”方式。“太卜”是专为国家重大事件占卜的官吏，地位比较重要。郑詹尹是否实有其人，不清。但仅江陵望山一号楚墓竹简中就记录了十几位为墓主人占卜的“贞人”的名字。屈原不找一般的卜人而找“太卜”，可知他是把这看成国家之事，不是一般询问个人的祸福问题。

从“屈原曰”以下至结束为第二段，是这篇作品的中心内容。可分为两个层次。第一个层次，屈原在问话中，提出十六个问题，其实合起来是八对，每对问题前正而后反，并询以“孰吉孰凶，何去何从”？王逸据此在解题中说屈原“心迷意惑，不知所为，乃往至太卜之家，稽问神明，决之蓍龟……冀闻异策，以定嫌疑”，这是从字面上的理解，是不妥当的。朱熹在《楚辞集注》中说：“屈原哀悯当世之人，习安邪佞，违背正直，故阳为不知二者之是非可否，而将假蓍龟以决之，遂为此词，发其取舍之端，以警世俗。说者乃谓原实未能无疑于此，而始将问诸卜人，则亦误矣。”朱熹的解说是正确的。作品中这样是非鲜明的问话，说明屈原心目中的肯定与否定的观念，异常明确。因此蒋骥在《山带阁注楚辞》中也说：“其谓‘不知所从’，愤激之词也。”文中正反提问之间，使用褒贬色彩鲜明的词语，将自然界中的高贵与卑劣的形象作对比，使人从这些鲜明生动的对照中明白是非取舍。

接着，用“世溷浊而不清”一句为转折，至结束为第二层意思，以至薄的蝉翼却被说成是重的，千钧重的物品却说成是轻的，被誉为群乐之首的黄钟毁弃而不用，瓦釜这种发不出美音的东西却在那里鸣叫等怪现象比喻世道的“溷浊”；在政治舞台上，则是“谗人高张，贤士无名”，这与作者在《涉江》乱辞中写的“鸾鸟凤凰，日以远兮；燕雀乌鹊，巢堂坛兮”这种比喻是一致的，揭露了现实社会的黑暗。“吁嗟默默兮，谁知吾之廉贞”，是对这种不合理的社会现实发出的强烈的控诉。

“詹尹乃释策而谢曰”以下一段话，实际上表明了屈原的理性主义。郑詹尹本应是专门从事“决疑”这项工作的，然而，在屈原列举了一系列现实生活中的是非颠倒的现象之后，作为占卜术最高权威的郑詹尹也无法解释，所以用“尺有所短，寸有所长；物有所不足，智有所不明，数有所不逮，神有所不通”，说明他无法解释现实生活中的这种丑恶现象，承认“龟策诚不能知事”，而让他“用君之心，行君之意”，这是理性主义对神秘主义的战胜，屈原在这里提出的问题也和《天问》中提出的问题一样，表现他对于现行秩序的极大怀疑和不满，这也正是屈原进步的世界观的体现。

渔 父

题解

《渔父》篇，据王逸说：“《渔父》者，屈原之所作也。屈原放逐，在江湘之间，忧愁叹吟，仪容变易。而渔父避世隐身，钓鱼江滨，欣然自乐。时遇屈原川泽之域，怪而问之，遂相应答。楚人思念屈原，因叙其辞以相传焉。”其中所说的事件发生地点，即在屈原流放的江湘之间，是不错的,因此是作于屈原的后期。但《史记》中这段记载文字，前面“江潭”作“江滨”,后面对话中以“湘流”作“江流”，郭沫若怀疑《楚辞》这段话是后人改过的，认为还是作于流放汉北时，此说可参考。

《史记·屈原列传》中，司马迁转录了这一节故事，作为传记的一个情节，今人颇多怀疑《渔父》篇非屈原自作，其原因除了和《卜居》中所说的几点相同外，还认为王逸在解题中的这段话，前面既讲是“屈原所作”，后面又说是“楚人思念屈原，因叙其辞以相传焉”，仿佛此篇是由楚人所作而流传下来的，因而提出王逸解题前后矛盾的问题。这种解释显然是误解王逸的原意的，王逸所说的楚人“因叙其辞以相传”，这里的“辞”指的正是《渔父》篇，是讲楚人中广泛传诵这一篇作品，而实在得不出是楚人创作这一作品的结论。王逸写序是比较慎重的，如《大招》

篇，他先写屈原所作，下面便写“或曰景差，疑不能明也”，以作存疑。

屈原既放，游于江潭，行吟泽畔，颜色憔悴，形容枯槁[1]。渔父见而问之曰[2]：“子非三闾大夫与[3]？何故至于斯！”

屈原曰：“举世皆浊我独清，众人皆醉我独醒，是以见放[4]！”

渔父曰：“圣人不凝滞于物，而能与世推移[5]。世人皆浊，何不淈其泥而扬其波[6]？众人皆醉，何不餔其糟而歠其酾[7]？何故深思高举，自令放为[8]？”

屈原曰：“吾闻之，新沐者必弹冠，新浴者必振衣；安能以身之察察，受物之汶汶者乎[9]！宁赴湘流，葬于江鱼之腹中。安能以皓皓之白[10]，而蒙世俗之尘埃乎！”

渔父莞尔而笑，鼓枻而去[11]，乃歌曰：“沧浪之水清兮，可以濯吾缨[12]。沧浪之水浊兮，可以濯吾足。”遂去，不复与言。

注释

①江潭：楚方言，水深叫潭。江潭应指南楚一带江边。泽畔：湖边，此当指洞庭湖与湘江一带。憔悴：神色疲惫。枯槁：体形清瘦。

②渔父fǔ：老渔翁。“父”是古代对老年男子的尊称。

③三闾lǘ大夫：楚官名。据载，屈原曾任楚三闾大夫，

其职责是掌管楚王族昭、景、屈三显姓宗族之事务。

④见放：被放逐。

⑤不凝滞于物：不受外物的牵累。与世推移：随同时俗一起变化。

⑥淈gǔ：搅浑。

⑦餔bū：吃。歠chuò：饮用。釃lí：通“醨”，薄酒。

⑧深思高举：思虑深远而行为高于世俗之人。

⑨察察：清洁、清白。汶mén汶：污浊。

⑩皓皓：洁白。

⑪莞wǎn尔：微笑貌。鼓枻yì：摇动船桨。

⑫沧浪láng：水名，汉江支流。这四句歌词流传极广，春秋时期孔子适楚时已听到此歌。歌名《沧浪歌》，因为孺子所唱，故又称《孺子歌》。濯zhuó：洗。缨：系冠的带子。

译文

屈原既遭放逐，独自在江边湖畔边走边吟诗篇，他面容憔悴，神色忧郁。渔父见后，便十分关心地问道：“您不是三闾大夫吗？为什么会来到这个地方？”

屈原回答说：“整个世上都充满污浊，只有我洁白无染；众人都喝得醉醺醺的，只有我保持头脑清醒，所以就遭到流放。”

渔父劝他说：“圣人不拘泥于外物而能随同世俗一起进退变化。既然世上一片浑浊，您为什么不跟着把泥水搅浑并推波助澜呢？众人都喝得醉醺醺的，您为什么不一起痛饮美酒大嚼酒糟呢？为什么要独自忧思国事，保持志行的高洁，而遭受放逐的厄运呢？”

屈原说："我听说：新洗好头的人一定要弹干净冠上的灰尘；刚洗过身的人一定要抖抖衣服上的尘土。我怎么能让干干净净的身躯，去蒙受世上的污垢呢？我宁可投身于湘水，葬身于江鱼腹中。又怎能让光洁无瑕的事物去蒙上世俗的尘埃呢？"

渔父听完屈原的话后，微微一笑，摇起双桨，划着船离去。他边划边唱着歌："沧浪的水啊清又清，可以用来洗冠缨；沧浪的水啊浊又浊，可以用来洗我的脚。"渔父走了，不再和屈原说话。

评析

《渔父》一文不长，描写的是屈原和渔父之间关于处世准则的一番对话，简洁而生动地表现出屈原的顽强的性格与渔父这类隐者之间毫不相同的处世哲学。毫无疑义，作者认为自己所坚持的保持高尚的节操，不染世俗的污垢的做法是正确的，反对消极遁世的隐者思想，这正是屈原可贵的精神与品格。

这篇是很有戏剧性的记事小品，虽然对话不多，但寓意深长，语言优美而充满哲理，难怪楚人"因叙其辞以相传焉"。后世的戏剧家、辞赋家、画家也都以这个题材重新进行了大量的创作。可知这篇作品虽小，却影响深远。

有人认为《渔父》宣传道家思想而否定屈原的道路，这种说法并不正确。事实上，此篇中屈原的对话和思想是居于主导地位的，仍然是突出他的坚贞不移的高尚志向和情操，至今读之，仍令人肃然起敬。屈原的道路，是屈原的这一特定人物性格发展的必然，纵然不为人所理解，于屈原也是意料之中的。而渔父的思想的形成，也是他对现实生活认识并总结出来的结果，屈原并不要求渔父接受他的思想和道路，渔父也不强制屈原信从于他，所以其结局是各走各的道路。

关于作品中的人物渔父的真实性问题，历来有争论，司马迁以之录入《史记》之中，显然是认为实有其事的。而后之注者，如宋洪兴祖便认为："《卜居》《渔父》，皆假设问以寄意耳。"不认为是实有其事。但这两篇中所反映的思想则系屈原的真实思想，这一点是一致公认的。

《卜居》和《渔父》两文，文体异于楚辞诸篇，是介于辞与赋之间的过渡作品，宋玉的《风赋》《对楚王问》《登徒子好色赋》等，皆承此而来，它对汉代辞赋的影响也是极其深远的。刘勰在《文心雕龙·辨骚》中曾指出："《卜居》标放言之致，《渔父》寄独往之才。"

招　魂

题解

《招魂》是楚辞作品中的又一奇文。《招魂》的题意，据王逸解释："招者，召也。以手曰招，以言曰召。魂者，身之精也。"古代人认为人既有躯干又有灵魂，人所以死是因为灵魂离开了人的躯干，如果能使灵魂回附到躯干上，则死人也能复活。因此在我国许多地方,仍有"招魂"的习惯，如小孩受惊后生病，大人便给小孩举行招魂的仪式，认为是因灵魂出窍，所以生了病。只要把灵魂招回来，病也就好了。此外，凡死在外面的，家人也要举行仪式，把其在外边游荡的灵魂招回故乡。有些地方也有招生魂的习惯，如杜甫在《彭衙行》中便写有："暖汤濯我足，剪纸招我魂。"

《招魂》的作者，王逸说："宋玉之所作也。"并认为是"宋玉怜哀屈原忠而斥弃，愁懑山泽，魂魄放佚，厥命将落，故作《招魂》，欲以复其精神，延其年寿。外陈四方之恶，内崇楚国之美，以讽谏怀王，冀其觉悟而还之也"。但司马迁在《史记·屈贾列传》的赞语中说："余读《离骚》《天问》《招魂》《哀郢》，悲其志。"显然，司马迁是把《招魂》看作是屈原的作品的。由此可知，汉代人对这一篇作品的作者本来就有不同的看法。今人大都认为，《招魂》的作者是屈原。

其次是所招对象是谁的问题。明人黄文焕在提出《招魂》

作者为屈原之后，进一步提出此文系屈原生前自招的说法。但是，从诗中所写的内容看，显然是有矛盾的。第一，作品所招的是“亡魂”，而非生魂，前面谈到诗中的“去君之恒干”，并有“像设君室”，则所招的魂不可能是生魂。明人陈第的《屈宋古音义》中早已指出。第二，诗中开头结尾用“朕”“吾”，显系自述，中间部分则屡用第三人称“舍君之乐处”“君无上天些”“工祝招君”等，则所招者与行招者显然不是一人，因此不可能是自招。第三，诗中铺张地描写了楚国的“宫室居处之美，饭食服御之奢，乐舞游艺之盛”（郭沫若语），显然是根据死者生前的生活环境来写的，如果把它用来招平民之魂，非笑掉大牙不可，用在屈原身上也不合适。因此，清代吴汝纶在《古文辞类纂校勘记》中便认为是“怀王为秦虏，魂亡魄失。屈子恋君而招之，盛言归来之乐”。当然，他以为是写于怀王入秦而未死之前，也是不合适的。现在比较多的意见认为，《招魂》所招为怀王之亡魂。

屈原为什么要写《招魂》，应联系当时的具体情况来考虑。不少人认为此文应作于怀王客死于秦而归葬于楚之时。但是楚辞中还有一篇《大招》也是招魂辞，从内容上看，二者所招对象为同一个人，这又是什么原因呢？据史料记载，怀王被骗入秦后，于顷襄三年卒于秦，其后秦人归葬于楚。从怀王卒秦至归葬于楚，有较长一段时间，从道理上说，楚国得知怀王死于秦时，就定然在国内举行招魂仪式，以防其魂魄离散。而到归葬时，则又将举行更隆重的国葬仪式，这样两次仪式自然需要两篇招魂辞，这也许是产生《大招》和《招魂》的原因吧。那么，《招魂》之作，就应是作于楚得知怀王死秦之讯时。由于秦楚相距较远，楚人得知怀王死讯应过了一些时日，所以开头才有“帝告巫阳”的那一段对话，既言“魂魄离散”，又言“恐后之谢”。

（一）

朕幼清以廉洁兮，身服义而未沬①。主此盛德兮，牵于俗而芜秽②。上无所考此盛德兮，长离殃而愁苦③。帝告巫阳曰④：“有人在下，我欲辅之⑤。魂魄离散，汝筮予之⑥。”巫阳对曰：“掌梦，上帝命其难从⑦。若必筮予之，恐后之谢，不能复用⑧。”

注释

①朕 zhèn：我。开头一段当为代言，屈原为怀王作招魂辞，此开头六句当是代怀王而写。服义：实行道义。未沬 mèi：不停止。

②主此盛德：此当指怀王曾为纵长、联合山东各国诸侯共同抗秦之盛事。牵：牵累。芜秽：同“污秽”，指受谗人的蒙蔽而做错事。

③上：上帝，上天。无所考：未能考察。长离殃：长期遭受灾祸。当指怀王入秦备受折磨之事。离，同“罹”，遭受。

④帝：天帝。巫阳：神话传说中的神巫。洪兴祖《楚

辞补注》引《山海经》:“开明东有巫彭、巫抵、巫阳、巫相、巫履。”

⑤辅：帮助。

⑥魂魄：古人认为，人的精神为魂，身体为魄，人死而魂离其魄，故称魂魄离散。筮shì：占卜。

⑦掌梦：古代有负责解释梦之吉凶的职务，故称掌梦，它与卜筮均由太卜所司。难从：意指巫阳说，掌梦和卜筮不是他的职责，所以难以听从上帝的命令。

⑧谢：死亡。

译文

我自幼清正而廉洁，恭行道义而不停歇。主持除暴安民的盛事，却受世俗污秽难以自解。上天未能考察成就的伟业，使我长受灾祸而愁肠百结。上帝告诉巫阳说：“有人在下界哀告，我想要帮助他一回。他的魂魄即将离散，你占卜一下帮他招回。”巫阳回答上帝说：“占卜的事情应归掌梦，您的命令我难听从。如果一定要占卜还魂，恐怕占卜未完其命已终，这样的亡魂尚有何用？”

（二）

巫阳焉乃下招曰[①]：魂兮归来！去君之恒干，何为乎四方些[②]？舍君之乐处，而离彼不祥些[③]！魂兮归来！东方不可以托些[④]！长人千仞，惟魂是索些[⑤]。十日代出，流金铄石些[⑥]。彼皆习之，魂往必释些[⑦]。归来归来！不可以托些！

注释

①焉乃：于是。

②恒干：躯体。些suò：为楚之巫者语气词，置于句末。沈括《梦溪笔谈》卷三："今夔kuí峡，湖湘及南北江獠人，凡禁咒句尾皆称些，此乃楚人旧俗。"

③离：同"罹"，遭遇。

④托：寄托，寄居。

⑤长人：传说东方有长人国，吃人灵魂。仞rèn：古代长度单位，七八尺为一仞。

⑥代出：轮流、替代而出。流金铄shuò石：能将金石熔为液体流淌。

⑦释：消释，熔解。

译文

于是巫阳下凡将魂呼唤：灵魂啊，归来吧！为什么离开君王的躯干，到四方去飘荡？为什么离开君王的乐土，去遭遇种种可怕的灾难！灵魂啊，归来吧！东方不可以寄托！那里有长人高千仞，专寻找魂魄来吞食。那里十日交替而出，酷热之气消释金石。那里的人早已习以为常，灵魂前去却必然消亡。归来归来吧！那里不是托身之所！

魂兮归来！南方不可以止些！雕题黑齿，得人肉以祀，以其骨为醢些①。蝮蛇蓁蓁，封狐千里些②。雄虺九首，往来儵忽，吞人以益其心些③。归来归来！不可以久淫些④！

注释

①雕题：传说古代南方之民以丹青在额上雕花纹。题，额。黑齿：牙齿漆黑。醢hǎi：肉酱。

②蝮蛇：毒蛇，体有黑褐色斑纹，头三角形。蓁zhēn蓁：积聚众多。封狐：大狐狸。

③雄虺huǐ：大毒蛇，传说长有九个头。儵shū忽：快疾。

④淫：滞留。

译文

灵魂啊，归来吧！南方不是你落脚的地点！那里人额头雕花牙齿漆黑，用人肉来敬奉祖先，人骨也要捣成粉面。毒蛇盘集遍地遍野，可怕的大狐狸四处流窜。九头雄蛇喷着毒雾，往来匆匆疾如闪电，吞食活人以满足心愿。归来归来吧！那里不可以长住久安！

魂兮归来！西方之害，流沙千里些①。旋入雷渊，爢散而不可止些②。幸而得脱，其外旷宇些。赤蚁若象，玄蜂若壶些③。五谷不生，丛菅是食些④。其土烂人，求水无所得些。彷徉无所倚，广大无所极些⑤。归来归来！恐自遗贼些⑥！魂兮归来！北方不可以止些。增冰峨峨，飞雪千里些⑦。归来归来！不可以久些！

注释

①流沙：西方常有大风暴、沙尘暴，沙移动不停，称流沙。

②雷渊：神话传说中的地名，雷渊当为回渊，回旋之深渊。靡mí散：细碎离散。

③壶：通“瓠”，葫芦。

④菅 jiān：茅草。

⑤彷徉 pángyáng：彷徨，徘徊。

⑥自遗贼：自找祸害。贼，祸害。

⑦增：同“层”。峨峨：高耸。

译文

灵魂啊，归来吧！西方到处都是祸害，千里飞沙满天尘埃。卷入深渊难以自拔，粉身碎骨停不下来。如果侥幸脱离险境，大片荒野令人惊骇。红蚂蚁体大如象满地乱爬，黑马蜂像大葫芦飞去飞来。五谷难以在那里生长，只能吃到茅草和野菜。那里泥土烂人肉，要想找水找不来。往返徘徊无依无靠，广阔无边寂寞生哀。归来归来吧！为什么无事找祸灾！灵魂啊，归来吧！北方不可以歇息。那里座座高山坚冰堆积，雪花飘飘极目千里。归来归来吧！那里不可以久居！

魂兮归来！君无上天些。虎豹九关，啄害下人些[①]。一夫九首，拔木九千些。豺狼从目，往来侁侁些[②]。悬人以娭，投之深渊些[③]。致命于帝，然后得瞑些[④]。归来归来！往恐危身些！魂兮归来！君无下此幽都些[⑤]。土伯九约，其角觺觺些[⑥]。敦脄血拇，逐人駓駓些[⑦]。参目虎首，其身若牛些[⑧]。此皆甘人。归来归来[⑨]！恐自遗灾些！

注释

①九关：众多关口。传说上天的关口都由虎豹把守关门，从出土的帛画中也可得到印证。

②从目：即眼睛竖起。四川三星堆遗址出土的铜面具上双目竖立突出，即为纵目人。从，通“纵”。侁shēn侁：众多。

③娭xī：通“嬉”，游戏，耍弄。

④帝：天帝。瞑：通“眠”。

⑤幽都：阴间地府。地下阴暗，故称幽都。

⑥土伯：幽都的守门人。九约：旧注歧义众多，郭在贻《楚辞解诂》以为“九约”即“纠钥”，指负责通关。汤炳正《楚辞今注》，认为指土伯手持戈戟守关。高亨认为指土伯肚下垂有九块肉（《楚辞选》）。觺yí觺：角锐利。

⑦敦脄méi：厚背。血拇：大拇指沾满血。駓pī駓：跑得极快。

⑧参目：三只眼。参，同“叁”。

⑨甘人：以吃人肉为美。

译文

灵魂啊，归来吧！你可不要上天去。虎豹守卫着九重天门，咬死想上天的人。有位九头的巨人，一天能拔树九千棵。豺狼都圆睁大眼，成群飞速来往。把人倒悬以为娱乐，再投入无底的深渊。向天帝往返报告，然后才能闭眼。归来归来吧！前去恐怕会危及生命！灵魂啊，归来吧！千万不要去阴间地府。土伯把守着进出的关口，头顶的尖角锐利恐怖。熊腰虎背两爪是血，飞速往来将人追逐。长着老虎脑袋三只眼，身体就像大牛犊。到处都是吃人的怪物。归来归来吧！为什么要去白白受苦！

魂兮归来！入修门些①。工祝招君，背行先些②。秦篝齐缕，郑绵络些③。招具该备，永啸呼些④："魂兮归来！反故居些。"天地四方，多贼奸些。像设君室，静闲安些⑤。高堂邃宇，槛层轩些⑥。层台累榭，临高山些⑦。网户朱缀，刻方连些⑧。冬有突厦，夏室寒些⑨。川谷径复，流潺湲些⑩。光风转蕙，泛崇兰些⑪。经堂入奥，朱尘筵些⑫。砥室翠翘，挂曲琼些⑬。翡翠珠被，烂齐光些⑭。蒻阿拂壁，罗帱张些⑮。纂组绮缟，结琦璜些⑯。

注释

①修门：郢都南门三门中有修门。

②工祝：主持招魂之巫。

③篝 gōu：竹笼。缕：绳。

④该备：齐备。永啸呼：长长的呼叫。

⑤像设君室：指遗像挂在住过的室内。

⑥邃宇：深屋。槛：栏杆。

⑦累榭 xiè：高榭。台上所建房屋称为榭。

⑧网户：刻有网络花格门。朱缀：涂有红漆为饰。缀，

饰。方连：方格相连。

⑨窔yào厦：幽深的大屋，用以保暖。

⑩径复：当作往复，回环往来流淌。潺湲chányuán：幽细的流水声。

⑪光风：晴天暖风。转：摇动。泛：洋溢，弥漫。崇：借为“丛”。

⑫奥：深奥，指内室。朱尘：红色顶棚。尘即承尘。筵：竹席。

⑬砥dǐ：磨平的石板。用这样的石料砌成的房屋称砥室。翠翘：翡翠鸟的尾羽作为装饰。曲琼：弯曲的玉帐钩。

⑭烂：灿烂发光。

⑮蒻ruò：柔软。阿：细绢。拂壁：作壁衣。罗帱：丝织帐子。

⑯纂组：各色丝带。赤色为纂，五色相杂为组。绮缟：皆丝织品，花纹交错为绮，白色为缟。琦璜qí huáng：皆玉，美玉称为琦，半圆形玉璧为璜。

译文

灵魂啊，归来！从修门进入都城。工祝正在招引您，他倒退而行，把路指引。秦地竹笼系上齐产丝绳，郑国丝络罩上层。招魂器具已备齐，工祝发出长呼声：“灵魂啊，归来！快快回故乡。”天上地下四面八方，到处是妖怪逞凶作奸。你的画像高挂居室内，显得那样清静安闲。殿堂高耸深深的庭院，槛杆绕护着层层高轩。重重叠叠的高台水榭，面对着巍峨的群山。大红门上雕着精美的花网，一排排刻成的方格接续相连。冬天深屋的内室暖洋洋，夏天布置了夏室多阴凉。小溪在庭中回环缭绕，溪流奔涌不息水声潺潺。春日的和风轻轻拂动蕙草，从从兰花弥漫着幽香。经过厅堂进入内室，红色顶棚，竹席铺床。光洁的墙壁插翠羽，玉帐钩挂在床柱上。锦被上的翡翠和明珠，相互辉映齐放光芒。轻薄的细绢贴着墙壁，大床上张挂着绵罗帐。五色丝带垂在房中，上面联结着璀璨的玉璜。

室中之观，多珍怪些。兰膏明烛，华容备些①。二八侍宿，射递代些②。九侯淑女，多迅众些③。盛鬋不同制，实满宫些④。容态好比，顺弥代些⑤。弱颜固植，謇其有意些⑥。姱容修态，絚洞房些⑦。蛾眉曼睩，目腾光些⑧。靡颜腻理，遗视矊些⑨。离榭修幕，侍君之闲些⑩。

注释

①华容：花容，代指美女，花容月貌。

②二八：十六人，古代乐舞八人为一列，二八即十六人。射："夜"之借字（汤炳正《楚辞今注》）。

③九侯：来自各诸侯国，九言其多。迅众：众多。

④盛鬋jiǎn：鬓发。不同制：不同式样。

⑤好比：同样美好。比：并，相同。顺：借为"洵"，确实，真正。弥代：绝代。

⑥弱颜：容颜娇柔。固植：健美，亭亭玉立。謇jiǎn：言语不多。

⑦姱、修：皆美好之意。絚gēng：同"亘"，引申为

络绎不绝。

⑧蛾眉：眉毛像蚕蛾触须细长而弯曲。曼：柔美。睩lù：眼珠转动。腾光：目光闪动而有神。

⑨靡颜：额部皮肤细密。颜，指额部。腻理：肌理柔滑。遗视：含情而视。矊mián：脉脉含情。

⑩修幕：大帐篷。

译文

卧室中陈列十分可观，珍奇华美令人眼花缭乱。兰膏明烛芳香明亮，映照着美人秀丽的脸庞。八对侍女陪同宿夜，夜间更替轮流来往。来自各诸侯国的淑女，卓越超群不同凡响。她们梳理成各种时髦的发式，布满了您的各处宫殿。个个容貌秀美体态多姿，真是绝代佳人举世无双。体态娇柔亭亭玉立，言语不多而脉脉含情。姣好的容颜苗条的体态，往来不绝深居洞房。修长的蛾眉下转动双眸，秋波频传闪闪发亮。肤如凝脂娇容可人，顾盼生辉意态缠绵。离宫别墅高大的帐篷，等您闲暇的时候来消遣。

翡帷翠帐，饰高堂些。红壁沙版，玄玉梁些[①]。仰观刻桷，画龙蛇些[②]。坐堂伏槛，临曲池些。芙蓉始发，杂芰荷些[③]。紫茎屏风，文缘波些[④]。

注释

①沙版：朱砂绘画的轩版、门窗。玄玉：黑玉。

②刻桷jué：雕刻画的方形椽子。

③杂芰jì荷：夹杂着菱花，楚方言菱花称芰荷。
④屏风：即荇xìng菜，一名水葵，白茎紫叶。文：波纹。

译文

翡翠羽毛织成的帷帐，悬挂在高大的厅堂上。朱砂涂绘着门窗，黑玉装饰着屋梁。抬头仰视方形的画椽，雕刻着龙蛇盘绕的图像。坐在堂上倚栏下看，曲水清池缭绕堂前。粉红的荷花破苞初放，白色的菱花点缀在中间。参差荇菜白茎紫叶，在粼粼波纹中顺流荡漾。

文异豹饰，侍陂陁些[①]。轩辌既低，步骑罗些[②]。兰薄户树，琼木篱些[③]。魂兮归来！何远为些？

注释

①文异：斑纹各异。豹饰：以豹皮为衣饰。陂陁pō tuó：高低不平的山坡。
②轩：有篷的车。辌liáng：有窗户的卧车。低：通“抵”，到达。罗：排列。
③薄：草木丛生。琼木：玉树。

译文

身穿花斑豹服的武士，守卫在高低不平的山坡上。各种车驾纷纷抵达，步兵骑士排列两旁。兰花丛丛紧挨在门前，玉树临风排成篱笆墙。灵魂啊，归来！为什么要飘离远方？

室家遂宗，食多方些①。稻粢穱麦，挐黄粱些②。大苦咸酸，辛甘行些③。肥牛之腱，臑若芳些④。和酸若苦，陈吴羹些⑤。胹鳖炮羔，有柘浆些⑥。鹄酸臇凫，煎鸿鸧些⑦。露鸡臛蠵，厉而不爽些⑧。粔籹蜜饵，有餦餭些⑨。瑶浆蜜勺，实羽觞些⑩。挫糟冻饮，酎清凉些⑪。华酌既陈，有琼浆些⑫。归来反故室，敬而无妨些⑬。

注释

①室家：宗族。遂宗：都来聚集。一说"遂宗"即"术宗"，指闾里宗族，亦可通（汤炳正《楚辞今注》）。多方：多种多样。

②粢 zī：小米。穱 zhuō：一种早熟的麦。挐 rú：掺杂。黄粱：黄小米。

③大苦：极苦。行：使用。本句中之苦、咸、酸、辛、甘合并称为五味。

④腱 jiàn：蹄筋。臑 ér：通"胹"，烂熟。

⑤和：调和。若：与。吴羹：吴国风味之羹。

⑥胹：烂熟。炮羔：烤羊羔。柘 zhè：甘蔗。

⑦鹄 hú：即天鹅。鹄酸当作"酸鹄"。臇 juàn：用少量汤汁炖。凫：野鸭。鸿：大雁。鸧：鸧鹤。

⑧露鸡：卤鸡。臛蠵 huòxī：炖海龟。厉：浓烈。不爽：不败。爽为楚方言，意为败。不爽即合胃口。

⑨粔籹 jùnǔ：以黍稻粉加蜜调制后油炸的饼。蜜饵：加蜜做成的糕。餦餭 zhānghuáng：饴糖，俗称麦芽糖。

⑩瑶浆：美酒颜色如玉。蜜勺：加蜜的酒。勺，通“酌”，代指酒。羽觞shāng：古代雀形饮具，也称为爵。因其形如雀，有羽翼，故称羽觞。

⑪挫糟：滤去酒糟。酎zhòu：醇酒。

⑫华酌：刻花的酒樽。

⑬妨：灾害。

译文

宗族纷纷前来庆贺，美食陈列得多种多样。粳稻小米加新麦，掺杂黄米喷喷香。苦咸酸味配制好，再加甜辣五味全。取来肥牛蹄筋肉，小火炖得烂又鲜。酸味苦味调和好，进上吴羹滑又爽。蒸烂的甲鱼烤羊羔，榨出的蔗汁多甘甜。醋烹天鹅炖野鸭，煎炸鸧鹤和大雁。卤制的肥鸡炖龟汤，香气袭人入口鲜。油炸糯米饼蒸甜糕，制成的麦芽糖香又软。美酒琼浆多甜美，大杯小盅都斟满。滤去酒糟再冷冻，夏日饮用沁心田。雕花的酒樽桌上摆，琼浆玉液待君尝。灵魂啊，快快返故居，亲族敬重无灾又无难。

肴羞未通，女乐罗些[①]。陈钟按鼓，造新歌些[②]。《涉江》《采菱》，发《扬荷》些[③]。美人既醉，朱颜酡些[④]。娭光眇视，目曾波些[⑤]。被文服纤，丽而不奇些[⑥]。长发曼鬋，艳陆离些[⑦]。二八齐容，起郑舞些[⑧]。衽若交竿，抚案下些[⑨]。竽瑟狂会，搷鸣鼓些[⑩]。宫庭震惊，发《激楚》些[⑪]。吴歈蔡讴，奏大吕些[⑫]。士女杂坐，乱而不分些。放陈组缨，班其相纷些[13]。郑卫妖玩，来杂陈些[14]。《激楚》之结，独秀先些[15]。

注释

①通：陈列遍。罗：排列。

②陈钟：编钟，按音的高低排列悬于钟架上。按：击。

③《涉江》《采菱》《扬荷》：均为楚歌名。

④酡 tuó：酒后面色红润。

⑤娭 xī光：挑逗的目光。娭，同“嬉”。眇视：眯眼而视。曾波：目光如层层水波。曾，通“层”。

⑥被：同“披”。文：绣有花纹。服：穿。纤：细而薄。

⑦曼鬋 jiǎn：长长的鬓发下垂。陆离：飘逸，秀美。

⑧齐容：整齐划一。郑舞：郑地歌舞。

⑨衽 rèn：衣襟。竽：“干”之借字。汤炳正引《荀子·解蔽》：“诗曰：凤凰秋秋，其翼若干。”是以干盾相交比喻凤凰展翅而舞（见《楚辞今注》）。抚案下：指舞姿按照歌的节拍从高而下。

⑩狂会：指乐器合奏十分热烈。搷 tián：击。

⑪发：演唱。《激楚》：楚歌曲名。

⑫吴歈 yú：吴地歌曲。蔡讴：蔡地的歌谣。大吕：古代乐律十二律中的第二律。

⑬组：系裙的丝带。缨：帽带。班：通“斑”，各种颜色。纷：纷乱。

⑭妖玩：新奇，好玩。

⑮结：终结。秀先：优秀、突出。

译文

珍馐美味还未上完，女子舞乐已排列登场。敲击编钟打起鼓，曲曲新歌多么悠扬。《涉江》唱罢唱《采菱》，《扬荷》的曲调多高亢。美人微醉意态娇羞，面如桃花多么鲜艳。微张双眼撩动人心，目光明丽似秋水春澜。绮绣的服饰又薄又轻，色泽鲜丽大方又美观。鬓发如云低垂肩下，飘逸秀美胜似天仙。八对舞女装饰齐整，跳起郑舞满座狂欢。衣襟舒展如凤凰张翼，紧随节拍上下翻转。竽瑟交加五音繁会，擂动大鼓声震九天。宫廷内外惊天动地，《激楚》的歌声四处回传。演唱起吴曲和蔡地歌谣，大吕的曲调扣人心弦。男女错杂并肩而坐，不分彼此乱成一团。衣帽裙带随地堆放，杂乱无序色彩斑斓。郑卫乐舞美妙新奇，交替出场轮番上演。终场将《激楚》来合奏，高昂激越独领风骚。

菎蔽象棋，有六簙些①。分曹并进，遒相迫些②。成枭而牟，呼五白些③。晋制犀比，费白日些④。铿钟摇虡，揳梓瑟些⑤。娱酒不废，沉日夜些⑥。兰膏明烛，华镫错些⑦。结撰至思，兰芳假些⑧。人有所极，同心赋些⑨。酎饮尽欢，乐先故些⑩。魂兮归来！反故居些！

注释

①菎蔽：当从一本作“琨蔽”，指用玉装饰的博弈之具。王逸注：“菎，玉也。蔽，簙bó箸以玉饰之也。”（《楚辞章句》）蔽，又作“篦”，形如竹筷，下棋时

用为筹码。六簙：古代棋戏的一种，由两人对下，共用六根筹码和十二个棋子以决胜负。

②分曹：曹即偶对。分曹指分成许多对。遒：急。

③枭："骁"之借字，先走到目的地的一方将棋竖起，称"骁棋"。走赢了叫"成枭"。牟：相等。指双方旗鼓相当。五白：博戏时用语。指在双方都势均力敌成枭时，通过掷筹以决输赢，筹以竹制成，外皮青而内白，如得到一青五白则为胜者。

④晋制犀比：旧注为晋地生产的犀牛角带钩，用作赌注。后之"费白日"指在日光下闪光。但这两句释义放在这里显然和上下文不顺。汤炳正认为"晋，进；制，钳制，此言行棋进攻，钳制对方"。而"犀比"则为"迟比"，指进度缓慢，因而"费白日"指消耗许多时光。译文采用汤说（见《楚辞今注》）。

⑤铿 kēng：撞击。虡 jù：悬挂编钟的木架。揳 jiá：弹奏。梓瑟：以梓木制作的瑟。

⑥废：停止。

⑦华镫：雕饰花纹、制作精美的灯。镫，通"灯"。错：雕刻花纹。

⑧结撰：构思撰写。至思：尽其思虑。兰芳：华美的辞藻。宋玉《登徒子好色赋》："赠以芳华辞甚妙。"假：凭借，使用。

⑨所极：尽心竭虑。赋：吟诵。

⑩酎饮：即酌饮。先故：故去的祖先。

译文

玉饰筹码象牙棋，围拢一起来博弈。分头并进不相让，争强斗胜紧相逼。棋逢对手同把枭棋竖，连呼“五白”求胜心急。进攻的速度真迟缓，耗费时光难分高低。敲击钟声木架摇晃，弹奏梓瑟音声清丽。开怀畅饮纵情作乐，沉湎其中日夜不息。点起散发兰香的明烛，华灯交映，明亮无比。各尽所思抒发情志，词如兰芳语如明珠。尽心思虑尽善尽美，齐声吟诵美文妙语。畅饮美酒人人尽欢，先祖英灵共享欢愉。灵魂啊，归来！快快回故乡！

（三）

乱曰：献岁发春兮，汩吾南征①。菉蘋齐叶兮，白芷生②。路贯庐江兮，左长薄③。倚沼畦瀛兮，遥望博④。青骊结驷兮，齐千乘⑤。悬火延起兮，玄颜烝⑥。步及骤处兮，诱骋先⑦。抑骛若通兮，引车右还⑧。与王趋梦兮，课后先⑨。君王亲发兮，惮青兕⑩。

注释

①献岁：进入新的一年。献，进。发春：开春。汩yù：快速。南征：南行。

②菉蘋lùpín：即绿蘋，水草名。白芷：香草名。

③贯：穿越。庐江：水名，即中庐江。旧注以为指“出陵阳东南”的庐江，但明王夫之在《楚辞通释》中说：“襄汉之间，有中庐水，疑即此水。”这一解释较合理，其水在今湖北襄阳、宜城交界，称

潼水。汉代在这里设中卢县，其江为庐江。长薄：大片丛林。

④倚：依。沼：水池。畦qí：水田。瀛yíng：大泽，楚方言词。博：广阔。

⑤青骊：青黑色的马。结驷：组成拉车的驷马。乘shèng：辆。每辆车有四匹马共同拉，一车为一乘。

⑥悬火：指火把。玄颜：指黑烟颜色。烝zhēng：火气升腾。

⑦步及：徒步行走到达。骤处：骑马驰骋而至，指参加围猎者有步兵及骑兵。诱骋先：诱导围猎者争先捕猎。

⑧抑骛若通：指围猎时要形成包围圈，就必须让跑得太快的人暂时停一停，称抑骛。若通：通顺。引车右还：带领车队向右转弯，以遮拦野兽突围。

⑨趋梦：前往云梦。梦即云梦泽，楚国著名大泽，跨江汉南北大片地区，为楚国国君游猎场所。课后先：考察成绩等次。

⑩发：射箭。惮dàn："殚"之借字，射死。青兕sì：青色犀牛。

译文

尾声：新春伊始啊，我们匆匆南行。绿蘋长满新叶啊，白芷萌生。穿越庐江啊，转向丛林。泽野茫茫啊，辽阔无垠。千乘战车啊，骏马为驷。火把齐举啊，烟气升腾。步行驰马啊，互争先后。左右遮拦啊，或停或进。随王前往云梦啊，士众争先。君王亲射啊，青犀毙命。

朱明承夜兮，时不可以淹[①]。皋兰被径兮，斯路渐[②]。湛湛江水兮，上有枫[③]。目极千里兮，伤春心[④]。魂兮归来，哀江南[⑤]！

注释

①朱明：太阳。承夜：日以继夜。淹：停留。

②皋：水边。被径：覆盖道路。渐：淹没，此指遮没。

③湛zhàn湛：水流清澈。

④伤春心：见春景而伤心。

⑤江南：代指楚国。

译文

昼夜相续啊，时间不停。皋兰丛生啊，遮满路径。江水湛湛啊，上有枫林。放眼千里啊，春心哀伤。灵魂归来啊，哀怜江南！

评析

《招魂》在屈原作品中也是篇幅较长的一首诗，长达二百七十馀句。

读罢《招魂》，许多人对此作品中描写的内容甚表惊诧，为什么那么一位品行高洁的屈大夫却在此作品中大肆渲染奢靡的宫廷生活？这果然是屈原的作品吗？梁文学理论家刘勰在《辨骚》篇中也指出过屈作的四大问题，其中两点与此文有关，一是“康回倾地，夷羿彃日，木夫九首，土伯三目，谲怪之谈也”；二是“士女杂坐，乱而不分，指以为乐，娱酒不废，沉湎日夜，举以为欢，荒淫之意也”。前者指的是《天问》和本篇的上半部分，后者则专指本篇的后半部分（即“内崇楚国之美”者）。在他看来，这是“异乎经典者也”。不过他认为这只是作者创作中的“夸诞”成分，所以他还是赞扬说：“《招魂》《大招》，耀艳而深华。”可是后之学者则不然，他们以此否定此篇为屈原所作。如王邦采在《屈子杂文笺略》中就不同意此篇为屈原作，理由是：“二《招》文采虽极绚烂可观，而靡丽闳衍，有不免焉。使屈子秉笔自招、招君，必有一种忠爱激楚之意，溢于笔墨之外，而不徒侈陈饮食宴乐之丰，妖冶歌舞之盛，堂室苑囿之娱。此为劝百讽一，如扬子云之所讥也。具明眼人，自能鉴之。”其实，王氏之说，囿于常礼，未能作更深层的思考与分析。《招魂》并非和《离骚》《九章》一类作品，它不是作者抒情写怀之作，而是出于特定的招魂目的而作的。朱熹在《楚辞集注》中认为这篇作品是宋玉所作，用的是“荆楚之俗”，是“因国俗，托帝命，假巫语以招之。以礼言之，固为鄙野，然其尽爱以致祷，则犹古人之遗意也”。他已看到这种形式是民俗造成的，这还是颇有眼光的。《招魂》不是作者凭空构思，而是用民俗的现成形式套用，因此，这种“外陈四方之恶”与“内崇楚国之美”是必备的两方面内容，既然用之于亡魂，似不惧多一些“夸诞”成分的。至于有人为之辩护，说是屈原用以讥讽顷襄之淫靡，也是一种曲解。吴世尚在《楚辞疏》中说：“盖既以魂之非我而招之，而魂亦不知自我之为我。此而不惊吓之，阑截之，彼肯久留于此，而不复往乎？《招魂》之前半篇，以惊吓为阑截，后半篇以引诱为系缚。此最是招字中说不出的神理，而世之儒者，莫不纷然议之。甚矣作之难、知之不易也。”他虽说的是屈原自招之魂，而招他人之魂其理相同。《招魂》与《大招》，两篇招魂辞结构相似，“外恶”与“内美”

描写文字虽异，但格调相似，当然是民俗使之然。过去一些研究者不从这方面考察，讥议颇多，也是失察之故。

《招魂》自始至终围绕题旨，中间各段，虽“夸诞”之极，然也皆服务于本旨的，所以蒋骥说《招魂》：“首尾总是一串。其间有明落，有暗度，章法珠贯绳联，相绎而出。其次第一层进一层，入后异采惊华，缤纷繁会，使人一往忘返矣。乱辞一段，忽又重现离殃愁苦本色来。通篇数千言，浑如天际浮云，自起自灭。作文之变，于斯极矣！”（《山带阁注楚辞》）

本篇布局奇特，作品前有引言，结尾有“乱辞”，中间才是正文的“招魂辞”，这在屈作中是仅见的。和《九章》比较，可看出不同特点。《九章》作品中，往往是前面大部分为正文，最后为乱辞，都没有引言部分。语言形式也不同。《九章》中的正文部分，大多用骚体长短不齐的句式，“乱辞”则多用四言句式，如《抽思》《涉江》《怀沙》均是如此，唯有《哀郢》一首例外，“乱辞”也用骚体句式。《招魂》恰恰相反，“乱辞”和引言开头都用骚体，并夹杂有散文句式的对话（帝与巫阳），中间的招魂辞则大多用四言句式，并且不用语气词“兮”字，而是用“些”字，这当是屈原吸收民间招魂辞的艺术形式创作而成。“些”字即为楚国古代“巫音”的残馀。宋人沈括在《梦溪笔谈》中说：“今夔、峡、湖、湘及南北獠人，凡禁咒句尾皆称‘些’，乃楚人旧俗。”郭沫若认为，“些”字与《诗经·周南·汉广》中的“思”字是同一类型，均为南方习用的语气词。由此可见，《招魂》的语言形式，保留的是楚国更古老的民间传统。

其次，《招魂》与《离骚》《天问》同类，表现了作者异常丰富奇特的想象。然而，需要指出的是，这三者又都有各自的特点。《离骚》篇的大量神话传说的运用，是作者用以表达自己思想感情的，作者以古代传说和神话为素材，经过艺术加工改造，为我所用，因此表现在作品中的一切神灵都是为“我”——作品主人公服务的。而《天问》中写的大量神话和传说，它却是用来表现哲人的思想意识的：作者经过深刻的思考，对历来传说和神话中的人、事以及天地四方种种奇异现象提出问题，反映的是作者的怀疑精神，具有鲜明的时代特点。而《招魂》，由于它保留了更多的民间艺术成分，因而反映在作品中的鬼神之类，大量以较为原始的民间形象出现。所以刘勰在《文心雕龙·辨骚》篇中，引用了本篇中的“木夫九首，土伯三目”“士女杂坐，乱而不分”等句，认为是“异乎经典”的“谲怪之谈”，其实这恰恰是本文所保留的民间文学的“本色”。因此，在本诗中，这些神话和鬼怪的描写集中在前半部分，也就是“外陈四方之恶”方面。作品保留了民间中关于上下四方各种鬼怪的神奇传说，对于我们了解当时民间的习俗和鬼神思想，具有重要的参考价值。此外，这些描写，都是为“外陈四方之恶”这一目的服务，因此主要是为渲染气氛和烘托环境而进行描写，作者似乎未对这些传说做过多少改造。

同时，还需要指出的是，《招魂》《大招》都有这样共同的特色，即铺张手法的运用。刘勰在《文心雕龙·诠赋》篇中说：“赋者，铺也；铺采摛文，体物写志也。”用这点来衡量《招魂》，它已符合这两条，尤其在本文的后半部分“内崇楚国之美”的有关段落中，作者对宫室之美、歌舞之乐、珍馐美食、佳人装饰等，极尽铺张之能事，它无疑开汉代大赋之先河，只是在文体上有所不同。当然，作者不是为描写而描写，它仍是作者“写志”之作，这个“志”，就是表现作者对故乡故国深沉的极端热爱的感情。

前人对《招魂》的艺术作了极高的评价，如认为它“烂若披锦，无处不善”（桑悦语，见《七十二家注楚辞》），“构法奇，撰语丽，备谈怪说，琐陈缕述，务穷其变态，自是天地间瑰玮文字”(孙鑛语，同上)。近代梁启超更对此推崇备至，他说：《招魂》“对于厌世主义与现实快乐主义两皆极力描写，而两皆拨弃，实全部《楚辞》中最酣恣最深刻之作”（《要籍解题及其读法》)。《招魂》对后代文学作品，尤其是赋体文学予很大的影响，前人已指出，枚乘的《七发》、庾信的《哀江南赋》等著名作品，均受其影响，这是一目了然的。

宋玉作品

九　辩

题解

《九辩》一诗，见于《楚辞章句》。王逸说："《九辩》者，楚大夫宋玉之所作也。辩者，变也，谓陈道德以变说君也。九者阳之数，道之纲纪也。故天有九星，以正机衡；地有九州，以成万邦；人有九窍，以通精明。屈原怀忠贞之性，而被谗邪，伤君暗蔽，国将危亡，乃援天地之数，列人形之要，而作《九歌》《九章》之颂，以讽谏怀王。明己所言，与天地合度，可履而行也。宋玉者，屈原弟子也。闵惜其师忠而放逐，故作《九辩》以述其志。至于汉兴，刘向、王褒之徒，咸悲其文，依而作词，故号为'楚词'。亦采其九以立义焉。"这是最早的关于《九辩》的解释。其中关于"九"的含义的解释，后人皆不信。因为从古籍记载可知，《九歌》《九辩》皆古歌之名，并非屈宋专门"援天地之数，列人形之要"而命名的，至于《九章》之名，在前面已谈到，它并非屈原自定的名字，而是后人收集屈原作品而给它定的总篇名。

《九辩》的篇名，见于《天问》的"启棘宾商，《九辩》《九歌》"和《离骚》中的"启《九辩》与《九歌》兮，夏康娱以自纵"。又《山海经·大荒西经》载："开（启）上三嫔于天，得《九辩》与《九歌》以下。"可知它原是古代传说中的天乐。但《楚辞》中的《九辩》,则已非其本来面目了。如果说,《楚辞·九歌》中由于写了大量的神话而令人回忆起它和传说中的古乐《九歌》在内容上或许有相互继承的因素的话,那么《楚辞·九辩》则与天乐《九辩》风马牛不相及了。《楚辞·九辩》的内容是很明确的,它是战国时代的产品,不是神秘的神话故事;它写的是人的悲哀,而不是如《九歌》中神的悲哀。显然,它是后人袭用古乐之名而作的。其次,王逸的所谓“辩者,变也,谓陈道德以变说其君”的说法也不妥。既为古乐之题,而且传说中又说它是供娱乐用的,自不会有“变说其君”的内容。这里的解释不过是汉儒解经的常见的陈词滥调,后代多不相信。王夫之曾对此提出一个解释,他说:“按九者,乐章之数。凡乐之数,至九而盈,故黄钟九寸,寸有九分。不具十者,乐主乎盈,盈而必反也。舜作《韶》而九成,夏启则《九辩》《九歌》,以上傧于天。故屈原《九歌》《九章》,皆仿此以为度。而宋玉感时物以闵忠贞,亦仍其制。辩,犹遍也。一阕谓之一遍,盖亦效夏启《九辩》之名,绍古体为新裁,可以被之管弦。其词激荡淋漓,异于风雅,盖楚声也。后世赋体之兴,皆祖于此。”(《楚辞通释》)无疑,王夫之此说更切合实际。

那么,《九辩》是为何而作的呢?王逸说是宋玉“闵惜其师忠而放逐,故作《九辩》以述其志”,但是这个说法与作品内容不符。这首诗中所表达的感情是宋玉个人的感情,因此不是宋玉为“闵惜”屈原而作的代言体诗。

关于屈原和宋玉的师生关系问题，原于史无征，王逸首次提出这个问题，不知是有其他方面根据还是出于传闻或臆测。《史记·屈贾列传》无此记载，《汉书·艺文志·诗赋略》直写“宋玉，赋十六篇。楚人，与唐勒并时，在屈原死后也”。因此一般都认为王逸关于屈宋的师生关系说不可靠。那么，所谓的“闵师”说是缺乏根据的。

对照古籍中保留下来关于宋玉的生平的记载，明显使人感到《九辩》中所倾诉出来的感情，表现的思想意识，与宋玉的经历十分吻合。刘向《新序·杂事第五》中载，宋玉事楚襄王，“襄王待之无以异，宋玉让其友……”《九辩》诗中有：“以为君独服此蕙兮，羌无以异于众芳。闵奇思之不通兮，将去君而高翔。”史称宋玉“识音而善属文”（《襄阳耆旧记》），可谓多才多艺，然而却不得重用，“意气不得，形于颜色”（《新序·杂事第五》）。《九辩》中的主人公也是如此，他“窃悲夫蕙华之曾敷兮，纷旖旎乎都房；何曾华之无实兮，从风雨而飞飏”！看，他曾如盛开的蕙花，以自己的才能给宫廷里增添了光彩，然而华而无实，并不得重用，风雨一吹便像花瓣四散飞扬了。他也自比骐骥，责备国君“国有骥而不知乘兮，焉皇皇而更索”？他自比凤凰，抱怨：“众鸟皆有所登栖兮，凤独遑遑而无所集。”他多处自称为贤士，羡慕“宁戚讴于车下兮，桓公闻而知之”，然而自己生不逢时，“无伯乐之相善兮，今谁使乎誉之？”于是，他在作品中尽情地描写不得意的哀愁。愁苦悲哀，是《九辩》中最突出的主题。我们无须责怪他的多愁，封建社会不得志的文人大抵皆如此。

在以往的记载中没有写到宋玉的归宿，但《九辩》里却透露了这个消息，他在郁郁不得志的情况下，离开了楚国宫廷，去过归隐的生活了，显然，他的晚景并不好，他失职而贫困，不知所从，孤独而潦倒。《九辩》诗中颇多嗟老叹卑之词，可知是作于作者的晚年，如“离芳蔼之方壮兮，余萎约而悲愁”，“岁忽忽而遒尽兮，恐余寿之弗将”，“岁忽忽而遒尽兮，老冉冉而愈弛”，“年洋洋以日往兮，老嵺廓而无处”，“时亹亹而过中兮，蹇淹留而无成”等，这些诗句都透露了作者的创作时间。

关于宋玉为何离职，《九辩》中也作了比较明确的说明：他目睹楚国朝政的昏乱，朝臣的妒忌贤能，自己不被重视，还屡屡受攻击，不得不一次次地为自己辩护，终于感到难以共处，于是愤然要求离职。

《九辩》应作于宋玉的晚年，晚到何时？至少是五十岁以后吧！由于宋玉的生卒年我们还不清楚，因此也就很难确定在哪一年。不过，从传闻记录材料看，宋玉侍楚顷襄王，当在年轻时，否则《登徒子好色赋》中就不会说他“体貌闲丽，口多微辞，又性好色”，而宋玉在对答中也自称，那个“嫣然一笑，惑阳城迷下蔡”的“东家之子”，登墙“窥臣三年，至今未许也”。顷襄王在位三十六年，如宋玉以及冠之年入侍襄王，到其晚年也就该年过半百了，这与《九辩》反映出来的思想情绪正相吻合。

悲哉，秋之为气也！萧瑟兮，草木摇落而变衰[①]。憭栗兮[②]，若在远行，登山临水兮送将归。泬寥兮，天高而气清[③]；寂寥兮，收潦而水清[④]。憯凄增欷兮，薄寒之中人[⑤]！怆怳懭悢兮，去故而就新[⑥]；坎廪兮，贫士失职而志不平[⑦]。

注释

①萧瑟：深秋寒风吹来时寒冷凄凉的景象。

②憭liáo栗：凄怆，悲凉。

③泬xuè寥：空旷。气清：清当从古本作“瀞jìng”，同“净”，《说文·水部》：“瀞：无垢薉huì也。”指空气干净无尘埃。

④寂寥：水平静。收潦而水清：即洪水消退，水质清澈。潦，指洪水。

⑤憯cǎn：通“惨”，悲伤。欷xī：叹息。中zhòng人：袭人。

⑥怆怳懭悢kuàngliǎng：怳，同“恍”，怆恍、懭悢均为悲伤之义。

⑦坎廪lǎn：坎坷不平。

译文

悲伤啊，秋天的苍凉之气！金风萧瑟啊，草木枯槁而凋零。凄怆啊，仿佛离乡漂泊去远行，又如登山临水送归人。空虚旷荡啊，天空高朗气冷清；百川平静啊，洪水消退水澄明。悲痛叹息啊，寒风萧萧刺伤人！惆怅失意啊，离开故旧去远征；困顿无奈啊，贫士失职心不平。

廓落兮，羁旅而无友生[①]；惆怅兮，而私自怜[②]。燕翩翩其辞归兮，蝉寂漠而无声。雁廱廱而南游兮，鹍鸡啁哳而悲鸣[③]。独申旦而不寐兮，哀蟋蟀之宵征[④]。时亹亹而过中兮，蹇淹留而无成[⑤]。

注释

①廓落：空虚寂寞而孤独。羁旅：旅居异乡。

②惆怅：悲伤失意。

③廱yōng廱：鸟和鸣声。鹍鸡：鸟名，形状如鹤，羽毛黄白色。啁哳zhōuzhā：鸣声细碎。

④宵征：夜间行走。

⑤亹wěi亹：行进不止。过中：中年已过。蹇jiǎn：楚方言发语词。淹留：久留。

译文

孤独无依啊，人在旅途无亲朋；失意辛酸啊，暗自伤怀悲愁生。燕子翩翩启归程，寒蝉寂静悄无声。群雁雍雍南飞去，鹍鸡啾啾发悲鸣。通宵达旦难成眠，哀怜蟋蟀夜间行。中年已过时易逝，前程久滞事无成。

悲忧穷戚兮独处廓，有美一人兮心不绎[①]。去乡离家兮徕远客，超逍遥兮今焉薄[2]！专思君兮不可化，君不知兮可奈何[3]！蓄怨兮积思，心烦憺兮忘食事[4]。愿一见兮道余意，君之心兮与余异。车既驾兮朅而归，不得见兮心伤悲[5]。倚结軨兮长太息，涕潺湲兮下沾轼[6]。慷慨绝兮不得，中瞀乱兮迷惑[7]。私自怜兮何极？心怦怦兮谅直[8]。

注释

①穷戚：窘迫。戚，通“蹙cù”，迫促。廓：空虚，孤独。绎yì：“怿”之借字。怿yì，高兴。不绎即不愉快。

②徕：同“来”。徕远客即来远方客居。超：遥远。逍遥：流浪，漂泊。焉薄：何处去。薄，止，居留。

③化：变化。

④烦憺dàn：内心烦乱。

⑤朅qiè：去。朅而归即去而复返，因下文之“不得见”。

⑥軨líng：车厢木栏。因其纵横交错，故称结軨。轼：车厢前可以倚靠人的横木。

⑦慷慨：因愤激而内心不平。瞀mào乱：昏乱。

⑧极：尽，止。怦pēng怦：忠谨之状。

译文

悲伤忧愁又孤单，美人独自心不欢。离乡背井为远客，漂泊无依栖身难！思君之心难改变，君王不知徒长叹！满怀怨愤积胸中，心烦意乱忘进餐。想见一面诉哀肠，君心与我不一般。驱车前去又回返，不得见君心悲伤。背靠车栏长叹息，泣涕涟涟湿车轼。激愤不平情难绝，内心昏乱又迷惑。暗自悯伤何时止？此心忠正与诚实。

皇天平分四时兮，窃独悲此廪秋[1]。白露既下百草兮，奄离披此梧楸[2]。去白日之昭昭兮，袭长夜之悠悠[3]。离芳蔼之方壮兮，余萎约而悲愁[4]。秋既先戒以白露兮，冬又申之以严霜[5]。收恢台之孟夏兮，然欿傺而沉藏[6]。叶菸邑而无色兮，枝烦挐而交横[7]。颜淫溢而将罢兮，柯仿佛而萎黄[8]。

注释

①窃：暗自。廪：当从一本作“凛”，寒冷。

②奄：快，急速。离披：离散，摧残。梧楸：梧桐与楸树。

③袭：继。

④芳蔼：花朵盛开。蔼，茂盛。萎约：以花的衰败喻身体的不适。

⑤戒：警戒。

⑥恢台：洪兴祖《楚辞补注》引黄庭坚语：“恢，大也。”台，即胎也。言夏气大而育物。欿傺kǎnchì：枯萎、凋落，又作“坎傺”。沉藏：收藏。秋收冬藏，因深秋而引起冬藏的联想。

⑦菸yū邑：枯萎。烦挐rú：纷乱。

⑧颜：外表。淫溢：色泽暗淡。罢：枯败。王逸注：“形貌羸瘦，无润泽也。”柯：枝条。仿佛：原意模糊不清。此指暗淡不明。

译文

上天一年分四季，暗自悲怀此寒秋。白露普降凋百草,急速摧残梧与楸。长长白日已逝去,漫漫长夜又来临。盛美的年华已过去，我身心疲惫独悲愁。秋已用白露来警示，冬又重申以寒霜。收起初夏勃勃的生机，停止发展向内收藏。绿叶枯萎而变色，枝条纷乱而交错。形貌羸瘦无光泽，树干暗淡皮裂剥。

萷櫹椮之可哀兮，形销铄而瘀伤[①]。惟其纷糅而将落兮，恨其失时而无当[②]。揽騑辔而下节兮，聊逍遥以相佯[③]。岁忽忽而遒尽兮，恐余寿之弗将[④]。悼余生之不时兮，逢此世之俇攘[⑤]。澹容与而独倚兮，蟋蟀鸣此西堂[⑥]。心怵惕而震盪兮，何所忧之多方[⑦]。卬明月而太息兮，步列星而极明[⑧]。

注释

①萷 shāo：通“梢”，树的末梢。櫹椮 xiāosēn：叶落而树枝光秃之状。销铄：枯焦。瘀伤：病伤。

②纷糅：杂乱。无当：不逢其时。

③騑 féi：即驾车位于左右两旁的骖马，泛指驾车的马。下节：停鞭。相佯：同“相羊”“徜徉”，即徘徊。

④遒 qiú尽：将尽。弗将：不长。将，长。

⑤俇攘 kuāngrǎng：纷扰混乱，不安宁。

⑥澹容与：无目的地漫步，即徘徊。独倚：孤独。本句王逸注：“茕茕独立，无朋党也。”

⑦怵 chù惕：惊惧。震盪：不安。多方：多端。

⑧卬 yǎng：通“仰”。步列星：边走边看星空。极明：直至天明。

译文

枝干光秃真可哀，形体枯焦浑身伤。眼看草木将凋敝，恨它错过了好时光。勒紧马辔止鞭缓行，姑且徘徊消磨光阴。岁月匆匆一年将尽，只恐寿命难以久长。自我哀伤生不逢时，遭遇今世如此混乱。茕茕孑立徘徊无绪，只听蟋蟀悲鸣西堂。内心惊惧震荡不安，为何忧伤如此多样？仰望明月浩然长叹，行观群星通宵达旦。

窃悲夫蕙华之曾敷兮，纷旖旎乎都房[①]。何曾华之无实兮，从风雨而飞飏[②]？以为君独服此蕙兮，羌无以异于众芳[③]。闵奇思之不通兮，将去君而高翔[④]。心闵怜之惨凄兮，愿一见而有明[⑤]。重无怨而生离兮，中结轸而增伤[⑥]。岂不郁陶而思君兮？君之门以九重[⑦]！猛犬狺狺而迎吠兮，关梁闭而不通[⑧]。皇天淫溢而秋霖兮，后土何时而得漧[⑨]？块独守此无泽兮，仰浮云而永叹[⑩]！

注释

①蕙华：蕙草的花。曾敷：重重叠叠开满。曾，即层。敷，布满。旖旎 yǐnǐ：繁盛。都房：壮丽的宫殿。

②无实：不结果实。

③服：佩戴。

④闵：感伤。奇思：过人的谋略。

⑤有明：有所表白。

⑥重：念。《文选》五臣注："重：念也。"结轸zhěn：郁结忧伤。

⑦郁陶：忧思郁结。

⑧猗yín猗：狗叫声。关梁：关隘、桥梁。

⑨淫溢：过度。霖：久雨不停。后土：指大地。澣gān：同"干（繁体字作'乾'）"。

⑩块：孤独无神。无泽：当为"芜泽"，荒芜的水泽。

译文

暗悲蕙花曾满树绽放，缤纷繁茂装饰宫殿。为什么累累鲜花不结果实，听凭风雨摧残四处飞扬？以为贤君只钟爱蕙花，谁知不加区别视同一般。自伤奇谋不受重视，将离开君王远走他方。内心哀伤痛苦万分，希望见君自诉衷肠。自念无怨而生别离，心中郁结更增忧伤。怎能不深情以思君？可是君门九重路难行！猛犬狂吠拦要道，关隘桥梁不通行。上天秋雨下不停，大地何时水退尽？孤独滞留荒泽中，仰观浮云而长叹！

何时俗之工巧兮，背绳墨而改错[①]？却骐骥而不乘兮，策驽骀而取路[②]。当世岂无骐骥兮，诚莫之能善御！见执辔者非其人兮，故駶跳而远去[③]。凫雁皆唼夫粱藻兮，凤愈飘翔而高举[④]。

注释

①改错：即"改措"，改变做法。

②驽骀 nútái：劣马。
③駶 jú 跳：跳跃。
④凫 fú：野鸭。唼 shà：象声词，指禽鸟吞食物时的细碎声响。此作动词“吃”。粱藻：粱米和水藻之类的饲料。

译文

为何世风偏爱取巧，违背法度改弦更张？抛弃良马不肯骑乘，鞭打劣马去把路赶。当世岂无千里马，缺少良才来驾驭！见到骑手非良善，骏马纷纷远逃去。野鸭大雁抢粱藻，凤凰更加高飞而远离。

圜凿而方枘兮，吾固知其鉏铻而难入[①]。众鸟皆有所登栖兮，凤独遑遑而无所集。愿衔枚而无言兮，尝被君之渥洽[②]。太公九十乃显荣兮，诚未遇其匹合。谓骐骥兮安归？谓凤皇兮安栖？变古易俗兮世衰，今之相者兮举肥[③]。骐骥伏匿而不见兮，凤皇高飞而不下。鸟兽犹知怀德兮，何云贤士之不处[④]？

注释

①圜凿：圆的榫 sǔn 眼。圜，通“圆”。方枘 ruì：方形的木榫。鉏铻 jǔyǔ：同“龃龉”，相互矛盾，抵触。
②衔枚：原指古代行军时为防止发出声音，让士兵嘴里衔着一根木条，形如竹筷，叫作“枚”。这里比喻闭口不言。渥 wò：深厚。洽：润泽，指恩情。
③相者：指相马者。举肥：选膘肥的马，而不是看

其骨架是否善跑。喻只看表面，不识货。

④不处：不肯停留。

译文

圆孔偏要安方木榫，我当然知道装不进去。群鸟都有栖息的巢，凤凰惶惶不知何处安居。我愿闭口从此不言语，曾受君恩深重怎能放弃！姜太公九十才得显贵，他原先没能和明君相遇。问骏马在何处安身？问凤凰去何方安栖？改变古俗世道衰微，如今相马只选膘肥。千里马藏匿不露面，凤凰高飞不来止息。鸟兽犹知感怀恩德，怎能怪贤士纷纷离去？

骥不骤进而求服兮，凤亦不贪餧而妄食①。君弃远而不察兮，虽愿忠其焉得？欲寂漠而绝端兮，窃不敢忘初之厚德②。独悲愁其伤人兮，冯郁郁其何极③？

注释

①服：驾车。餧：喂的本字。

②寂漠：寂寞。绝端：断绝思念。楚方言谓思念、思绪为端。《方言》："绁、末、纪，绪也。南楚或曰端。"

③冯píng：通"凭"，愤懑。

译文

骏马不肯疾进前来驾车，凤凰也不贪食乱吃乱喝。

君王疏远贤才不知体察，虽求效忠又如何可得？我甘心寂寞不再思索，又难忘当初君王之厚德。独自悲愁令人身心俱伤，忧愤填胸何时才能终结？

霜露惨凄而交下兮，心尚幸其弗济[①]。霰雪雰糅其增加兮，乃知遭命之将至[②]。愿徼幸而有待兮，泊莽莽与野草同死[③]。愿自往而径游兮，路壅绝而不通[④]。欲循道而平驱兮，又未知其所从。

注释

①弗济：不酿成灾害。

②霰 xiàn雪：下小雪珠。雰 fēn：纷纷。糅：混杂。

③徼幸：同“侥幸”。泊莽莽：荒野无边无际。

④径游：直接游说。一作“径往”，亦可通。

译文

霜露交加多么凄惨，我还盼望形不成祸患。霰雪纷飞阵阵严酷，才知道厄运来到眼前。心存侥幸我依然期待，只恐与野草命丧荒原。希望自诉我驱车直往，道路阻塞断绝不通。想沿正道平稳前去，又不知应当何去何从。

然中路而迷惑兮，自压按而学诵[①]。性愚陋以褊浅兮，信未达乎从容[②]。窃美申包胥之气盛兮，恐时世之不固[③]。何时俗之工巧兮，灭规矩而改凿[④]！独耿介而不随兮，愿慕先圣之遗教。处浊世而显荣兮，非余心之所乐。与其无义而有名兮，宁穷处而守高⑤。

注释

①压按：抑制自己。学诵：指学诗吟诵。此句王逸注："弭情定志，吟诗礼也。"

②褊 biǎn 浅：褊指心地狭窄，褊浅既为自谦之词，也表示自己心中容不得谗佞与邪恶。

③申包胥：楚平王、昭王时人，楚大夫。与伍子胥为友。伍子胥因父兄被杀而出逃，途中遇见申包胥。伍子胥告诉他："我必亡楚。"申包胥回答说："子能亡之，我能存之。"后伍子胥果然带领吴兵攻楚，进入郢都，楚将亡，昭王出逃。申包胥前往秦国求救兵，在秦庭哭了七天七夜，终于感动秦哀公，出兵救楚，楚国得以保存。不固：不能坚守志向，谓今人不守信。

④改凿：同"改错"，乱来。

⑤守高：自守高洁之志。

译文

中途迷路我心中迷惘，我强自镇定将诗篇吟诵。资质迟钝见识愚浅，自知难以做到自信从容。我赞美申包胥豪气壮盛，只恐怕时世变易古今不同。为何时俗这样投机取巧，毁弃规矩而乱改胡弄！我独守节度不随流俗，愿将先圣的教诲遵从。身处浊世而显贵荣耀，不是我心中寻求的目标。与其无义而博取虚名，宁可穷困而自守清高。

食不媮而为饱兮，衣不苟而为温[①]。窃慕诗人之遗风兮，愿托志乎素餐[②]。蹇充倔而无端兮，泊莽莽而无垠[③]。无衣裘以御冬兮，恐溘死不得见乎阳春[④]。

注释

①媮：通“偷”，苟且、取巧。

②素餐：出《诗经·伐檀》：“彼君子兮，不素餐兮。”指责居官者巧夺民财而不做事，称尸位素餐。此处引申为不居官而保持俭朴的生活。

③蹇jiǎn：发语词，通“謇”。充倔：同“祱褔chōngjué”，衣衫褴褛。无端：没有缘饰。

④溘kè死：突然死去。

译文

我不愿取巧以求得食饱，我不愿苟且以获得衣暖。仰慕古代诗人之遗风，我愿俭朴自处只求素餐。衣衫褴褛没有缘饰，四野茫茫无涯无边。没有棉衣皮袄抵御寒冬，只恐突然死去难见春天。

靓杪秋之遥夜兮，心缭悷而有哀[①]。春秋逴逴而日高兮，然惆怅而自悲[②]。四时递来而卒岁兮，阴阳不可与俪偕[③]。白日晼晚其将入兮，明月销铄而减毁[④]。岁忽忽而遒尽兮，老冉冉而愈弛。

注释

①靓 jìng：通“静”。杪 miǎo：树梢，此指秋末。缭悷 lì：缠绕。

②春秋：代指年岁。逴 chuò 逴：远去。

③俪偕：同时出现。

④晼 wǎn 晚：日将落之景。销铄：减损，指月亏。

译文

寂静的深秋长夜漫漫，我愁肠百结悲吟忧叹。岁月悠悠年已将老，惆怅萦怀心中凄凉。四季交替一岁才过尽，阴阳更迭四时难以同现。白日西坠将要下山，明月亏损暗淡无光。岁月匆匆年将过尽，老之将至壮怀消减。

心摇悦而日幸兮，然怊怅而无冀[①]。中憯恻之凄怆兮，长太息而增欷[②]。年洋洋以日往兮，老嵺廓而无处[③]。事亹亹而觊进兮[④]，蹇淹留而踌躇。

注释

①摇悦：喜悦。怊 chāo 怅：惆怅。

②憯恻 cǎncè：惨痛。

③嵺 liáo 廓：通“寥廓”，空旷。

④亹 wěi 亹：勤勉不倦。觊 jì 进：希望进取。觊，同“冀”，期望。

译文

心中欢喜尚存侥幸，可怜只有惆怅失望。心中苦痛悲哀难言，长叹不已更增忧伤。岁月悠悠匆匆流逝，天高地阔我却无处安身。我事事勤勉力求进取，却举步艰难徘徊不定。

何氾滥之浮云兮，猋廱蔽此明月[①]？忠昭昭而愿见兮，然雺曀而莫达[②]。愿皓日之显行兮[③]，云蒙蒙而蔽之。窃不自料而愿忠兮，或黕点而污之[④]。尧舜之抗行兮，瞭冥冥而薄天[⑤]。何险巇之嫉妒兮，被以不慈之伪名[⑥]？彼日月之照明兮，尚黯黮而有瑕[⑦]。何况一国之事兮，亦多端而胶加[⑧]。被荷裯之晏晏兮，然潢洋而不可带[⑨]。既骄美而伐武兮，负左右之耿介[⑩]。

注释

①氾滥：此指浮云遮天蔽日翻滚而来。氾，通“泛”。猋 biāo：迅疾。

②雺曀 yīnyì：阴暗。

③显行：大显光明地运行。

④黕 dǎn点：污垢，黑点。

⑤尧舜：唐尧虞舜，皆古圣王。抗行：高尚的行为。抗，通“亢”，高尚。瞭：明亮。冥冥：高远。薄天：接近天际。

⑥险巇 xī：原指山路险阻难行，此指险恶小人。不慈：

不孝慈。伪名：捏造的罪名。

⑦黯黮àndàn：昏暗。

⑧胶加：同“交加”，纷繁杂乱。

⑨裯dāo：短衣。晏晏：柔美。潢huǎng洋：宽大。

⑩伐武：炫耀自己勇武。

译文

为何浮云层层密布九天，来势急疾将明月遮掩？耿耿忠心欲求自白，满天昏黑怎能见阳光。希望红日能中天普照，乌云重重蔽日遮天。我不自量力愿尽忠诚，谗人诽谤满是秽言。圣王尧舜德行何等高尚，如同日月运行光照九天。为何小人如此阴险毒辣，把不忠不孝罪名身上安？日月的光辉普照四海，也难免有阴影黑斑。何况一国之事如此众多，头绪多端复杂纷繁。穿上荷制短衣固然柔美，可惜过于宽松难以束带。炫耀自己的美貌和勇武，辜负群臣的忠心和期待。

憎愠惀之修美兮，好夫人之慷慨①。众踥蹀而日进兮，美超远而逾迈②。农夫辍耕而容与兮，恐田野之芜秽③。事绵绵而多私兮，窃悼后之危败④。世雷同而炫曜兮，何毁誉之昧昧⑤！今修饰而窥镜兮，后尚可以窜藏⑥。愿寄言夫流星兮，羌儵忽而难当⑦。卒壅蔽此浮云兮，下暗漠而无光⑧。

注释

①愠惀wěnlún：温良，谦恭。慷慨：高谈阔论，花言巧语。

②踥蹀 qièdié：小步行走，比喻谗人的媚态。超：远。逾迈：越来越远。

③容与：闲游。

④绵绵：连续不断。多私：放纵私欲。悼：悲悼。

⑤雷同：随声附和。炫曜 yào：夸耀。昧 mèi 昧：昏暗。

⑥窥镜：照镜子。这里应是对襄王的忠告，希望其改革朝政。窜藏：躲藏。

⑦儵忽：快疾。

⑧壅蔽：遮挡。

译文

痛恨温良谦恭的美德，喜爱花言巧语的谗奸。奔走钻营的日日高升，美德贤能者越离越远。农夫停止耕作日日游荡，只恐田野将会长满荒草。灾祸连连还放纵私欲，我担心国家将会危亡。随声附和相互夸耀，是非不分毁誉失当！现在照镜以修补缺陷，往后还能躲过危险。想让流星替我传话，它飞得过快难以遇上。满天浮云遮天蔽日，使天下昏黑暗淡无光。

尧舜皆有所举任兮，故高枕而自适。谅无怨于天下兮，心焉取此怵惕[①]？乘骐骥之浏浏兮，驭安用夫强策[②]？谅城郭之不足恃兮，虽重介之何益[③]？遭翼翼而无终兮，忳惛惛而愁约[④]。生天地之若过兮，功不成而无效[⑤]。愿沉滞而不见兮，尚欲布名乎天下[⑥]。然潢洋而不遇兮，直怐愗而自苦[⑦]！莽洋洋而无极兮，忽翱翔之焉薄[⑧]？国有骥而不知乘兮，焉皇皇而更索[9]？

注释

①谅：信，确实。怵chù惕：惊恐不安。

②浏liú浏：形容马驰骋顺畅无阻。策：马鞭。

③介：铠甲，重介即厚重的铠甲。

④邅zhān翼翼：恭敬谨慎之状。忳tún惛惛：忧伤而心烦意乱。愁约：忧愁，困穷。

⑤若过：犹如过客。

⑥沉滞：隐居，埋名。

⑦潢huǎng洋：无所依傍。怐愗kòumào：愚昧。

⑧忽：飘忽。薄：止，至。

⑨皇皇：即“遑遑”，匆忙。

译文

尧舜都曾经举用贤人，所以能高枕无忧处之泰然。相信没有结怨于天下，心里为何这样惊恐不安？骑上骏马当然奔驰顺畅，骑手何须用强劲的马鞭？城郭坚固也难以依靠，披上重甲怎确保安全？小心谨慎也没有好结果，忧心忡忡令人发愁心酸。人生天地间犹如匆匆过客，到头来一事无成贻误时光。甘心隐居下层与世无争，却又想功业有成天下扬名。无所依傍怎能遇到明主，真是愚昧无知烦恼自寻！原野宽广无边无缘，周游四海何处停留？国有骏马不知使用，何须张罗到处访求？

宁戚讴于车下兮，桓公闻而知之[1]。无伯乐之相善兮，今谁使乎誉之[2]？罔流涕以聊虑兮，惟著意而得之[3]。纷纯纯之愿忠兮，妒被离而鄣之[4]。愿赐不肖之躯而别离兮，放游志乎云中[5]。乘精气之抟抟兮，骛诸神之湛湛[6]。骖白霓之习习兮，历群灵之丰丰[7]。

注释

①宁戚：春秋时期卫人，有才能而不得所用，经商至齐，喂牛时叩牛角而歌，抒发情感，正好被外出巡游的齐桓公听到，载而归，委以国事。齐桓公：春秋五霸之一。

②伯乐：春秋时人，以善相马著称于时。

③罔：怅惘，失意。聊虑：同“料虑”，失意而流涕思虑。著意：用心。

④纷纯纯：一片忠心。被离：披离，分散，纷乱。

⑤不肖：谦词，不贤。放游：纵情神游。

⑥精气：元气。抟 tuán 抟：同“团团”，楚人称圆为“抟”。骛 wù：追寻。湛 zhàn 湛：众多。

⑦习习：白霓飘动之状。丰丰：众多。

译文

宁戚在车下饭牛而歌，齐桓公听后将国政委托。没有善于相马的伯乐，谁能知道真正价值几何？不要失意惆怅泣涕涟涟，只有刻意留心才有所得。一片拳拳之心甘愿效忠，谗妒设障将通道拦遮。请让我从此别君而去，纵情神游于云海之中。乘着团团的精气上浮，和无数神灵翱翔太空。驾着白虹飘飘飞扬，穿越天宇见群星闪动。

左朱雀之茇茇兮，右苍龙之躣躣[1]。属雷师之阗阗兮，通飞廉之衙衙[2]。前轻辌之锵锵兮，后辎乘之从从[3]。载云旗之委蛇兮，扈屯骑之容容[4]。计专专之不可化兮，愿遂推而为臧[5]。赖皇天之厚德兮，还及君之无恙[6]。

注释

①朱雀：二十八宿中南方七宿为朱雀。茇pèi茇：翩翩飞翔。苍龙：东方七宿为苍龙。躣qú躣：行走之状。

②属：跟随。阗tián阗：鼓声，喻雷响声。飞廉：风神。衙yú衙：行走之状。

③轻辌liáng：轻巧的卧车。辎乘zīshèng：辎重车，用以运载所需物资。从cōng从：象声词，车行之声。

④扈hù：侍从。屯骑：群骑。容容：马行进之状。

⑤计：内心想法。专专：专一。遂：始终。推：进。臧zāng：善。王逸注："执履忠信，不离善也。"

⑥还及：还来得及。

译文

朱雀在左翩翩飞翔，苍龙在右来回奔忙。雷师尾随击鼓隆隆，飞廉清道行色匆匆。轻车先导铃声锵锵，辎车后继轮声隆隆。车上云旗飘飘飞动，侍从的车队从从容容。我心专一不可更改，求为忠信进而向善。仰赖上天大德深厚，还能见君王身体康安！

评析

《九辩》篇幅较长，有二百五十馀句，这个数字已远远超过《诗经》中最长的诗篇了，同时，由于《九辩》在艺术上较有特色，因而在流传下来的楚辞作品中，除屈原作品之外，《九辩》是公认的成功之作。

《九辩》和《九章》《九歌》不同，后两者都单独列出标题，分为九篇和十一篇。《九辩》是难以这样分开的，它和《离骚》一样，是一气呵成的，首尾结构严密，不可单独分离。

从作品内容分析中，我们看得很清楚。《九辩》是宋玉借悲秋以抒写其胸中不平之气的感怀之作。刘勰《辨骚》所举各篇，除屈作外，其赞誉者唯《九辩》一篇而已，曰："《九歌》《九辩》，绮靡以伤情。"显然，他认为宋玉此作，是可以和屈作并称者，至于"自《九怀》以下，遽蹑其迹，而屈宋逸步，莫之能追"。"绮靡以伤情"五字，准确地指出本篇的特色。作者生活在黑暗的社会现实中，他难以发挥自己的才干，胸中郁郁不平。这种遭遇，在过去长达几千年的封建社会中，在大量文人政治生涯里，显然具有普遍的意义。因此，几千年来，这一作品在文人中引起强烈的共鸣，是可以理解的。《九辩》中作者自我塑造的落拓失志的文士形象，应该说是具有典型意义的。

当然，如前所说，《九辩》在思想高度上难以和屈作相比，这一点看得很清楚。作品中所表述的，主要是个人的悲哀和不幸，它不像屈作中时时刻刻将个人悲哀同社会、国家的前途命运紧密相连。因而给人以强烈的感受，这也足以证明此篇作品描写内容与屈原无关，因为作品主人公的遭遇决定了作品的内容。但是，作者由自己的不幸中毕竟感受了社会的黑暗，并揭露了这种社会的不合理，诗中一些地方也表露了作者对国家前途的担心，并表示不肯与黑暗势力同流合污，这些仍是值得称道的。

作为屈原以后的宋玉，他的辞作显然受到屈原作品的强烈影响。这一点，从《九辩》的诗句，一些段落的安排和表达上都可以看到。他写《九辩》的目的，如同屈原写《离骚》等作品一样，要发泄自己内心的牢骚和不平。由于作者和屈原一样生活在楚国，感受到其政权的腐败，经受着冷遇和不得施展才能的痛苦，而最后都不得不离开朝廷，所以《九辩》在描写楚国的社会现实方面，在抒写内心的痛苦和不平方面，都有其相通之处，再加上《九辩》的作者如司马迁所说“皆祖屈原之从容辞令”，因此有些人就以为此篇是屈原所写，或认为是宋玉“哀闵其师”的作品。而造成此种错觉的主要原因，乃在于未能细致入微地体会作品中表现出来的因各人经历不同、遭遇不同、地位不同以及由此而产生的性格、感情之明显差异的地方。

《九辩》的成功，乃在于作者突破了《离骚》等作品的表现手法，艺术上有了长足的进步。主要表现有以下诸点：

一、作者更加注意于以环境的描写来抒发内心的感情。《九辩》全篇都是围绕秋天这一特定环境来抒发自己内心的悲愁。在屈原的《九章·悲回风》里，一开头也是这样描写的：

悲回风之摇蕙兮，心冤结而内伤。物有微而陨性兮，声有隐而先倡。夫何彭咸之造思兮，暨志介而不忘！……

这里是以秋风动容起兴，由物象而引起联想。但在《九辩》中，气象便大大不同，这里已不是简单的起兴了。作者把反映深秋苍凉萧瑟的大量物象、景色：草木摇落、天高气清、收潦水清、薄寒中人、燕辞归、蝉无声、雁南游、鹍鸡悲鸣、蟋蟀宵征等，同引起人们感伤的事件：远行、送归、去故就新、贫士失职、羁旅无友、淹留无成等有机地融合在一起，真正做到情景交融，从而达到强烈的艺术效果，叩动人们的心弦，因此历来获得极高的评价。相形之下，屈原的作品，大多表现为直抒胸臆，以强烈的感情倾诉自己的不幸，从而引起人们的同情。而宋玉则侧重在调动艺术手法，使情景交融，相互衬托。凄怆的心情同苍凉的景色融为一体，使之产生强烈的感染力，从而开拓了诗的意境，提高了诗歌的表现能力。宋玉作品的这一特点，除了在首段表现最为明显外，在篇中也始终注意这一特点，因而首尾连成一气，结构严谨而气氛和谐。

二、注意语言的形象性与生动性，并注意音调的和美。如上述一段中，连用“萧瑟”“憭栗”“泬寥”“寂寥”“憯凄”“怆怳”“懭悢”“坎廪”“廓落”“惆怅”“寂漠”等词语，表达内心的悲伤感情，交汇成一首格调凄凉的悲歌。而在篇末描写遨游云中的各种奇景时，在十二句诗中，连用了十一个叠字，如阗阗的雷声，抟抟的精气，习习飞动的白霓，锵锵作响的轻辌，茇茇翻飞的朱雀，躣躣前进的苍龙等，或喻其声，或喻其形，或喻数量之众多，或言动作之美感，极富于形象性。顾炎武曾指出，“诗用叠字最难”，他列举上述一段中连用的十一个叠字后说：“后人辞赋，亦罕及之者。”（《日知录》卷七《诗用叠字》）

作品中语言运用得简练而贴切，给人以深刻的印象。如开头四句，“悲哉，秋之为气也！萧瑟兮，草木摇落而变衰。憭栗兮，若在远行，登山临水兮送将归”。王夫之评论道：“因时而发叹也。人之有秋心，天之有秋气，物之有秋容，三合而怀人之情凄怆不容已也。”(《楚辞通释》) 马茂元先生更进一步指出，全诗以此发端，“首句是秋天给予人们的季节感受；二句写秋天景色；三句悲异乡的孤独；四句怅时序的迁移。下文都是就这四个方面来抒发自己感慨的”(《楚辞选》)。

三、句式比较灵活，其中的长短句式搭配，“兮”字的使用等都较《离骚》显得更灵活些。诗中句式变化自由，并呈现了散文化的倾向，这一点，也显示了由骚体向赋体过渡的轨迹。其中关于物象的描写已经具有赋中常见的铺叙的写法。

上述诸方面充分说明，尽管《九辩》中仍有明显地受《离骚》等屈作影响的情况，但宋玉并没有囿于屈作的表现方法，他有着自己的创造和突破。鲁迅曾以为：本诗“虽驰神逞想不如《离骚》，而凄怨之情，实为独绝”(《汉文学史纲要》)。宋玉以自己的创作实践为楚辞这一文学形式的发展作出了自己的贡献。

图书在版编目（CIP）数据

楚辞评注 / （战国）屈原，（战国）宋玉著； 汤漳平评注.
—北京：北京联合出版公司，2015.7（2023.8重印）
ISBN 978-7-5502-3867-1

Ⅰ.①楚… Ⅱ.①屈… ②宋… ③汤… Ⅲ.①古典诗歌
－诗集－中国－战国时代②楚辞－注释 Ⅳ.①I222.3

中国版本图书馆CIP数据核字（2015）第143335号

楚辞评注

作　　者：（战国）屈原　宋玉
评　　注：汤漳平
出 品 人：赵红仕
选题策划：梁明德　邵鹏军
责任编辑：王　巍
特约编辑：江　雪
封面设计：格林文化
版式设计：格林文化

北京联合出版公司出版
（北京市西城区德外大街83号楼9层　100088）
三河市华润印刷有限公司　新华书店经销
字数162千字　960毫米×640毫米　1/16　印张22.75
2015年9月第1版　2023年8月第3次印刷
ISBN 978-7-5502-3867-1
定价：52.00元
